UN SANCTUAIRE POUR SIDNEY

UN SANCTUAIRE POUR SIDNEY (FORCES TRÈS SPÉCIALES : L'HÉRITAGE, TOME 3

SUSAN STOKER

Copyright © 2019 par Susan Stoker
Traduit de l'anglais (U.S.) par Anne-Lise Pellat pour Valentin Translation
Titre original : *Securing Sidney (SEAL of Protection : Legacy, book 2)*

Couverture par AURA Design Group
Fabriqué aux États-Unis d'Amérique

DU MÊME AUTEUR

Autres livres de Susan Stoker

Forces Très Spéciales : L'Héritage

Un Sanctuaire pour Caite

Un Sanctuaire pour Brenae

Un Sanctuaire pour Sidney

Un Sanctuaire pour Piper

Un Sanctuaire pour Zoey

Un Sanctuaire pour Avery

Un Sanctuaire pour Kalee

Hawaï : Soldats d'élite

Un paradis pour Élodie

Un paradis pour Lexie (10 Aug 2021)

Un paradis pour Kenna (Oct 2021)

Un paradis pour Monica

Un paradis pour Carly

Un paradis pour Ashlyn

Un paradis pour Jodelle

Mercenaires Rebelles

Un Défenseur pour Allye

Un Défenseur pour Chloé

Un Défenseur pour Morgan

Un Défenseur pour Harlow

Un Défenseur pour Everly

Un Défenseur pour Zara

Un Défenseur pour Raven

Ace Sécurité

Au Secours de Grace

Au Secours d'Alexis

Au Secours de Bailey

Au Secours de Felicity

Au secours de Sarah

Forces Très Spéciales Series

Un Protecteur Pour Caroline

Un Protecteur Pour Alabama

Un Protecteur Pour Fiona

Un Mari Pour Caroline

Un Protecteur Pour Summer

Un Protecteur Pour Cheyenne

Un Protecteur Pour Jessyka

Un Protecteur Pour Julie

Un Protecteur Pour Melody

Un Protecteur pour l'avenir

Un Protecteur Pour Les Enfants de Alabama

Un Protecteur Pour Kiera

Un Protecteur Pour Dakota

Delta Force Heroes Series

Un héros pour Rayne

Un héros pour Emily

Un héros pour Harley

Un mari pour Emily

Un héros pour Kassie

Un héros pour Bryn

Un héros pour Casey

Un héros pour Wendy

Un héros pour Mary

Un héros pour Macie

Un héros pour Sadie

Un héros pour Annie (Feb 2022)

CHAPITRE UN

Decker « Gumby » Kincade s'arrêta sur le parking du vétérinaire et ne put s'empêcher de sourire, alors que la femme qui le suivait d'aussi près qu'elle le pouvait vint stationner à côté de lui. Sa vieille Honda Accord avait connu des jours meilleurs, mais elle ne semblait pas le remarquer, ni se soucier du fait qu'elle produisait un étrange bruit de cliquetis.

Le temps qu'il ouvre la porte de son camion, elle était déjà là.

— Comment va-t-elle ? Est-ce qu'elle va bien ? Est-ce qu'elle a pleuré ?

La jeune femme aboyait les questions à une vitesse folle. Gumby n'eut même pas le temps de répondre à la première, qu'elle posait déjà la troisième.

Sidney Hale était la contradiction même. Ses longs cheveux noirs étaient en pagaille à cause de la bagarre qu'il avait interrompue. Elle avait un œil au beurre noir en formation, qui semblait faire ressortir encore plus le bleu de ses yeux. Sa lèvre était gonflée et saignait encore un peu. Elle portait un tee-shirt déchiré, et avait de la poussière sur son jean et ses mains.

Mais elle ne se souciait manifestement pas de sa propre

santé ; elle n'avait d'yeux que pour la pauvre chienne blessée qui se trouvait sur le siège passager du pick-up.

Gumby ferma la porte et fit le tour du véhicule, Sidney sur ses talons.

— Elle s'en est bien sortie. Je n'ai pas entendu un seul bruit de sa part pendant tout le trajet.

— Mec, c'est incroyable. Elle doit pourtant avoir mal ! s'exclama Sidney. Je n'arrive pas à croire que ce connard l'ait maltraitée comme ça. Tu es sûr que c'est un bon vétérinaire ? Peut-être qu'on devrait l'emmener chez celui où je vais d'habitude.

Gumby l'ignora. Il ouvrit la porte et se pencha pour ramasser, avec douceur, la chienne ensanglantée et maltraitée. Il l'avait appelée Hannah. Une fois de plus, le pit-bull ne tenta pas de le mordre et ne montra pas le moindre signe d'agressivité. Au contraire, elle tremblait.

— Doucement, ma fille, murmura-t-il en fermant la porte du pick-up d'un mouvement de hanche.

En se dirigeant vers l'entrée de la clinique, il regarda Sidney.

— Les vétérans ici sont géniaux. Détends-toi, Sidney.

Elle avait l'air de vouloir dire quelque chose, mais comme ils arrivaient devant les portes, elle se précipita pour les ouvrir. Il était sur le point d'annoncer à la réceptionniste qu'il avait une urgence, mais Sidney le devança.

— Nous avons une chienne blessée ici. Nous devons voir un vétérinaire immédiatement !

La réceptionniste se leva et fit un geste pour qu'ils la suivent. Gumby fut surpris lorsqu'il sentit la main de Sidney atterrir sur le creux de son dos, et elle se colla pratiquement contre lui lorsqu'ils entrèrent dans la petite salle de soins.

— Une assistante sera là dans un instant pour prendre vos informations et effectuer le triage de votre animal.

— Oh, mais elle est...

— Merci, dit Gumby en interrompant Sidney.

Lorsque la jeune femme fut partie, Sidney se tourna vers lui et fronça les sourcils.

— Pourquoi m'as-tu coupé la parole ?

— La dernière chose que je souhaite, c'est qu'ils pensent qu'Hannah est une chienne errante, ou qu'ils la considèrent comme indésirable, parce qu'elle ne l'est pas.

Sidney ouvrit la bouche pour dire autre chose, mais une assistante fit irruption dans la pièce avant qu'elle ne puisse dire un mot.

— On m'a dit que nous avons une urgence. Qu'est-ce que... Oh, mon Dieu !

Gumby plaça très doucement Hannah sur la table surélevée et garda une main sur sa tête.

— Oui. C'est moche.

— Que s'est-il passé ? demanda l'assistante, effarée.

— Elle a été enlevée dans mon jardin, mentit-il. Et nous pensons que le gars qui l'a prise l'entraînait comme appât ou quelque chose d'autre pour les combats de chiens illégaux. Il lui a versé un produit caustique sur le dos, et on dirait qu'elle a été traînée derrière une voiture. Peut-être qu'il essayait de la conditionner et de la faire courir, mais elle n'a pas pu suivre.

— Pauvre bébé, murmura l'assistante en se penchant pour caresser Hannah.

Les poils à l'arrière de sa nuque se levèrent et elle commença à grogner.

— Hannah, dit Gumby d'un ton grave et dur.

Elle s'arrêta immédiatement pour se mettre à gémir.

— Désolé pour ça, dit-il à l'assistante. Elle est généralement très docile, mais nous ne savons pas ce qui lui a été fait entre le moment où elle a été enlevée et celui où nous venons de la récupérer.

— Bien sûr, fit l'assistante. Il lui faudra un certain temps pour reprendre confiance, dit-elle en remettant quelques documents à Sidney. Il faut que vous les remplissiez et le médecin devrait être là dans quelques minutes.

Elle se tourna vers Hannah.

— Courage, ma fille. On va te soigner en un rien de temps.

À la seconde où la jeune femme quitta la pièce, Sidney se tourna vers Gumby et chuchota :

— Pourquoi leur as-tu dit qu'elle avait été volée dans ton jardin ? C'était stupide.

Gumby passa sa main sur la tête d'Hannah et remarqua le soupir de contentement que poussa la chienne en essayant de se rapprocher de lui.

— Qu'aurais-je dû dire ? Que j'ai rencontré la chienne il y a trente minutes alors que tu te battais avec l'enflure qui l'avait maltraitée ? Que tu la lui as volée ? Tu penses que ça aurait permis de la soigner plus vite ?

Il poursuivit avant qu'elle ne puisse répondre à ses questions rhétoriques :

— Non. Ils auraient voulu avoir plus de détails, et quand nous aurions admis que nous ne savons rien de l'histoire d'Hannah, ils auraient pu carrément refuser de la soigner. Comme ça, elle recevra les soins médicaux dont elle a besoin dès que possible. De plus, je la garde.

Gumby pensait à prendre un chien depuis un moment déjà. Depuis qu'il avait failli mourir au Bahreïn lors de sa dernière mission. Il avait toujours regretté de ne pas en avoir, et Hannah semblait avoir été abandonnée à ses pieds. C'était un signe – et il y croyait beaucoup.

— Il faut passer par la coordinatrice du groupe de sauvetage local avec lequel je travaille. J'allais l'y amener. Ils bénéficient de soins médicaux pour les chiens qui en ont besoin, et ils font des vérifications approfondies des antécédents des adoptants potentiels, lui expliqua Sidney.

— Tu fais ça souvent ? demanda-t-il.

— Faire quoi ?

— Traquer les personnes qui, selon toi, ne mijotent rien de bon sur les réseaux sociaux ? Puis les espionner et, lorsqu'ils franchissent la ligne, s'attaquer à des hommes deux fois plus grands que toi afin de sauver les animaux qu'ils maltraitent.

Sans cligner des yeux, Sidney répondit :

— Oui.

Ce fut au tour de Gumby d'être surpris.

— Sérieusement ?

Elle hocha la tête.

— Les animaux sont innocents. Ils n'ont pas demandé à être jetés dans une fosse pour combattre un autre chien. Ou pour être affamés. Ou être enchaînés dans un jardin pendant toute leur vie. J'affronterai qui il faudra pour sauver un animal innocent et sans défense.

— Tu as déjà eu des ennuis à cause de ça ?

Elle grimaça.

—Tu veux dire que ces salauds de bas étage et ces maltraitants me dénoncent ? Non. Ils sont tous trop occupés à essayer de se protéger et à rester sous le radar des flics pour porter plainte contre moi.

Gumby trouvait qu'elle avait l'air un peu trop sûre d'elle, mais il y avait quelque chose de spécial dans ses yeux lorsqu'elle expliquait comment elle défendait la cause des animaux. Et maintenant, il avait envie de savoir pourquoi. Il voulait connaître son histoire.

Son attention fut détournée lorsque la vétérinaire entra dans la pièce. Elle était concentrée sur son diagnostic, et les dix minutes qui suivirent furent consacrées à l'examen de la pauvre Hannah et à l'obtention d'un maximum d'informations de la part de Gumby... qui n'en avait, hélas, pas beaucoup. Il demanda qu'on lui fasse une analyse de sang complète, car il n'était pas sûr de ce qui lui avait été fait depuis qu'elle avait été enlevée. Il n'était pas fier de ses mensonges, mais s'ils permettaient de donner à Hannah les soins dont elle avait besoin et qu'elle méritait, il préférait qu'il en soit ainsi.

La vétérinaire admit qu'elle semblait avoir été touchée par une sorte d'acide et qu'elle avait effectivement été traînée. La chienne n'avait plus de griffes et ses coussinets étaient abîmés. Elle jugea également que l'état de son dos avait l'air plus grave qu'il ne l'était probablement. Elle ne pensait pas que les poils repousseraient, mais elle assurait que la blessure finirait par guérir.

Mais lorsqu'ils vinrent chercher Hannah pour la soigner, la chienne aux manières douces disparut, et elle se mit à grogner sur la vétérinaire et son assistante.

En reculant, la vétérinaire déclara :

— Vous devriez peut-être venir avec nous. Jusqu'à ce que nous réussissions à lui donner un sédatif.

— Un sédatif ? demanda Gumby.

— Oui. Le nettoyage des blessures va être douloureux, et je préfère ne pas lui faire plus de mal que nécessaire.

Gumby hocha immédiatement la tête.

— Bien. OK, on vient avec vous.

— Juste vous, dit la vétérinaire, en lançant un regard à son assistante que Gumby ne parvint pas à interpréter. Votre... amie peut rester et remplir les papiers.

— C'est d'accord, Sid ? demanda Gumby.

Le surnom lui était venu naturellement.

Sidney fit un signe de tête.

— Bien sûr.

— Vous pensez qu'elle vous laissera la reprendre ? demanda la vétérinaire.

— Il n'y a qu'une seule façon de le savoir.

Gumby se pencha et chuchota à Hannah :

— Qu'est-ce que tu en dis ? Ces gentilles personnes vont t'arranger ça. Ne leur grogne pas dessus, d'accord ?

En réponse, Hannah leva la tête et lécha le visage de Gumby d'un grand coup de langue.

Tout le monde se mit à rire.

— Je suppose que ça veut dire qu'elle est d'accord.

Et sur ce, Gumby porta à nouveau la grande chienne et suivit le vétérinaire à l'arrière de la clinique.

Trente minutes plus tard, il revint dans le hall d'entrée et se dirigea vers Sidney. Il était quelque peu surpris qu'elle soit encore là. Une partie de lui pensait qu'elle s'enfuirait à la seconde où elle serait rassurée que la chienne allait être prise en charge.

Il ne pouvait pas s'empêcher de ressentir un pic de… quelque chose quand il la vit l'attendre. Il y avait longtemps qu'il n'avait pas eu quelqu'un à ses côtés pour faire face à une urgence. Il était vrai que cette urgence précise aurait pu ne pas exister s'il ne l'avait pas trouvée en train de se battre sur le bord de la route, mais quand même.

— Salut, dit-il doucement en s'approchant d'elle et en s'asseyant.

— Salut, répondit-elle avant de lui remettre les documents à remplir. Je ne connais pas tes coordonnées.

Gumby fixa le papier. Elle avait rempli les informations qu'elle connaissait sur Hannah, mais la partie supérieure, où devaient figurer son adresse et son numéro de téléphone, était vide. Il ne put s'empêcher de remarquer que son écriture était magnifique. Soignée et précise, rien à voir avec la sienne.

Alors qu'il s'apprêtait à remplir le formulaire, elle déclara :

— La vétérinaire m'a demandé si j'allais bien à la seconde où tu as quitté la pièce.

Il la regarda.

— Quoi ?

— Elle voulait savoir si j'étais en sécurité, si je me sentais mal à l'aise ou menacée.

Les doigts de Gumby se serrèrent sur le stylo qu'il tenait.

— Elle pensait que je t'avais fait du mal ?

— N'aie pas l'air si surpris, dit-elle avec un petit rire. Ma lèvre saigne, ma chemise est déchirée, et tu es un sacré grand gaillard.

— Je ne te ferais jamais de mal, assura Gumby d'une voix basse et intense en la regardant dans les yeux. Je ne fais pas de mal aux femmes, aux enfants ou aux animaux.

Le sourire quitta son visage et elle le regarda en retour avec autant d'intensité.

— Mais tu fais du mal aux hommes ?

Il haussa les épaules.

— S'ils le méritent, oui.

Gumby fut surpris qu'elle ne demande pas plus d'explications sur ce qu'il voulait dire. Elle se contenta de hocher la tête et de continuer :

— Je lui ai dit que nous poursuivions le type qui avait enlevé Hannah. Que je suis tombée en courant et que je me suis ouvert la lèvre, et que ma chemise s'est déchirée quand nous avons dû escalader une clôture. Je ne pense pas qu'elle y ait cru, mais elle ne pouvait pas faire grand-chose si je lui disais que j'allais bien et que tu ne m'avais pas fait mal.

Gumby ramena sa main sur son visage et fit doucement courir son pouce sur sa lèvre inférieure, là où elle avait été fendue pendant la bagarre.

— Est-ce que ça va vraiment ?

— Je vais bien, murmura-t-elle.

— Decker Kincade ? demanda une voix forte derrière eux, surprenant Gumby et Sidney.

— Ici, dit-il en se tournant vers la réceptionniste.

— Je m'assurais juste que vous n'étiez pas parti, dit la femme avec un sourire penaud. Prenez votre temps avec ces formulaires.

Gumby fit un signe de tête et se retourna vers Sidney.

— J'ai presque fini. J'apprécie ton aide aujourd'hui.

— C'est ma réplique, ça, répondit-elle.

— Tu vas me donner ton numéro de téléphone pour que je te tienne au courant de la guérison d'Hannah ? demanda-t-il.

Elle cligna des yeux, puis rétorqua :

— Il me semble que c'est plutôt le contraire. Je pense que tu devrais me donner ton numéro afin que je puisse te tenir au courant de son rétablissement.

— Si tu voulais mon numéro, tout ce que tu avais à faire était de demander, Sid, plaisanta Gumby.

Elle ne souriait pas.

— Je suis sérieuse, Decker.

Le sourire disparut de son visage.

— Hannah est à moi, fit-il doucement.

— Ça n'a aucun sens, rétorqua Sidney. Tu ne peux pas me dire que tu avais l'intention d'avoir un chien avant de me rencontrer. Tu ne peux pas prendre une décision comme ça en un clin d'œil.

— Allez, debout, dit-il en prenant sa main pour l'aider à se lever.

— Decker ! Qu'est-ce que tu...

— Voici les formulaires, déclara Gumby à la réceptionniste alors qu'il lui remettait les documents. Je dois encore remplir mes informations personnelles, mais je reviens tout de suite pour les compléter.

Et sur ce, il entraîna Sidney à l'extérieur vers son pick-up.

Quelque peu surpris qu'elle ne s'oppose pas à lui, il s'arrêta à côté de son véhicule. Après avoir lâché sa main, Sidney croisa ses bras sur sa poitrine et le regarda fixement. Sauf que, comme elle ne mesurait que 1 m 75, elle ne se montrait pas très efficace quand elle essayait de l'intimider.

— J'avais bien l'intention de prendre un chien, lui dit-il, reprenant facilement où leur conversation s'était arrêtée dans la salle d'attente. Je possède ma propre maison, donc je n'ai pas à me soucier des conneries de restrictions concernant le genre de chien que je peux avoir. J'ai un bon travail et je gagne beaucoup d'argent, je peux donc me permettre de la nourrir et de veiller à ce qu'elle reste en bonne santé. Je suis un bon gars, Sidney. Pourquoi es-tu si opposée à ce que je l'adopte ?

Il vit son côté bravache disparaître alors qu'elle soupirait. Ses bras tombèrent et ses épaules s'affaissèrent.

— Je ne te connais pas. Je t'ai rencontré il y a peu de temps. Ce n'est pas comme ça que les adoptions fonctionnent.

— Regarde-moi.

Lorsque ses yeux rencontrèrent les siens, il dit :

— Je vais prendre soin d'Hannah. Elle va être pourrie gâtée. Je vais faire un don à l'association si c'est ce qui te dérange.

— Ce n'est pas l'argent, protesta-t-elle. Nous faisons des vérifications d'antécédents. Nous nous assurons que les adoptants sont la bonne personne pour un pit-bull.

— Alors, vérifie mes antécédents, lui répondit Gumby, certain qu'elle ne trouverait rien qui puisse lui faire croire, à elle ou à quiconque au sein de l'association, qu'il ne serait pas un bon maître pour un chien.

— Vraiment ? lui demanda-t-elle.

— Vraiment.

Elle lui lança un coup d'œil sceptique.

— La plupart des gens n'aiment pas quand on leur parle de la vérification des antécédents.

— Je ne suis pas comme la plupart des gens, dit Gumby en se penchant vers Sidney.

Aucun des deux ne bougea. Leurs visages étaient très proches, et tout ce qu'il avait à faire était de se pencher un peu plus pour prendre ses lèvres avec les siennes.

L'idée était surprenante. Il ne s'était pas intéressé à une femme depuis des mois. Non, au moins un an et demi…

Cela faisait-il vraiment si longtemps ? Gumby essaya de se souvenir de la dernière femme avec laquelle il était sorti… en vain.

Néanmoins, cette femme battue, piquante et déroutante lui faisait désirer quelque chose qu'il n'était pas sûr de pouvoir maîtriser. Avec son travail, il n'avait pas beaucoup de chance en amour. Son coéquipier, Rocco, avait peut-être trouvé une femme capable de gérer le fait qu'il était un Navy SEAL, mais ce n'était pas chose facile. Il partait souvent, son travail était dangereux et il ne pouvait pas vraiment dire à sa petite amie ou à sa femme où il allait, ni même quand il reviendrait.

Ce serait déjà assez difficile d'avoir un chien. Une

compagne lui compliquerait la vie bien plus qu'un animal de compagnie.

Alors pourquoi ne pouvait-il pas s'arrêter de penser au goût de Sidney Hale ? Comme il serait facile de se pencher et de couvrir ses lèvres avec les siennes ? De quoi aurait-elle l'air, assise sur une chaise de sa terrasse à regarder le coucher de soleil sur l'océan en buvant un verre de vin et en regardant Hannah batifoler dans le sable tout près ?

C'était fou.

Mais une chose que Gumby avait apprise en faisant partie de l'équipe, c'était qu'il devait être flexible et suivre le mouvement. C'était d'ailleurs l'une des raisons pour lesquelles il avait reçu ce surnom. Il avait toujours été comme ça. Il n'avait jamais été gêné par les mauvais coups que la vie lui réservait.

L'équipe avait aussi commencé à l'appeler Gumby, du nom d'un personnage de dessin animé très flexible, parce qu'un jour, lors de leur entraînement de survie, d'évasion, de résistance et de fuite, il avait été le seul des six à pouvoir se contorsionner pour se libérer de ses liens.

— Maintenant, tu veux bien me donner ton numéro ? demanda-t-il.

— Pour que tu puisses me dire comment va Hannah ? rétorqua-t-elle.

— Pour ça aussi.

Son front se releva.

— Et pour que je puisse t'appeler et te demander de sortir avec moi.

Elle cligna des yeux.

— Eh bien, c'est direct.

— Oui.

— Laisse-moi deviner, les femmes ne te refusent jamais rien et tombent à tes pieds, dit-elle, l'air exaspéré.

— En fait, répondit Gumby en reculant pour lui laisser de l'espace, je n'ai pas demandé à une femme de sortir avec moi depuis plus longtemps que je ne m'en souvienne. Personne ne m'a intéressé... jusqu'à présent.

— Pourquoi moi ?

À la seconde où la question fut posée, Gumby aurait pu la retourner à Sidney.

— Pourquoi toi ? reprit Gumby. Parce que ça fait longtemps qu'une femme ne m'a pas impressionné. Je pensais que je te sauvais d'une raclée, alors qu'en réalité, tu t'en sortais très bien sans moi. La dernière chose à laquelle je m'attendais, c'était que la bagarre soit pour un chien. Tu me fascines. Je veux en savoir plus.

— Oh.

Elle ne dit rien d'autre, et Gumby fronça les sourcils. Merde, elle n'était pas intéressée. Il était ridicule.

— Désolé, dit-il doucement. Cela fait évidemment si longtemps que je n'ai pas fait ça que je perds la main. J'étais sérieux quand je t'ai dit que je te laisserais faire cette vérification d'antécédents. Je serais heureux de faire ce que les adoptants font habituellement pour que je puisse officiellement adopter Hannah.

Sidney posa la main sur son avant-bras, et le contact peau contre peau fut étrangement électrisant. Elle retira sa main presque aussitôt, comme si elle avait senti comme lui la connexion entre eux.

— Ça ne me dérangerait pas que tu m'appelles, dit-elle, puis elle se mordit la lèvre. C'est juste que... je ne suis pas sûre que nous jouions dans la même catégorie.

Gumby fronça à nouveau les sourcils.

— Je ne pense pas que je veuille savoir ce que tu veux dire par là.

— Je veux dire que tu as ta propre maison. C'est impressionnant en Californie parce que l'immobilier n'est pas bon marché. Et je vis dans une caravane qui a connu des jours meilleurs. Je n'ai pas de diplôme universitaire et je ne travaille pour le camping qu'à temps partiel. Tu as l'air d'un type qui a une famille parfaite, une maison parfaite, un boulot qui déchire, et probablement qu'en dernière année de lycée tu as été considéré comme celui ayant le plus de chances de réussir.

— Probablement le plus susceptible de mourir avant son 21e anniversaire, répondit Gumby.

Ce fut au tour de Sidney de froncer les sourcils.

— Je me fous de savoir où tu vis ou que tu n'aies pas été à l'université. Je connais beaucoup de connards qui ont un diplôme universitaire et qui n'ont rien appris pendant qu'ils y étaient. Je n'ai jamais jugé personne en fonction de l'endroit où il vit, du travail qu'il fait, ou de quoi que ce soit d'autre hormis le genre de personne qu'il est. Et d'après ce que j'ai vu depuis que je te connais, je n'ai rien à craindre de ce côté-là. Si tu ne veux pas apprendre à me connaître, très bien, je ne vais pas paniquer ou me transformer en un prétendant obsédé et méprisé. Dis-le-moi simplement. Ne t'excuse pas.

Sidney le fixa longuement avant de passer la main derrière elle et de sortir son téléphone.

— Numéro ? demanda-t-elle doucement.

Soupirant intérieurement de soulagement, Gumby le lui donna. Il sentit son téléphone vibrer dans sa propre poche, mais ne prit pas la peine de le sortir.

— Merci, dit-il. Je t'appellerai dès que j'aurai des nouvelles du vétérinaire plus tard dans la journée. Elle m'a dit qu'Hannah aurait probablement besoin de rester ici un moment, jusqu'à ce que la plus grave de ses blessures soit guérie. Ensuite, je pourrai la ramener chez elle.

— OK.

— Et, même si cela pourrait nuire à mes chances avec toi et ton association de sauvetage, je dois admettre que je ne connais pas grand-chose aux chiens. Est-ce que tu m'aideras ?

— Tu es vraiment sérieux à propos de la garder ?

— Oui.

— Alors je t'aiderai.

— Merci.

Il se retourna pour regarder le bâtiment avant de ramener son regard vers le sien.

— Maintenant, je dois y aller et les convaincre que je ne te frappe pas et que je suis parfaitement inoffensif.

Sidney sourit.

— J'ai bien vu un ou deux employés regarder par la fenêtre, probablement pour s'assurer que tu ne me frappais pas par ici.

Les lèvres de Gumby ne bougèrent même pas.

— Pas drôle.

Sidney leva les yeux au ciel.

— De toute façon, je dois rentrer chez moi et me nettoyer. Je suis sûre que mon patron a une liste d'un kilomètre de long de choses sur lesquelles je dois travailler cet après-midi.

Gumby hocha la tête et leva la main vers son visage. Elle ne broncha pas, elle ne pouvait pas aller loin, le dos posé contre son pick-up. Il frotta doucement son pouce contre la marque noire qui se formait sous son œil.

— Mets un peu de glace dessus pour essayer d'arrêter les bleus.

— Je vais le faire.

Se forçant à s'éloigner d'elle, Gumby recula vers le bâtiment.

— Sois prudente.

— Toi aussi.

Puis il se retourna et se dirigea à nouveau vers les portes du cabinet vétérinaire. Une main sur la poignée de la porte, il se retourna et regarda Sidney sortir du parking et se fondre dans la circulation.

Comme si sa vie venait de prendre un virage à 180 degrés, Gumby ne put s'empêcher de sourire en retournant à l'intérieur pour payer les soins et s'assurer que ses coordonnées étaient bien enregistrées pour plus tard.

Sidney pensait qu'ils n'étaient pas du même monde, et elle avait raison. Gumby avait l'impression qu'elle était tellement au-dessus de lui que ce n'était même pas drôle. Mais il n'allait pas la laisser s'échapper sans se battre. Il y avait si longtemps qu'il n'avait pas ressenti le moindre désir de connaître une femme comme il souhaitait connaître Sidney. Elle l'avait surpris et impressionné, et c'était sacrément difficile à faire.

Il était impatient de voir la réaction de ses coéquipiers quand il leur dirait à la pause déjeuner qu'il était passé de célibataire par excellence à propriétaire d'un chien – et peut-être même officiellement hors du marché.

CHAPITRE DEUX

Plus tard dans l'après-midi, Sidney se coucha sous une caravane pour s'attaquer à un tuyau d'eau qui fuyait. Elle pensait à tout ce qui s'était passé plus tôt, et elle avait presque l'impression que c'était arrivé à quelqu'un d'autre.

Elle s'était beaucoup habituée à sa vie. Elle était d'une banalité qui était, à bien des égards, réconfortante. Pas très excitante, mais réconfortante. Sydney n'était pas sûre de savoir comment elle avait fini par s'investir dans le sauvetage de chiens. Ça n'avait pas été planifié. Mais avec son éducation, elle ne pouvait pas dire qu'elle était si surprise.

— Hé, Sid ! Tu es là-dessous ? cria une voix.

En souriant, Sidney répondit :

— Oui ! Donne-moi une seconde !

Elle finit de resserrer le joint et espéra que cela réglerait le problème. Sinon, il faudrait remplacer toute la canalisation, ce qui, elle le savait, énerverait Jude.

Jude Camara était son patron et le propriétaire du parc de caravanes. Il avait la soixantaine, mais il avait plutôt l'air d'un quadragénaire. Il était grand, costaud et tatoué. Il lui avait permis d'avoir un répit à son arrivée en Californie, et Sidney lui devait plus que ce qu'elle ne pourrait jamais rembourser. Il n'était pas question, mais de toute l'aide qu'il lui avait apportée au fil des ans... y compris en la payant pour être la femme à tout faire du parc. Elle avait appris de Jude tout ce qu'elle savait sur la plomberie, l'électricité et le bricolage de base.

Sidney sortit en rampant de sous la caravane et regarda sa voisine. Nora avait elle aussi trente-deux ans, mais c'était là que s'arrêtaient les similitudes entre elles. Elle était aussi grande que Sidney. Elle avait de beaux cheveux blonds quand ceux de Sidney étaient bruns. Elle était mince et proportionnée, et Sidney se sentait toujours minable et peu sophistiquée à côté d'elle. Mais Sidney avait aussi l'impression qu'elle était beaucoup plus intelligente que Nora. L'autre femme passait constamment d'un type à l'autre, sûre que chacun serait son ticket de sortie du parc de caravanes.

Ce jour-là, Nora portait un jean qui épousait ses formes, et un haut à bretelles si léger qu'un coup de vent aurait suffi pour exposer ses seins au monde entier. Ses cheveux étaient crêpés et très longs, et elle avait eu la main lourde sur le maquillage.

— Hé, Nora, dit Sidney alors qu'elle se levait et essuyait la terre de son jean. Qu'est-ce qu'il y a ?

— Bon sang. Qu'est-il arrivé à ton visage ? demanda Nora.

Sidney balaya son inquiétude.

— Je me suis cognée sur le fond d'une des remorques.

— Aïe. Quoi qu'il en soit, j'ai besoin de ton aide.

Sidney n'était pas surprise. Nora avait toujours besoin d'aide pour quelque chose.

— Je vais voir un type rencontré sur Tinder et je me demandais si tu accepterais d'être ma complice.

— Bien sûr. Tu veux que je t'envoie un texto et si les choses ne se passent pas bien, tu peux faire semblant d'avoir une urgence pour pouvoir partir ? demanda Sidney.

Nora se mit à rire.

— Oh, non. Les choses vont bien se passer, je n'en doute pas.

— Comment le sais-tu ?

Au lieu de répondre, Nora sortit son téléphone et cliqua sur quelques touches avant de le tourner pour que Sidney puisse voir la photo qu'elle avait prise.

— Comme ça, dit Nora avec un sourire en coin.

Le type à l'écran était sexy, il n'y avait aucun doute. Il était assis sur une Harley-Davidson et souriait. Il portait une chemise noire qui montrait ses bras musclés et tatoués, mais rien en lui ne plaisait à Sidney. C'était comme si l'homme en faisait trop. Il n'avait rien à voir avec Decker.

Cette pensée arrêta Sidney dans son élan.

Pourquoi comparait-elle ce type à Decker ? C'était fou. Elle venait juste de le rencontrer.

— Il est beau, dit Sidney à son amie avec un sourire, en essayant de faire abstraction de Decker Kincade.

— Beau gosse ? demanda Nora, incrédule. Il est super canon. Et je serai dans son lit cet après-midi coûte que coûte.

Sidney ricana et secoua la tête. Nora était une optimiste dans l'âme.

— Alors, pourquoi as-tu besoin de mon aide ?

— Je lui ai dit que j'avais une colocataire, dit Nora. J'ai besoin que tu appelles dans environ une heure et demie, et je vais faire comme si tu me disais qu'une canalisation d'eau a éclaté et que je ne peux pas rentrer chez moi. Je ferai en sorte qu'il soit désolé pour moi et qu'il me laisse rester chez lui. Puis je lui retournerai le cerveau si habilement qu'il ne voudra pas que je parte de sitôt !

Sidney ne comprenait pas le désir de son amie de coucher avec la moitié de la population masculine, mais elle ne la méprisait pas non plus. Nora avait sans aucun doute le corps qui convenait à son désir sexuel.

— Tu crois qu'il va se faire avoir ?

— Oh, oui. Il va regarder ça, continua-t-elle en montrant ses courbes, et il fera tout pour l'avoir.

— Qu'est-ce qu'il fait dans la vie ? demanda Sidney.

Nora haussa les épaules.

— Aucune idée.

— D'où vient-il ?

De nouveau, Nora haussa les épaules.

— D'ici, je suppose.

Sidney secoua la tête d'un air exaspéré.

— Tu sais quelque chose sur lui ?

— Je sais qu'il a une Prince Albert et une grosse queue.

Sidney leva les yeux au ciel.

— Je ne veux pas savoir comment tu sais ça, tout en ayant aucune idée de ce qu'il fait dans la vie.

Nora sourit.

— Il m'a envoyé une photo, bien sûr.

— Dégoûtant, dit Sidney en fronçant le nez.

— Oh, chérie. Il faut que tu t'envoies en l'air, dit Nora d'un air compatissant. Parce que son engin n'est absolument pas dégoûtant. Pas du tout.

— Tout va bien, merci, lui rétorqua Sidney. Tu as un préservatif ?

— Une boîte entière, merci, maman, dit Nora en levant les yeux au ciel.

— Bien. Et si tu as besoin que je te sauve parce qu'il s'avère que la photo qu'il a utilisée sur Tinder n'est pas vraiment la sienne, et qu'en fait c'est un comptable qui porte des lunettes, un porte-documents et un pantalon trop court, appelle-moi. Je suivrai le mouvement et je te dirai tout ce dont tu as besoin pour te sortir de là.

— Sid, je m'en fiche complètement si ce n'est pas lui sur la photo, tant que la photo qu'il a envoyée de sa queue est authentique. Cela fait une semaine et demie que je ne me suis pas envoyée en l'air et je suis en manque.

C'était l'autre chose que Sidney ne comprenait pas. Cela faisait trois ans qu'elle n'avait pas couché avec quelqu'un et, franchement, son vibromasseur lui donnait trois fois plus de plaisir que tout autre homme. Elle ne comprenait pas Nora.

— D'accord. Va t'amuser. Je t'appellerai un peu plus tard, abdiqua Sidney.

— Merci. Tu es une perle, répondit Nora en se penchant en avant pour lui donner un baiser aérien.

Sidney lui rendit le geste et regarda Nora se pavaner. Elle portait une paire de talons de quinze centimètres et ne semblait pas gênée par le fait qu'elle marchait sur un sol inégal et rocailleux.

En se regardant, Sidney grimaça. Elle était couverte de poussière de la tête aux pieds, et la seule fois où elle avait essayé de marcher avec des talons, elle était tombée à plat ventre.

À bien des égards, elle admirait Nora. Cette femme se fichait d'utiliser son corps et son visage pour faire payer les hommes pour des bêtises. Elle n'avait pas de travail, mais elle n'en avait pas besoin, car les hommes lui « prêtaient » constamment de l'argent. Elle n'était pas une pute, elle ne prenait pas d'argent pour coucher avec les hommes, mais parce qu'elle couchait avec eux, ils le lui donnaient. La frontière était mince, mais Sidney était la dernière personne à pouvoir juger Nora.

Elle était gentille, partageait volontiers son dernier dollar si quelqu'un en avait besoin, et avait toujours le sourire aux lèvres. Oui, Sidney l'aimait bien, et l'enviait même, parfois. Elle avait aussi une relation formidable avec sa famille, ce que Sidney n'avait jamais eu.

Refusant de penser à sa famille, sachant que cela ne ferait que la mener sur une route qu'elle ne voulait pas emprunter, Sidney s'apprêtait à prendre son sac à outils et à se diriger vers son prochain travail quand son téléphone vibra dans sa poche.

Quand elle le sortit, elle vit le nom de Decker sur l'écran.

Soudain nerveuse, elle envisagea de laisser l'appel finir sur la messagerie vocale. Mais elle était trop curieuse à propos d'Hannah pour le faire.

— Allô ?

— Salut, Sidney. C'est Decker.

— Salut.

— Je voulais te prévenir que la vétérinaire m'a rappelé. Les blessures d'Hannah avaient l'air pires qu'elles ne l'étaient. Elle est d'accord avec notre hypothèse selon laquelle elle a été traînée derrière une voiture, ce qui lui a arraché toutes ses griffes et a pratiquement brûlé les coussinets. Ils seront enveloppés pendant un moment pour qu'ils puissent guérir.

— Et son dos ?

— Elle est certaine que c'est l'acide de la batterie.

— Mon dieu. Les gens sont de vraies ordures, soupira Sidney.

— Ouais. Je suis tout à fait d'accord avec toi sur ce point. Elle a nettoyé son dos et a dit que les poils ne repousseraient probablement pas, mais les dégâts n'étaient pas aussi importants qu'ils auraient pu l'être si elle n'avait pas reçu de soins médicaux aussi rapidement. Apparemment, Hannah a l'air bizarre avec la moitié de son dos rasé, mais elle m'a rassuré en me disant que les poils repousseraient rapidement autour de la brûlure.

— Bien. Combien de temps devront-ils la garder ?

— Probablement seulement une semaine environ. Cela dépend beaucoup de ce qu'elle fera une fois réveillée.

— Bien. Je peux appeler Faith, la dame qui dirige le sauvetage des pit-bulls avec qui je travaille, et elle paiera les soins d'Hannah, déclara Sidney à Decker.

— Non. Je m'en occupe. Donne-moi juste son numéro, et je l'appellerai pour lancer l'adoption d'Hannah.

Sidney se mordit la lèvre.

— Je ne lui ai pas encore parlé d'Hannah.

Sidney était presque aussi surprise que Decker semblait l'être, à en juger par son silence. Habituellement, elle tenait au courant la présidente de l'association de sauvetage après avoir mis la main sur un pit-bull. Mais pour une raison quelconque, elle ne l'avait pas fait cette fois-ci. En partie parce qu'elle avait une fois de plus enfreint la loi afin de sortir Hannah des griffes de cette raclure.

Mais c'était surtout à cause de Decker.

— Tu sais que je suis prêt à faire tout ce qui est nécessaire pour l'adopter, déclara Decker au bout d'un moment.

— Je sais. Mais il semble que ce ne soit qu'un tas de paperasserie inutile à ce stade. Tu la veux. Elle t'aime bien. Te faire payer les frais d'adoption en plus de ce que tu payes déjà au vétérinaire ne semble pas juste.

— Je me sens un peu comme un petit enfant que sa mère a poussé sur le plongeoir et lui a dit de sauter, dit Decker en riant. Veux-tu m'aider à trouver ce que je dois prendre pour... Oh, merde.

— Quoi ? demanda Sidney, alarmée.

— Ma maison. Je suis en train de la rénover. Il y a des cochonneries partout. Je ne peux pas amener un chien ici.

— Ça ne peut pas être si terrible, dit Sidney.

Quand Decker ne répondit pas, elle grimaça.

— C'est si grave que ça ?

— Je... je vis seul. Et je passe la plupart de mon temps sur ma terrasse. Je ne me suis pas dépêché de finir la maison. Je l'ai achetée après une saisie et elle avait besoin de beaucoup de travaux. Tant à l'intérieur qu'à l'extérieur. Mais je l'ai achetée pour une bouchée de pain. Je me suis dit que j'avais beaucoup de temps.

— Tu veux que je vienne jeter un coup d'œil ? Je suis assez habile.

L'offre fut faite avant même que Sidney n'ait pensé à ce qu'elle disait. Elle se mordit la lèvre et ferma les yeux. Merde, Decker allait croire qu'elle lui faisait des avances. Il penserait qu'elle était facile, et en profiterait probablement.

— Sérieusement ?

Sidney ouvrit les yeux et regarda fixement le côté de la caravane sous laquelle elle venait de passer.

— Oui.

— Ce serait super.

Il avait l'air soulagé.

— Je suis sûre qu'un entrepreneur professionnel serait probablement mieux, lui dit-elle honnêtement, en essayant de faire machine arrière.

— J'ai un entrepreneur, mais tu es l'experte en chiens. Si ta proposition est sérieuse, tu peux m'aider à déterminer ce qui doit être fait immédiatement pour qu'Hannah soit en sécurité ici. Ensuite, je pourrai appeler Max pour que ce soit fait et travailler sur les petites choses quand le temps le permettra.

— OK.

— Pourquoi pas demain ?

— Demain ? répéta Sidney, surprise.

— Oui. Je n'ai pas beaucoup de temps, pas si Hannah doit sortir dans la semaine, lui expliqua Decker.

— C'est vrai.

Bien sûr, c'était pour ça qu'il voulait qu'elle vienne si vite.

— Ça, et je veux te revoir, ajouta-t-il.

Sous le choc, Sidney fit de son mieux pour garder les papillons dans son estomac sous contrôle. Il y avait longtemps qu'elle n'avait pas ressenti cela pour quoi que ce soit. Surtout un homme.

Et Decker était un sacré bonhomme. Elle avait remarqué qu'il était beau, bien sûr. Mais ce n'est que lorsque Hannah avait été emmenée chez le vétérinaire qu'elle eut vraiment le temps de réfléchir.

Le tee-shirt qu'il portait était serré sur ses épaules et ses biceps, montrant ainsi à quel point il était costaud. Il avait des tatouages sur les bras jusqu'aux poignets, tout en noir, ce qui était chaud comme l'enfer. Il avait également une barbe assez fournie et bien taillée qui intriguait Sidney. Elle n'était jamais sortie avec un homme barbu auparavant, et ne pouvait pas nier qu'elle était curieuse de savoir ce que cela pouvait lui faire de l'embrasser. Les poils de son visage seraient-ils rugueux et gênants ? Ou seraient-ils doux et chatouilleux quand ses lèvres couvriraient les siennes ?

Elle ferma les yeux et essaya de remettre son esprit sur les rails. Elle n'était pas comme Nora, ne s'attendait pas à du sexe en échange d'une faveur, mais elle avait le sentiment qu'un Decker nu serait absolument magnifique – et presque boule-versant, à côté de sa silhouette imparfaite.

— À quelle heure ? demanda-t-elle, essayant de sortir son esprit de ce gouffre.

— L'heure qui te convient le mieux, répondit-il immé-diatement.

— Tu ne dois pas travailler ? s'intéressa-t-elle, se deman-dant soudain ce qu'il faisait dans la vie.

Il avait certes eu le temps, cet après-midi-là, de l'aider et d'emmener Hannah chez le vétérinaire. Il avait dit qu'il avait un travail, mais c'était peut-être un mensonge ? Peut-être qu'il ne travaillait pas. Peut-être que c'était un enfant de riches et qu'il vivait de l'argent de ses parents...

— Si. Mais pour l'instant, mon emploi du temps est flexible. Ce n'est pas toujours comme ça, mais autant en profiter tant que je peux.

Elle voulait tellement lui poser des questions sur son travail, mais elle décida que ce serait impoli. Elle lui demande-rait demain.

— D'accord. Pourquoi pas quatorze heures ? J'ai besoin d'aider Jude le matin puisque j'ai été absente presque toute la journée.

— Jude ? demanda Decker.

Sidney crut percevoir une pointe de jalousie dans sa voix, mais c'était insensé.

— Mon patron.

— Humm.

— Mon patron de soixante-trois ans, ajouta-t-elle, voulant s'assurer qu'il savait qu'elle n'était en aucune façon attirée par l'autre homme.

— Bien sûr. J'étais si transparent que ça, hein ? dit Decker en riant. Merci de ne pas jouer à ce jeu, Sid. Quatorze heures, c'est parfait. Tu veux que je vienne te chercher ?

— Quoi ? Pourquoi ?

— Parce que tu me fais une faveur en venant chez moi pour m'aider. C'est le moins que je puisse faire.

— Non. Je te rejoindrai là-bas, refusa-t-elle fermement.

Il n'était pas question qu'elle soit coincée chez lui sans moyen de transport. Elle venait de rencontrer ce type. Elle n'était pas idiote.

— Tu peux me faire confiance, dit Decker, en baissant la voix. Je sais de quoi ça a l'air, mais tu n'as rien à craindre de moi. Pour toi, je suis inoffensif.

Il ne disait pas qu'il était inoffensif en général. Certaines personnes n'auraient même pas noté la nuance, mais c'était plus qu'évident pour elle.

— Je te rejoindrai.

Les mots semblaient innocents dans sa tête, mais à la seconde où ils s'échappèrent de ses lèvres, ils semblaient avoir un sens plus profond.

— Je t'enverrai mon adresse par SMS, dit Decker.

— OK.

— Sidney ?

— Oui ?

— Merci.

— De rien.

— On se voit demain.

— Bye.

— Bye.

Sidney raccrocha et fixa le téléphone sans le voir. Ce ne fut que lorsqu'il vibra dans sa main qu'elle se secoua pour sortir de la stupeur dans laquelle elle se trouvait.

En regardant le téléphone, elle vit que Decker avait effectivement envoyé un message avec son adresse. Elle la chercha sur la carte et pesta intérieurement.

Bien sûr, il avait une maison juste sur la plage.

Que faisait-elle ? Elle ne plaisantait pas quand elle disait qu'il était hors de sa portée. Quelqu'un comme Nora pouvait probablement le piéger en une seconde, mais ensuite, elle lui tournerait le dos et s'éloignerait aussi sans un second regard.

Decker Kincade ne lui semblait pas être un homme à femmes. Il était sincère. La bonté même.

Et elle devait rester aussi loin de lui que possible.

Elle le souillerait. Aussi sûr que son nom était Sidney Hale, elle le savait sans le moindre doute. Elle devait lui dire qui était son frère, en finir.

Mais égoïstement, elle voulait un peu plus de temps pour être simplement Sidney. Pour profiter de l'étrange connexion qu'elle avait avec Decker...

Avant qu'il ne la regarde avec horreur et ne trouve un moyen de prendre ses distances.

En soupirant, Sidney remit son téléphone dans sa poche et prit son sac à outils. Elle avait des choses à faire, et penser aux yeux chocolat de Decker Kincade n'était pas sur la liste.

CHAPITRE TROIS

Gumby faisait les cent pas.

Sidney était en retard. Il voulait l'appeler, pour s'assurer qu'elle n'était pas en train de le ghoster, mais il s'abstint. La circulation autour de Riverton était terrible. Elle était probablement juste coincée dedans, et il ne voulait pas la distraire en l'appelant.

Mais il ne pouvait pas s'empêcher de penser qu'il avait peut-être été trop insistant. Qu'elle n'avait absolument aucun intérêt pour lui.

Il n'aimait pas se sentir en insécurité. En tant que SEAL, il était toujours confiant et optimiste. Mais Sidney lui donnait l'impression d'être un adolescent qui espérait qu'une fille accepterait de lui tenir la main au déjeuner.

Il passa ses doigts dans ses cheveux tout en continuant de faire les cent pas. Il s'inquiétait.

Enfin, vers quatorze heures quarante-cinq, Gumby entendit le grondement caractéristique de l'Accord de Sidney. Il ouvrit sa porte d'entrée et attendit qu'elle se gare dans son allée et sorte de sa voiture.

Quand elle fut à environ un mètre de lui, elle s'arrêta, le

regarda et commença à parler. Ses paroles étaient précipitées, comme si elle pensait qu'il allait l'interrompre.

— Je suis vraiment désolée d'être en retard. Jude m'a demandé de m'arrêter à la caravane du vieux M. Cotter. Il s'était plaint de la faible pression de l'eau. Il avait raison, il tirait à peine un filet de ses robinets. J'ai dû aller sous sa caravane pour voir quel était le problème et à la seconde où j'ai touché le tuyau menant à sa caravane, il a éclaté. Je n'avais pas encore coupé l'eau parce que je faisais juste une reconnaissance. Je me suis retrouvée trempée en une seconde et, bien sûr, la saleté dans laquelle je me trouvais s'est immédiatement transformée en boue. J'ai dû sortir en courant, couper l'eau, puis retourner sous sa caravane. Le tuyau était complètement bouché par la rouille, ce qui avait causé la faible pression de l'eau, et expliquait pourquoi il s'était simplement désintégré quand je l'ai touché. Je suis sûre qu'il devait être aussi vieux que M. Cotter lui-même.

« Je ne pouvais pas le laisser sans eau, alors j'ai dû prendre un nouveau morceau de tuyau et le raccorder temporairement, mais la canalisation va probablement devoir être remplacée tôt ou tard. Quand j'ai terminé, il était déjà treize heures quarante-cinq et j'ai dû aller prendre une douche, parce que, crois-moi, je ressemblais vraiment au monstre de ce vieux film qui se passe dans un camping, *La Créature du marais* et puis la circulation était terrible. J'allais t'appeler pour te dire que j'étais en retard, mais comme une idiote j'avais mis mon téléphone dans mon sac à main, que j'ai jeté sur mon siège arrière, et je ne voulais pas m'arrêter pour le prendre parce que ça m'aurait mise encore plus en retard. Tu es en colère ?

Gumby n'était pas en colère. Inquiet. Bouleversé. Confus, oui. En colère, non. Et le temps qu'elle finisse de lui expliquer pourquoi elle était en retard, il souriait. Bien sûr, elle était en retard parce qu'elle aidait quelqu'un d'autre. Même si ce n'était pas son travail, il avait le sentiment qu'elle ne laisserait jamais quoi que ce soit à moitié fait.

Faisant un pas en avant, Gumby ne dit rien. Il la prit simplement dans ses bras.

Elle commença par se raidir, puis se laissa lentement aller contre lui comme s'ils s'étaient serrés l'un contre l'autre, comme s'ils l'avaient fait toute leur vie. Sa joue reposait sur sa poitrine, et il sentait le parfum frais et fleuri du shampoing qu'elle avait utilisé se dégager de ses cheveux. Elle se sentait encore plus petite contre son corps. Il était difficile de croire que cette femme ait pu s'en prendre physiquement la veille au voyou qui avait fait du mal à Hannah.

Se remémorant l'incident et sa blessure, il recula et posa une main sur sa joue. Elle n'avait pas essayé de couvrir son œil au beurre noir avec du maquillage.Il passa son pouce sur les contusions de son visage.

— C'est douloureux ? demanda-t-il.

Elle secoua la tête.

— Bien. Je ne suis pas en colère, Sid. Je suis soulagé que tu ailles bien. Que tu n'aies pas eu d'accident de voiture en venant ici et, plus important encore, que tu n'aies pas décidé que j'étais un vrai monstre et qu'il ait été impossible que tu viennes chez moi.

Elle gloussa et essaya de reculer, mais Gumby ne la lâcha pas. Si elle avait insisté, il aurait immédiatement lâché ses bras, mais à la seconde où elle sentit que son emprise ne se relâchait pas, elle se détendit à nouveau contre lui. Ses mains saisirent son biceps et elle le regarda.

— Je ne pouvais pas, en toute conscience, laisser la pauvre Hannah venir dans une maison dangereuse, n'est-ce pas ? demanda-t-elle avec un petit sourire.

Sa réponse fut quelque peu décevante, compte tenu de la direction dans laquelle ses pensées vagabondaient, mais Gumby ne laissa rien paraître de ce qu'il ressentait.

— Bien sûr.

Il baissa les bras et recula d'un pas, en faisant un geste vers sa porte.

— Prête pour la grande visite ?

Sidney l'arrêta d'une main sur son bras.

— Decker, si je n'étais pas intéressée, je ne serais pas là.

Il s'arrêta et la fixa. Il était plutôt doué pour cacher ses émotions. C'était nécessaire dans son travail. Mais Sidney lisait en lui comme dans un livre ouvert. C'était déconcertant, mais en même temps, c'était un soulagement.

— Je sais que j'insiste, lui dit-il. Et ça ne me ressemble pas. Mais il y a une chose en toi à laquelle je ne peux pas résister.

— Je n'ai rien de spécial, lui dit-elle.

— Et c'est en partie pour ça que je suis si fasciné, répondit Gumby. Tu n'as pas idée à quel point tu es spéciale. La plupart des femmes auraient reprogrammé le rendez-vous avec M. Cotter, mais tu n'as pas fait ça. Et je ne parle pas de ta compassion quand il s'agit de chiens comme Hannah.

Sidney secoua la tête.

— Sérieusement, Decker. Tu ne me connais même pas. Oui, j'aime les chiens, mais ce n'est pas une raison pour me mettre sur un piédestal.

— C'est plus que ça, expliqua-t-il. Je suis incapable de mettre le doigt dessus, et je ne peux pas vraiment l'expliquer. Mais il y a quelque chose qui m'attire vers toi comme un papillon de nuit vers une flamme.

— Tu vas te brûler, lui dit Sidney.

Gumby savait qu'elle pensait chaque mot qui sortait de sa bouche. Comme quand elle l'avait prévenu hier qu'ils ne venaient pas du même monde. Il sentait qu'elle avait un sombre et lourd secret... mais il s'en fichait. Sidney Hale était une bonne personne. Il le savait grâce à une sorte de sixième sens.

Il avait affaire au pire de l'humanité de façon assez régulière. Il avait vu des hommes attacher des bombes sur leur propre chair et appuyer sur le bouton pour déclencher ces explosifs afin de faire avancer leurs propres desseins. On lui avait menti, craché dessus, et il avait été torturé et blessé par des hommes et des femmes qui pourraient probablement se fondre sans effort dans les rues de Riverton.

Mais il les avait regardés dans les yeux et avait vu le mal en eux.

L'une des principales choses qu'il avait vues en regardant dans les yeux de Sidney était la douleur.

Les démons qu'elle avait en elle étaient peut-être bien présents, mais ils ne l'empêchaient pas d'aider les vieillards dans son camping ou les animaux sans défense qui ne pouvaient pas se défendre.

— J'ai toujours pris des risques, lui confia Gumby.

Il se retint de l'enlacer, de passer ses cheveux derrière l'oreille.

— La question est de savoir si je suis le seul à ressentir le lien entre nous ?

Elle ouvrit la bouche pour répondre, mais il continua rapidement pour ne pas l'entendre dire oui par politesse.

— Accorde-moi cette journée, supplia-t-il. Apprends à me connaître un peu plus. Si, après aujourd'hui, tu ne ressens pas la même attirance envers moi que celle que je ressens envers toi, je ne t'embêterai plus. Je ne cherche pas une relation de pitié, Sidney. Je suis trop vieux pour ce genre de connerie. Je veux une femme qui ne supporte pas d'être dans la même pièce que moi sans me toucher, sans me tenir la main, sans passer ses doigts sur mon bras. Je veux une femme qui peut se défendre quand je ne suis pas là, mais qui n'a pas peur de me laisser prendre les choses en main quand je suis là. Je veux une partenaire. Quelqu'un avec qui je peux rire, mais avec qui je peux aussi me laisser aller, et lui faire porter certains de mes fardeaux quand j'ai besoin de les partager.

« Et je ne dis pas que tu es cette femme. Mais je dis que tu es la première femme depuis longtemps à m'intéresser. Mais après aujourd'hui, si tu nous vois seulement comme des amis, dis-le-moi. Je ne flipperai pas. D'accord ?

Elle hocha la tête.

Gumby savait qu'il en avait probablement trop dit, mais il avait été honnête. Il ne voulait pas sortir avec quelqu'un juste pour prendre son pied. Après avoir failli mourir au Bahreïn, et en voyant combien son coéquipier Rocco était devenu proche de sa petite amie Caite, il avait réalisé qu'il voulait ce qu'ils avaient. Peut-être que Sidney n'était pas cette femme. Mais si elle l'était ?

— Allez, se força-t-il à dire sur un ton plus léger. Je vais te montrer ma maison. Mais je te préviens, c'est le bordel.

Elle sourit.

— Je suis sûre que ce n'est pas si grave.

Gumby fit la grimace en lui ouvrant la porte. C'était le cas, mais il la laissait voir par elle-même.

Trente minutes plus tard, Gumby lorgnait les fesses de Sidney alors qu'elle était à quatre pattes, la tête cachée dans l'armoire sous l'évier.

Il avait voulu l'impressionner. Peut-être la convaincre de s'asseoir sur sa terrasse avec lui, alors qu'ils apprenaient à mieux se connaître. Mais à la seconde où Sidney avait vu sa cuisine –un désastre à cause de la rénovation inachevée parce qu'il avait été envoyé au Bahreïn et n'avait pas encore rappelé l'entrepreneur pour terminer le travail – il l'avait perdue.

Elle lui avait demandé de lui faire part de sa vision de l'espace, et après cela, elle avait commencé à inspecter tout ce que l'entrepreneur avait fait jusque-là, lui disant où elle pensait que des améliorations pouvaient être apportées et ce qu'il fallait faire d'autre. Elle inspectait la plomberie sous son évier pour voir s'il serait possible d'installer la machine à glace qu'il souhaitait.

Elle se mit à crier :

— Bonne nouvelle !

Ses paroles étaient étouffées par l'armoire.

— Je suis presque sûre que c'est faisable !

Gumby ne pouvait pas détacher son regard de ses fesses. Il ne s'était jamais vraiment considéré comme un homme à fesses

– ou à seins, d'ailleurs. Il aimait juste le corps des femmes, point final. Ils étaient tous différents. Mais surtout, il aimait qu'elles soient plus douces que lui. Il avait passé toute sa vie à s'assurer que son corps était prêt au combat, mais il ne voulait pas d'une femme aussi dure que lui. Il voulait quelqu'un avec des courbes et de la douceur.

Et Sidney correspondait tout à fait à ce profil. En regardant ses fesses alors qu'elle se déplaçait à quatre pattes devant lui, il redevint un adolescent regardant des magazines cochons. Il ne pouvait pas s'empêcher de penser à la prendre comme ça.

Elle serait à quatre pattes, comme maintenant, sur leur lit. Elle regarderait timidement derrière elle et secouerait ses fesses vers lui, l'incitant à se dépêcher de la prendre. Mais il prendrait son temps. Il se mettrait à genoux derrière elle et la mangerait de cette façon. Elle tomberait sur les coudes, inclinant ses hanches vers le haut, ce qui lui donnerait un meilleur accès à son miel.

Il était perdu dans son fantasme, léchant même ses lèvres, imaginant qu'il pourrait la goûter là, quand elle sortit de sous son évier, s'assit sur ses talons et le regarda.

— Tu m'as entendue ?

En clignant des yeux, Gumby réalisa que son érection se lisait pratiquement sur son visage. Elle était à une hauteur parfaite pour se lever et...

Merde.

En se retournant, Gumby posa ses mains sur le comptoir, essayant de se reprendre en main.

— Ouais, je t'ai entendu. Super, dit-il rapidement.

Il l'entendit se lever.

— Tu vas bien ?

— Bien sûr. Tu as soif ?

Il sentit sa main lui toucher le dos, et les doigts de Gumby s'agitèrent avec le besoin de se tourner et de prendre Sidney dans ses bras. Mon Dieu, il n'avait pas été aussi excité depuis des années. Qu'est-ce qui n'allait pas chez lui ? Elle était là pour s'assurer que sa maison était sûre pour Hannah. C'était un porc de la reluquer comme il l'avait fait.

— Qu'est-ce qui ne va pas ? demanda-t-elle. Je suis désolée si je me suis un peu égarée ici. Cette cuisine a un si grand potentiel, et je me suis laissé emporter. On peut regarder le reste de la maison maintenant.

Gumby secoua la tête mais ne se retourna pas. Il sentait chacun de ses doigts sur son dos comme si elle l'avait marqué. Il pria pour qu'elle y laisse sa main et espérait en même temps qu'elle s'éloignerait de lui.

— Non, tu as raison. J'ai choisi la voie de la facilité, mais je dois tout revoir et les idées que tu m'as données sont parfaites.

— Decker ? demanda-t-elle. J'ai l'impression de te mettre mal à l'aise. Peut-être que je devrais y aller.

Sur ces mots, il se retourna. Si vite qu'elle sursauta et s'éloigna de lui. Elle trébucha sur une pile de carreaux posée sur le sol et serait tombée s'il n'avait pas tendu la main et ne l'avait pas retenue par la taille.

Il ne pouvait pas s'empêcher de la rapprocher de lui. Il la fixa longuement. Ses cheveux noirs étaient en désordre autour de ses épaules, et l'ecchymose sur son visage attirait son attention. Elle avait les yeux bleus les plus étonnants. Ils étaient comme l'océan derrière sa maison, juste avant qu'il ne fasse trop sombre pour le voir. Une couleur bleu profond étonnante qui l'attirait.

— Tu ne me mets pas mal à l'aise, lui dit-il au bout d'un moment.

Il savait que son érection se pressait contre son ventre, qu'elle pouvait la sentir. Il aurait fallu qu'elle ne s'en rende pas compte, et il savait que c'était tout le contraire qui était en train de se produire.

— J'aime t'avoir ici, dans mon espace. Un peu trop, si tu vois ce que je veux dire. J'essaie d'être un gentleman et de ne pas te faire flipper, mais j'ai du mal.

— Oh, dit-elle en soupirant, mais sans s'arracher de ses bras.

Il espérait que c'était un bon signe.

Avec une profonde inspiration, enivré par son parfum fleuri, il la lâcha et se dirigea vers le réfrigérateur. Il sortit une bouteille d'eau et la brandit.

— De l'eau ?

— Euh... Oui s'il te plaît.

— Allez, je vais te montrer le reste de la maison et tu pourras me dire ce qui doit être fait immédiatement pour Hannah. J'ignore si elle a tendance à tout mâchouiller. Je sais que je dois faire venir un électricien pour fermer les prises et tout ça.

Gumby se força à sortir de la cuisine. Il entendit qu'elle le suivait. La demi-heure suivante fut consacrée à lui faire visiter sa maison de plage et à enregistrer mentalement toutes les choses qu'elle lui suggérait. En gros, il allait devoir accélérer le calendrier de rénovation de sa maison. La dernière chose qu'il voulait, c'était qu'Hannah soit électrocutée à cause de fils électriques dénudés, ou qu'elle tombe à travers les planches. Il pouvait mettre une grande partie du désordre qui traînait dans la chambre d'amis pour s'en occuper plus tard, mais après avoir entendu les suggestions de Sidney, il comprit qu'elles étaient réalisables et qu'il pouvait donner à Hannah un endroit sûr où vivre.

Une fois la visite terminée, il demanda :

— Tu veux t'asseoir sur la terrasse ?

Il espérait vraiment qu'elle dise oui. Maintenant que la visite était terminée, elle pouvait partir, mais il voulait qu'elle reste.

— Bien sûr.

Il tint ouverte la porte coulissante en verre et fit un geste vers la chaise où il prenait place habituellement. Elle vint s'asseoir, et il s'installa dans le fauteuil moins confortable à côté d'elle.

— C'est incroyable, déclara Sidney après un long moment de silence confortable.

— C'est pour ça que j'ai acheté cet endroit. Tu aurais dû le voir avant que je ne commence à l'arranger. C'était affreux. Mais je savais que cette vue donnait toute sa valeur à la maison.

— C'est vrai, acquiesça-t-elle.

Gumby prit une gorgée d'eau et admira l'océan. La propriété était nichée entre des rangées de maisons plus grandes et plus chères. Chaque maison avait une passerelle en bois qui menait de sa terrasse à la plage elle-même. Il y avait une soixantaine de mètres de sable entre les maisons et l'océan. Elles étaient situées dans une crique protégée, donc elles ne subissaient jamais de vagues importantes. En ce moment, il y avait plusieurs familles sur la plage, profitant du soleil de fin d'après-midi.

— C'est une plage privée ? demanda Sidney.

— Non. Mais c'est difficile à trouver et à atteindre, lui dit Gumby. Il est donc rare que nous ayons beaucoup d'étrangers.

— Très beau.

— Tu sais nager ?

Elle se tourna vers lui et lui sourit.

— On peut dire ça.

Il fronça un sourcil.

— Je jouais au water-polo au lycée.

— Ah. Donc non seulement tu sais nager, mais tu peux aussi battre quelqu'un d'autre au passage, plaisanta Gumby.

Son sourire grandit.

— Exactement. Et toi ? Je suppose que tu nages puisque tu possèdes une maison sur la plage.

Ce fut à ce moment que Gumby réalisa qu'il avait peu parlé de lui à Sidney.

— Oui, Sid. Je sais nager.

Elle le regarda, puis lui demanda :

— Pourquoi ai-je l'impression que tu ne dis pas tout ?

Décidant de le lui dire et de passer à autre chose, Gumby déclara :

— Je suis un Navy SEAL.

Ses yeux s'élargirent de façon comique.

— Sérieusement ?

— Ouep.

— Eh bien, merde.

Cela ne présageait rien de bon.

— Ça te dérange ? lui demanda-t-il.

Elle tourna la tête vers la plage et se mordit la lèvre.

— J'aime ce que je fais, lui reprit-il doucement. Je travaille avec le plus grand groupe d'hommes que tu ne rencontreras jamais. On m'envoie souvent en mission, mais il est rare que nous soyons déployés pendant des mois. C'est ma base, et cela me rend plus chanceux que beaucoup d'autres militaires, hommes et femmes. Je sais qu'être avec quelqu'un dans la marine est difficile, mais j'ai beaucoup d'exemples qui ont prouvé que les relations peuvent fonctionner.

Gumby savait qu'il était présomptueux de sa part de parler d'une relation avec elle à ce stade, mais il ne pouvait pas empêcher les mots de quitter sa bouche.

Sidney soupira et se retourna vers lui.

— Tu es un homme bien.

Il ne répondit pas, il attendit simplement qu'elle continue, pour que ce qui lui traversait l'esprit en sorte.

— As-tu de la famille ? lui demanda-t-elle.

— Oui. Ma mère est morte il y a environ dix ans, mais mon père s'est remarié avec une femme formidable. Ils vivent dans le Montana. J'ai aussi un frère aîné. Il est marié et vit dans l'Illinois. Je ne le vois pas aussi souvent que je le voudrais, mais nous sommes toujours proches.

Sidney hocha la tête comme si elle s'attendait à cette réponse.

— Et toi, alors ?

Elle prit une profonde inspiration, puis le regarda droit dans les yeux en disant :

— Mon petit frère est Brian James Hale.

La bouche de Gumby se rouvrit sous le choc en entendant le nom.

— Oui, dit Sidney avec tristesse. Je suis liée à un tueur en série.

CHAPITRE QUATRE

Sidney détourna le regard de Decker, ne pouvant plus supporter le choc qu'elle voyait sur son visage. Elle était si excitée – et nerveuse – de venir chez lui aujourd'hui. Elle était bien consciente que regarder sa maison pour s'assurer qu'elle serait sûre pour Hannah n'était qu'une excuse. Elle ressentait la même connexion que Decker. Elle voulait apprendre à mieux le connaître.

Mais elle savait que cela signifierait lui parler de sa famille. Elle refusait de cacher cette partie d'elle à une personne avec qui elle pourrait vouloir sortir. La dernière chose qu'elle voulait, c'était qu'il le découvre plus tard, quand les choses seraient plus sérieuses, et qu'il la quitte. Cela s'était déjà produit une fois.

Ainsi, après avoir visité son adorable maison et s'être assise sous son porche, elle avait su que cela allait arriver. Elle avait toujours trouvé qu'il valait mieux être honnête à propos de son frère.

Elle entendit sa chaise racler le long de la terrasse et fit la grimace, pensant qu'il se levait pour la mettre dehors.

Mais à sa grande surprise, elle sentit qu'il lui prenait la main.

Elle tourna la tête et vit qu'il avait rapproché sa chaise de la sienne.

Ses yeux bruns étaient fixés sur son visage, et elle était incapable de détourner le regard. Elle retint son souffle, effrayée par ce qu'il allait dire.

— Ça doit être très dur.

Sidney cligna des yeux. Les gens avaient tendance à réagir de deux façons en apprenant qu'elle était la sœur de l'un des tueurs en série les plus brutaux que les États-Unis aient jamais connus. Ils étaient soit horrifiés, soit presque trop intéressés de connaître tous les détails qu'ils pouvaient tirer d'elle.

Mais personne – vraiment personne – n'avait jamais réagi comme Decker. Il semblait plus préoccupé par elle que désireux d'en savoir plus sur Brian.

Elle hocha la tête, incapable de parler, comme si sa vie en dépendait.

— Pas étonnant que tu sois aussi incroyable que tu l'es.

C'était une chose étrange à dire. Sidney était sceptique.

— Pourquoi dis-tu cela ?

— Parce que c'est vrai, dit Decker calmement. J'imagine que grandir avec lui a été difficile.

Sidney ferma les yeux. Il n'avait pas idée comme cela avait été « difficile ».

La culpabilité permanente menaçait de la vaincre. Elle l'avait toujours accompagnée, depuis toute petite. Et même si ce n'était pas elle qui faisait du mal aux autres, elle était là tout de même.

Furieuse contre cette culpabilité qui lui donnait l'impression de porter sur ses épaules le plus grand fardeau du monde, Sidney essaya de trouver un moyen d'expliquer ce qu'elle ressentait. Comment les actions de Brian l'avaient marquée à vie. Comment, même si elle avait les moyens financiers de parler à un psychologue de son enfance et de tout ce qui s'était passé, elle ressentirait très probablement toujours cette culpabilité. Pourquoi elle avait fait des conneries...

Comme essayer de combattre un homme trois fois plus grand qu'elle pour sauver un chien comme Hannah.

Mais Decker prit la parole avant qu'elle n'ait pu exprimer une seule de ses pensées.

— Des hommes comme Brian James Hale ne se réveillent pas un jour en décidant de commencer à tuer des gens. J'imagine qu'il y a quelque chose de mal câblé dans leur cerveau et que, pendant de nombreuses années, cela s'envenime et se manifeste petit à petit.

Sidney se surprit à hocher la tête. Elle ouvrit les yeux et fixa Decker.

— C'était l'enfer, chuchota-t-elle.

Il se rapprocha, et elle eut envie d'enfoncer son visage dans sa poitrine comme un enfant. Mais elle se contenta de rester assise là où elle était, figée. Ses deux mains saisirent l'une des siennes, et elle se cramponna à lui comme s'il était une bouée de sauvetage.

— Je ne prétends pas comprendre ce que tu as vécu, mais je suis sûr d'une chose : tu es encore plus forte que je ne le pensais. Merci d'avoir été honnête avec moi.

Elle n'était pas forte. Elle était tellement perturbée à l'intérieur, que certains jours elle se demandait comment elle pouvait fonctionner dans la vie normale, au quotidien.

Elle mit cela de côté.

— Pourquoi tu ne stresses pas ? Pourquoi tu ne me remercies pas pour avoir regardé ta maison et pourquoi tu ne me mets pas dehors aussi vite que tu peux ?

— Es-tu une tueuse en série ? demanda-t-il d'un ton égal.

Elle secoua la tête.

— Alors pourquoi je te mettrais dehors ? Tu n'es pas ton frère, même si tu portes un peu du même ADN. Tu en sais plus que moi sur la rénovation de cette maison. Je serais idiot de te mettre dehors alors que j'ai besoin de toi. Je ne connais pas grand-chose aux chiens et j'ai besoin de ton aide là aussi. Et en plus de tout ça, je t'aime bien. Tu m'attires. Je veux apprendre à mieux te connaître. Je veux te regarder nager... Je veux même faire la course avec toi.

Il se mit à sourire.

— Je veux savoir quelles émissions de télé et quels livres tu aimes. Je veux savoir quels sont tes aliments préférés, et si tu préfères les oreillers en mousse ou en plumes. Est-ce que tu prends toute la place dans ton lit, est-ce que tu voles les couvertures, est-ce que tu es du matin ou du soir ?

Sidney n'en revenait pas de sa réaction. C'était comme s'il ne se souciait même pas de savoir qui était son frère.

Tout le monde s'en souciait.

— Tu ne comprends pas. Tu as une famille qui t'aime. Tu as probablement grandi sans te soucier du monde extérieur. Nous venons de mondes très différents, Decker. Je n'ai pas parlé à mes parents depuis qu'ils ont décidé de soutenir mon frère. Je ne comprends toujours pas comment ils ont pu aller à son procès et rester assis là, jour après jour, à entendre et voir les preuves de ce qu'il avait fait sans le renier complètement.

— C'est leur fils, répondit Decker avec empathie. Je parie que c'était plus dur pour eux que tu ne le penses.

— Et je suis leur fille, répondit-elle immédiatement. Ils l'ont choisi, lui, plutôt que moi.

— Explique.

Sidney fut surprise par l'intensité de ce seul mot. Sans hésitation, elle fit ce qu'on lui demandait.

— Je leur ai dit que j'avais peur de Brian. Encore et encore, j'ai essayé de leur faire comprendre que quelque chose n'allait pas chez lui, mais ils ne m'ont pas écoutée. Ils ne s'en sont pas soucié. Après qu'il eut été arrêté, je leur ai dit que j'allais témoigner contre lui. Raconter au jury les choses qu'il avait faites pendant son enfance. Ils m'ont dit que si je me retournais contre mon frère, ils ne me parleraient plus jamais. Je l'ai quand même fait. Et ils m'ont complètement reniée.

Decker se déplaça alors. Il se mit à genoux devant elle et posa ses mains sur son visage. Sans réfléchir, Sidney agrippa ses poignets. Ils se regardèrent dans les yeux pendant qu'il parlait.

— Tant pis pour eux, dit-il d'un ton grave. S'ils sont trop stupides pour être reconnaissants que leur fille soit saine et sauve, ils ne méritent pas de t'avoir dans leur vie. Je ne connais pas ton histoire, mais je suppose que tu as déménagé ici en Californie sans aucun soutien. Tu as trouvé un endroit pour vivre, un travail, des amis et tu fais tout ton possible pour sauver des animaux qui ne peuvent pas se sauver eux-mêmes. C'est sacrément incroyable.

Sidney ne put que le contempler, s'imprégnant de ses paroles. Il ne comprenait pas la motivation derrière son besoin de sauver les animaux, mais pour le moment, elle n'avait pas l'énergie pour l'expliquer.

— Oui, j'ai eu une belle enfance. Je l'admets. Mais je me fous que nous ayons eu une éducation différente. En ce qui me concerne, cela nous rend encore plus compatibles, pas moins. Nous savons ce que nous voulons – moi parce que je l'ai eu, et toi parce que tu ne l'as pas eu. Tu m'as entendu dire que j'étais un SEAL, n'est-ce pas ?

Elle fit un signe de tête.

— Je suis un méchant fils de pute, reprit-il. J'ai tué des gens. Je l'ai fait sans remords. Je vais continuer à le faire. Certains pourraient dire que cela ne me rend pas meilleur que ton frère.

Sidney secoua immédiatement la tête.

— Ce n'est pas la même chose.

— Je. Me. Fous. De. Ton. Frère, dit-il lentement. Non, c'est un mensonge. Je me soucie de la façon dont il t'a blessée. Je me soucie de la façon dont il a façonné ta vie. Et quand tu seras prête à en parler, je serai là. Si tu ne veux jamais parler de lui, c'est bon aussi. Mais sache que je suis sérieux quand je dis qu'il n'a rien à voir avec nous deux.

— Les gens vont parler, prévint Sidney.

— Laisse-les faire, répondit Decker immédiatement. Mais s'ils osent te dire quelque chose en face, je les arrêterai.

Sidney ne put empêcher les larmes de se former.

— Ne pleure pas, supplia Decker. Pas pour lui.

Il essuya les quelques gouttes qui lui tombaient sur les joues.

— Je ne pleure pas. Je ne comprends pas pourquoi tu tiens tant à me protéger et à me soutenir.

— Tu comprendras.

Sidney ne comprit pas sa réponse, mais elle n'eut pas l'occasion de lui demander de s'expliquer parce que la sonnette de sa porte d'entrée retentit avec insistance.

— Merde, jura Decker.

Il ne fit pas un geste pour se lever.

— Tu vas répondre ?

— Non, dit-il.

Mais quelques secondes plus tard, on sonna à nouveau. Cette fois, celui qui appuyait sur le bouton le faisait avec impatience et de façon fort désagréable.

Il soupira.

— Je vais bien, lui dit Sidney.

— Ne bouge pas, ordonna-t-il en se levant.

— Je ne bougerai pas.

— Je reviens tout de suite. Tu veux quelque chose de la cuisine ?

— Tu vas préparer un repas de quatre plats dans cette cuisine minable d'ici à ce que tu reviennes après avoir vu ce que veut la personne à ta porte ? demanda-t-elle.

Le sourire qui dansa sur son visage était magnifique.

Sidney n'était généralement pas une personne morose. Elle essayait de voir le côté positif des choses, même lorsque c'était extrêmement difficile. Elle avait eu son moment de gloire, mais elle était prête à passer à autre chose. Heureusement, Decker semblait comprendre.

— Tu n'as aucune idée de ce dont je suis capable, lui répondit-il d'un ton moqueur.

Il se pencha, et Sidney se raidit à la fois dans l'attente et le choc de l'embrasser. Mais au lieu de toucher ses lèvres – comme elle était gênée de l'admettre – sa bouche frôla son front, puis il s'avança vers la porte vitrée coulissante et entra chez lui sans un mot de plus.

Sidney jura qu'elle pouvait sentir sa peau picoter là où il l'avait embrassée. C'était idiot. Mais elle ne pouvait pas nier qu'elle appréciait Decker. Beaucoup.

Quelques secondes plus tard, elle entendit du vacarme dans la maison et regarda à travers la porte vitrée pour voir un groupe de cinq hommes dans le salon de Decker. Ils étaient tous grands et barbus. Ils avaient un air menaçant qui ne lui donnait pas vraiment envie de bouger.

Elle entendait Decker se disputer avec eux sans comprendre ce qu'ils disaient. Il était évident que leur comportement l'agaçait.

Elle se leva et se dirigea vers la porte, ne sachant pas trop ce qu'elle ferait pour l'aider si les choses tournaient mal. Mais elle ne pouvait pas rester assise dehors.

En ouvrant la porte, elle entendit la fin de ce qui était manifestement une conversation tendue.

— ... pas cool, les gars.

— Allez, Gumby, on est curieux.

— Tu n'as jamais, depuis qu'on te connaît, parlé d'une femme avec autant d'enthousiasme.

— Oui, et on a bien compris que tu n'allais pas nous la présenter de sitôt.

— C'est vrai, parce que je ne veux pas que vous, bande d'idiots, la fassiez fuir, répondit Decker.

— On ne voudrait pas... Oh... Salut.

Decker se retourna immédiatement et se dirigea vers elle. Il la tint par le bras jusqu'à ce qu'ils soient à nouveau dehors sur la terrasse. Il claqua la porte coulissante et la prit par les épaules.

— Est-ce que tout va bien ? Dois-je appeler les flics ? demanda-t-elle nerveusement.

Étonnamment, il se mit à rire.

— J'aimerais bien. Mais non. Je n'ai pas le choix.

Sidney se pencha et jeta un coup d'œil dans la maison, par-dessus l'épaule de Decker. Les cinq hommes les regardaient, souriants, comme amusés par quelque chose. Elle les trouvait beaux, chacun dans leur genre. Les barbes assorties étaient un élément intéressant. Elle n'avait pas réfléchi à la question des hommes à barbe, mais elle en était entourée.

Elle leva les yeux vers Decker.

— Oui ?

— Ces crétins sont mes coéquipiers du SEAL. Je leur ai parlé de toi et Hannah ce matin à l'entraînement, et j'ai stupidement mentionné que tu venais cet après-midi pour m'aider à sécuriser ma maison. Ils ont décidé de venir te rencontrer.

Elle cligna des yeux de surprise.

— Pourquoi ?

Decker soupira, et elle jura qu'elle avait vu un reflet rose apparaître sur ses pommettes.

— Parce que je leur ai peut-être dit plusieurs fois de trop combien tu étais incroyable et combien je t'appréciais.

— Mais tu ne me connaissais même pas. Bon sang, tu ne me connais toujours pas !

— Je n'ai pas parlé d'une femme depuis très longtemps. Alors le simple fait que je parle de toi leur a fait comprendre que tu es différente. C'est important. Sans oublier que Rocco et Ace savent combien je voulais avoir un chien. Et le fait d'entendre que tu as été impliquée dans mon adoption officieuse d'Hannah, comment tu l'as sauvée, ça les a rendus encore plus déterminés à te rencontrer.

— Oh.

— Alors, à toi de choisir. Je peux les distraire pendant que tu te faufiles sur le côté de la maison et que tu t'échappes. Ou bien nous pouvons les laisser ici et aller faire une promenade sur la plage en espérant qu'ils s'ennuient et qu'ils partent. Ou bien, on peut y retourner et apaiser leur curiosité dans l'espoir qu'ils partiront le plus tôt possible. Mais je dois te prévenir, si on y retourne, ils voudront probablement bavarder comme des femmes, et je devrai très probablement commander quelque chose pour qu'ils ne regardent pas dans mon frigo avec envie dans l'espoir que quelque chose apparaisse comme par magie et qu'ils puissent manger.

Elle ricana, et Decker se détendit visiblement.

— Je sais que ce n'est pas idéal, dit-il. Nous avions une conversation assez intense et leur interruption ne tombe pas au bon moment.

— Ce n'est pas grave. De toute façon, je devenais mélancolique et je déteste ça.

Les lèvres de Decker s'élevèrent, mais il ne souriait pas vraiment.

— Tu as le droit de ressentir exactement ce que tu ressens, lui dit-il sérieusement.

— Merci. Je pense que je vais prendre l'option numéro trois.

— Comment je savais que tu allais choisir cette option ? demanda-t-il, plus à lui-même qu'à elle.

Puis, plus fort, il continua :

— Si à un moment quelconque, ils te mettent mal à l'aise, fais-le-moi savoir et je les mets dehors.

— D'accord.

— Ils sont un peu... euh... bruts de décoffrage, avertit-il.

Sidney sourit.

— Moi aussi.

— Sérieusement, si...

Elle se leva et mit son doigt sur ses lèvres, l'empêchant de dire autre chose. Elle frissonna à la chaleur de sa peau sur la sienne.

— C'est bon, Decker. Arrête de t'inquiéter. Ce sont tes amis. Tes coéquipiers. Je ne suis pas une fleur délicate. Je suis une bricoleuse, pour l'amour de Dieu. Je ne vais pas m'évanouir s'ils disent des grossièretés.

— C'est une bonne chose, murmura-t-il. D'accord. Mais avant d'entrer là-dedans, je veux te revoir.

Elle le regarda avec perplexité. La vérité était qu'elle voulait le revoir aussi. Mais elle avait l'impression qu'il voulait verrouiller son accord maintenant parce qu'il était inquiet de ce que ses amis allaient dire.

— D'accord, répondit-elle.

— Ouais ? demanda-t-il.

— Ouais.

— Je m'en souviendrai, prévint-il.

Ce côté peu sûr de lui était plutôt mignon.

— Et je m'en souviendrai aussi.

Il finit par sourire. Sans un mot, il fit courir ses doigts de ses épaules à ses mains en passant par le haut de ses bras. Il les serra, puis en laissa tomber une, mais garda ses doigts dans l'autre. Il prit une grande respiration, ouvrit la porte et les ramena tous les deux à l'intérieur de sa maison pour rencontrer ses amis.

CHAPITRE CINQ

Gumby se dirigea vers ses amis, plus nerveux qu'il ne l'avait jamais été en mission. Il était le plus souple, le gars qui suivait le mouvement, mais pour le moment, il était terriblement anxieux.

Il n'avait pas peur que quelqu'un blesse ou contrarie Sidney. Il n'était pas question que les hommes devant lui fassent du mal à une femme, surtout pas à la femme de leurs coéquipiers. Mais le sentiment de malaise était là tout de même, et ce n'était pas un sentiment bienvenu. Il était important pour lui que les gars aiment Sidney. Ils formaient une équipe. Une unité. Et Gumby savait aussi bien qu'eux qu'avoir une femme autour de soi que personne n'aimait pouvait nuire à leur proximité.

Il n'avait pas été heureux de les voir à sa porte. C'était trop tôt. Il appréciait Sidney, et la dernière chose qu'il voulait, c'était qu'elle vive mal sa proximité avec ses amis. Surtout après avoir appris l'existence de son frère.

C'était un tout autre sujet sur lequel il voulait faire des recherches approfondies. Il voulait savoir comment s'était passée son enfance en vivant avec ce psychopathe. Il ne se souvenait que de bribes d'informations sur Brian James Hale, et maintenant il avait besoin de tout savoir sur lui afin de trouver un moyen d'améliorer les choses pour Sidney.

Mais pour le moment, il devait s'occuper de ses amis trop exubérants.

— Sidney, j'aimerais te présenter les hommes de mon équipe. Rocco, Ace, Bubba, Rex, et Phantom. Je te conseille de ne rien prendre au sérieux de ce qu'ils disent.

Elle lui sourit avant de se tourner vers les autres.

— Hey.

— Rien à foutre, dit Bubba, avant de faire un pas en avant et de la prendre dans ses bras.

Gumby était tendu, mais comme Sidney ne semblait pas stressée d'avoir un gars qu'elle ne connaissait pas qui la serrait contre lui, il essaya de se détendre. Il garda cependant sa main sur le petit bout de son dos, juste au cas où il aurait besoin de la tirer en arrière et de tabasser un de ses amis.

— Nous sommes une sorte de groupe, lui dit Rex en souriant, tout en tirant la chemise de Bubba pour le faire reculer et en enveloppant Sidney dans sa propre étreinte.

Et ce fut ainsi que les choses se passèrent. Sidney embrassa chacun de ses amis en guise de salutation.

— Alors... vous avez tous des noms intéressants, commenta-t-elle une fois que Rocco la laissa partir.

— Ce sont des surnoms, lui dit Ace.

— Et avant que tu ne le demandes, nous pourrions te dire ce qu'ils signifient, mais ensuite nous devrions te tuer, dit Phantom avec un visage tout à fait impassible.

Gumby était à nouveau tendu. Il fut alors plus soulagé qu'il ne pouvait le dire lorsque Sidney se mit à rire. Phantom avait un sens de l'humour pince-sans-rire. Il était aussi le plus distant du groupe.

— Exact. Je suppose que je vais devoir rayer de ma liste « être ennuyeuse jusqu'à ce qu'ils craquent et me disent la signification de leurs surnoms », dit Sidney en riant.

Tout le monde se mit à rire, et pour la première fois depuis leur arrivée, Gumby se détendit complètement.

— Vous avez déjà mangé ? demanda Rex.

Sidney fronça les sourcils et regarda sa montre.

— Il n'est que quinze heures trente.

— Et ?

Elle sourit.

— Laisse-moi deviner. Tu as toujours faim.

Rex tapota son ventre plat en disant :

— Je brûle beaucoup de calories. J'ai besoin de faire le plein d'énergie.

Sidney leva les yeux au ciel. Puis elle regarda Gumby de côté avant de dire :

— Je devrais probablement y aller. Je vous laisse tranquilles.

— Non ! se récrièrent six voix masculines de concert.

Sidney cligna des yeux en signe de surprise, puis ses lèvres s'agitèrent.

— Écoute. On voit ce crétin tout le temps, reprit Rocco en désignant Gumby. On est venus te voir. Pour apprendre à te connaître.

— Oh, mais je ne suis vraiment pas si intéressante, protesta-t-elle.

— Les gars... avertit Gumby.

— C'est cool, dit Bubba. Tu es plus qu'intéressante. Tu es la première femme qui attire Gumby ici depuis ce qui semble être une éternité. Rocco s'est trouvé une nana, et Caite est géniale, alors si Gumby t'aime bien, on veut faire ta connaissance. Pour qu'on puisse t'aimer aussi.

Gumby secoua la tête et soupira. Ses amis voulaient bien faire, mais ils étaient idiots. Avant qu'il ne puisse dire quoi que ce soit pour essayer de sauver la situation, Ace prit la parole.

— Nous avons beaucoup entendu parler de toi ce matin à l'entraînement. Comme tu es intelligente. Comment tu gères tous les travaux dans le parc de caravanes où tu vis seule. Que tu as de beaux longs cheveux noirs et que tes yeux sont d'un bleu incroyable.

Il sourit à Gumby à ce sujet.

— Nous savons que tu as affronté seule un gars qui faisait deux fois ta taille et que tu ne t'es souciée de rien d'autre que de faire aider ce chien. Alors, bien sûr, on veut en savoir plus.

Gumby se sentit rougir. Mon Dieu, avait-il vraiment dit tout ça pendant qu'ils s'entraînaient ce matin ?

Sidney se retourna et l'étudia pendant un long moment. Il refusa de détourner le regard, même s'il était gêné. Il sourit d'un air penaud.

— C'est vrai. Je me suis peut-être un peu vanté de toi auprès des gars.

— Un peu ?

Il entendit Phantom marmonner dans sa bouche.

— Je ne connais pas ce quartier, dit-elle. Y a-t-il de bonnes pizzerias ?

Rex, ravi, sortit son téléphone.

— Je m'en occupe. Quelque chose que tu n'aimes pas sur ta pizza, mon cœur ?

Sidney n'avait toujours pas détourné le regard de lui.

— Non. Je ne suis pas difficile. Je mangerai n'importe quoi.

— Donnez-moi une seconde, les gars, dit Gumby, en saisissant le coude de Sidney pour la tirer vers la terrasse en ignorant le désaccord immédiat de ses amis sur le type de pizza à commander.

Lorsque la porte coulissante se referma derrière eux, Gumby mit ses mains de chaque côté du cou de Sidney. Ses pouces reposaient sur sa mâchoire lorsqu'il se pencha vers elle.

— Tu es vraiment d'accord ?

— Oui.

— Parce que si tu ne l'es pas, je peux leur botter le cul, ou on peut les laisser ici et aller chez toi.

Sidney se lécha les lèvres, et Gumby ne put s'empêcher d'admirer leur éclat dans la lumière de l'après-midi.

— Tu me connais depuis un jour, et tu as dit tout ça à tes amis ?

Gumby fit un signe de tête.

— Pourquoi ?

— Honnêtement ?

— Bien sûr.

— Parce que même en ne te connaissant que depuis quelques heures, je savais que tu étais différente de toutes celles que j'avais rencontrées avant. Et je ne pouvais pas m'empêcher de penser à toi.

— Je ne suis pas sûre de savoir comment réagir à ça.

— Ce n'est pas une simple phrase, si c'est ce qui t'inquiète. Je ne suis pas intéressé par une aventure avec toi, Sidney.

— C'est une bonne chose. Je n'aime pas les coups d'un soir, dit-elle doucement.

— Moi non plus. J'ai apprécié cette journée.

— Moi aussi.

— Donc, on va se laisser porter par le courant. Apprendre à mieux se connaître. Et comme tu l'as peut-être remarqué, mes coéquipiers font partie du package.

Elle n'avait pas quitté son étreinte intime. Gumby sentait ses mains reposer sur sa poitrine, mais n'avait pas retiré ses yeux des siens. Ses pouces effleuraient légèrement les côtés de son visage pendant qu'ils parlaient.

— Je pense que c'est plutôt génial, en fait. J'aimerais avoir des amis comme les tiens.

— Les choses entre nous fonctionnent, Sid, et ça va le faire. Mes amis sont tes amis. Je pense que tu aimeras Caite aussi.

— Elle est avec Rocco, non ?

— Oui. Elle m'a sauvé la vie il n'y a pas longtemps.

Sidney fronça les sourcils.

— Tu veux dire, au sens figuré, non ?

— Non. Littéralement. Rocco, Ace et moi étions dans une situation à l'étranger dont nous n'allions probablement pas nous sortir vivants, et Caite nous a sortis de là.

— Putain de merde.

— Ouais. Elle a un sacré tempérament, c'est pour ça que je pense que vous vous entendriez bien.

— Ça ne me dérangerait pas de la rencontrer un jour.

— Bien. Maintenant, tu es sûre que ça ne te dérange pas de traîner avec mes amis pendant un moment ? Quand tu veux y aller, n'aie pas peur de parler.

— Je suis sûre.

— OK. Encore une chose.

— Quoi ?

Gumby se pencha et frotta doucement son nez contre celui de Sidney.

— Ceci, murmura-t-il, avant que ses lèvres ne rencontrent les siennes.

Ses doigts pliaient sur sa poitrine, mais ne le repoussaient pas. Il garda le baiser léger, n'essaya pas de l'approfondir, même s'il voulait vraiment la goûter.

Après qu'il eut arrêté le baiser, elle ouvrit les yeux et sourit.

— Tu marques ton territoire ? demanda-t-elle en riant un peu.

Il lui rendit son sourire.

— Absolument. Je connais ces types là-dedans. S'ils pensent une seconde qu'il y a une chance qu'ils puissent te voler, ils vont la saisir.

— Ils ne m'intéressent pas, lui dit Sidney.

— Mais tu t'intéresses à moi.

Il s'agissait plus d'une question que d'une déclaration, alors Sidney répondit :

— Oui.

— Bien. Allez, viens. Retournons là-bas avant qu'ils ne décident de s'occuper eux-mêmes de l'électricité de ma cuisine.

Ses sourcils se soulevèrent.

— Est-ce qu'ils feraient ça ?

— En un battement de cil.

— Ils y arriveraient ? précisa-t-elle.

— Pas sans tout faire brûler, dit Gumby en riant.

Sidney se retourna, ouvrit la porte coulissante en verre et entra en disant :

— Bas les pattes, les gars !

Les cinq hommes se retournèrent et la regardèrent depuis la cuisine avec un air coupable.

— Éloignez-vous de l'électronique.

Ils levèrent les mains en souriant.

Sidney se retourna vers Gumby.

— Je suppose que puisque tu es un mec, et que tu es dans l'armée, tu as une sorte de jeu vidéo de tir auquel on peut jouer pour éviter les ennuis ?

— Tu supposes bien, lui confirma-t-il avec un sourire.

— Tu joues ? demanda Bubba.

— Je suppose que tu vas devoir le découvrir, lui dit Sidney.

— Je la veux dans mon équipe, déclara Phantom.

— Tu ne sais même pas si elle est douée, protesta Ace.

Phantom ne la quittait pas des yeux.

— Elle l'est, annonça-t-il. Mais si vous êtes des trouillards qui ne veulent pas prendre le risque, vous pouvez être dans l'autre équipe.

En quelques secondes, ils se séparèrent en deux équipes de trois. Gumby ne se souciait même pas de ne pas être inclus. Il se contentait de regarder Sidney interagir avec ses amis. Il ne doutait pas qu'ils l'aimeraient. Il y avait juste quelque chose en elle... quelque chose que les gars allaient comprendre, il le savait.

Une sorte de vulnérabilité cachée sous un air courageux qui était indéniablement fascinante.

Trois heures plus tard, Gumby ne pouvait s'empêcher de sourire. Ils avaient prévu une demi-douzaine de grandes pizzas, et ses amis et Sidney avaient joué à *This is War* presque tout le temps. Comme l'avait prédit Phantom, Sidney déchaînait les passions. Un quart d'heure après avoir commencé à jouer, ils avaient décidé d'affronter des joueurs au hasard en ligne plutôt que les uns contre les autres, ce qui était probablement une bonne décision. Sidney semblait assoiffée de sang et avait un esprit de compétition très développé.

— Faites attention à vous, prévint Sidney.

— Je vois ça, lui répondit Rex.

— Ils essaient de nous surprendre par la gauche.

— Et puis merde, murmura Sidney.

Bien que sa maison ne soit pas finie, le salon de Gumby était déjà installé, voire complètement terminé. L'énorme télévision était équipée de six manettes prêtes à l'emploi. Ce n'était pas la première fois que l'équipe jouait ensemble. D'une certaine façon, cela leur permettait de mieux mener à bien leurs missions dans la vie réelle. Ils en profitaient pour s'entraîner à travailler ensemble pour atteindre un objectif commun, même s'il ne s'agissait que d'un jeu vidéo. Le concepteur du jeu était un génie. Il y avait des rebondissements et les scénarios étaient tout à fait crédibles. Gumby avait l'intuition que, qui que ce soit, un militaire de l'intérieur aidait les créateurs du jeu.

Il trouvait Sidney mignonne avant, mais après l'avoir vue jouer avec ses amis pendant des heures, il était encore plus amoureux. Et il savait que les gars étaient tout aussi captivés. Ils venaient la rencontrer pour s'assurer qu'elle était « assez bien » pour lui, et il était presque sûr qu'ils en arriveraient à la conclusion qu'elle était *trop* bien.

— Je fais une pause, déclara Rocco au groupe. Ne nous faites pas tuer pendant mon absence.

— Tu étais en train de te relâcher de toute façon, se moqua Ace.

— Pas vrai ? Il était juste debout, la tête vide, quand on a éliminé le dernier groupe de terroristes, se moqua Sidney.

Tout le monde riait tellement qu'elle dut les réprimander et leur rappeler de garder les yeux sur l'écran.

Gumby suivit Rocco à la cuisine. Son ami attrapa une bouteille d'eau dans le réfrigérateur puis s'appuya contre le comptoir. La maison était petite, mais il était facile pour eux de parler en privé puisque Sidney aboyait des ordres à gauche et à droite aux autres gars.

— Tu as raison, dit Rocco à voix basse. Elle est assez remarquable.

— Tu n'en connais pas la moitié, répondit Gumby à son ami.

Il leva un sourcil en signe de curiosité.

— Tu as entendu parler de Brian James Hale ?

— Qui n'en a pas entendu parler ? commenta Rocco. Et alors ?

Gumby n'éprouvait aucune gêne à parler à son ami du lien entre le tueur en série et Sidney. En partie parce qu'ils partageaient tout, mais aussi parce qu'il était plus qu'évident que son ami l'aimait et la respectait.

— C'est son petit frère.

La main de Rocco, qui tenait la bouteille d'eau, s'arrêta à mi-chemin de sa bouche, et il regarda Gumby en état de choc.

— Putain, tu parles d'un truc !

Gumby fit un signe de tête.

— Je n'ai pas tous les détails, mais j'ai eu l'impression que ce n'était pas bon. Elle est fâchée avec ses parents depuis qu'ils ont pris le parti de son frère au lieu du sien.

— Il a tué plus d'une vingtaine de femmes, commenta Rocco avec dégoût. Ça n'a aucun sens.

— Je sais. Elle est venue ici en Californie sans argent, sans diplôme, et elle a réussi à retomber sur ses pieds. Et c'est juste ce que j'ai appris en un peu plus d'un jour.

Rocco hocha la tête.

— Eh bien, elle n'est plus seule.

— C'est ce que je lui ai dit. Je peux te demander quelque chose ? demanda Gumby.

— Bien sûr. Qu'est-ce qu'il y a ?

Gumby regarda dans son salon. Sidney sautillait sur son

siège, manipulant frénétiquement la manette et criant à Bubba de tuer celui qui lui tirait dessus.

— Comment as-tu su que Caite était pour toi ? demanda-t-il. Je sais que tu étais physiquement attiré par elle quand tu l'as vue dans cet ascenseur au Bahreïn. Mais comment as-tu su qu'elle n'était pas juste une nana avec qui tu voulais coucher ?

Rocco posa son verre et fit face à Gumby.

— Je ne suis pas sûr de pouvoir l'expliquer. Oui, j'étais sexuellement attiré par Caite quand je l'ai vue pour la première fois, mais c'était plus que ça. Ses manières, sa timidité, la façon dont elle me regardait de côté mais était trop réservée pour me parler. Sa façon de ne pas piquer une crise quand l'ascenseur était bloqué, sa politesse envers nous tous à l'intérieur, sa façon de ne pas hésiter quand elle a dû monter au sommet... C'était tout cela. Mais l'une des choses qui ressort le plus, c'est ce que j'ai ressenti quand j'étais avec elle. C'est difficile à expliquer.

— Tu t'es tout de suite senti préoccupé par tout ce qui la concernait ? laissa échapper Gumby.

Rocco eut l'air surpris pendant une seconde, puis il hocha lentement la tête.

— Oui. On peut dire ça comme ça. Je m'inquiétais de la chaleur qu'il faisait dehors, car elle m'avait dit qu'elle n'aimait pas la chaleur. Je m'inquiétais pour son patron qui était un vrai connard avec elle. Je m'inquiétais que les gens de la base la harcèlent. La liste est encore longue. Tout semblait tourner autour d'elle. Et je suppose qu'il est trop tôt pour parler de sexe... termina-t-il.

Gumby fit un signe de tête.

— Bon, d'abord, ça m'était égal de savoir quand nous ferions l'amour pour la première fois. J'aurais attendu aussi longtemps qu'il aurait fallu. Dans le passé, le sexe était toujours présent dans mon esprit. Est-ce que ce serait bon, quand est-ce qu'on passerait à l'acte ? Mais avec Caite, ça n'avait pas d'importance. Je voulais juste être près d'elle. J'aurais attendu des années si c'était ce dont elle avait besoin.

« Mais, quand nous l'avons fait, c'était le jour et la nuit comparé à n'importe quelle autre femme. En fait, même l'embrasser était différent. Ça va sembler nul, mais tu sais que c'est la bonne. Je ne peux pas m'imaginer embrasser quelqu'un d'autre. Et coucher avec d'autres ? Pas question. Elle est la chose la plus importante dans ma vie. Je ferais n'importe quoi pour la garder en sécurité.

Comme Gumby ne répondait pas, Rocco lui demanda :

— Ça t'a aidé ? Pas du tout ?

— Oui. Je me dis que je ressens les choses trop rapidement. Ou alors je ressens ça pour elle parce que ça fait tellement longtemps que je n'ai pas eu de relation. Que c'est juste la nouveauté de tout ça. Mais alors...

Ses paroles furent interrompues par un cri dans l'autre pièce. Ils se retournèrent pour voir que Sidney s'était levée de son siège et faisait une étrange sorte de danse de la victoire. Elle faisait des mouvements de hanches et des mouvements de bras en l'air.

— Ouais, ouais, râlait Bubba. Maintenant, assieds-toi et aide-nous à retourner à l'hélicoptère.

Elle riait, mais s'assit docilement.

— Suivez-moi, les gars ! cria-t-elle, tout en se penchant en avant pour se concentrer à nouveau sur le jeu.

— Tu disais ? demanda Rocco en souriant.

— Mais ensuite elle fait quelque chose comme ça, et je sais que ce que je ressens pour elle n'a rien à voir avec le fait que je ne sois pas sorti avec quelqu'un depuis un moment. C'est juste elle.

— Oui, approuva Rocco.

— Qu'est-ce que je fais si elle ne ressent pas la même chose que moi ? demanda Gumby à son ami.

— Ne la laisse pas tomber, répondit Rocco. Si elle t'est destinée, tu devras faire des efforts pour l'avoir. Rien de bon n'arrive jamais facilement. Tu le sais aussi bien que moi. Il est évident que si elle ne ressent pas la même chose, tu ne peux pas l'y obliger, et tu ne voudras pas être avec elle dans ce cas-là de toute façon. Mais j'ai l'impression que tu en es déjà là. Vas-y doucement, apprends à la connaître et laisse-la te connaître. Sois honnête avec elle. Communique. Si c'est le cas, ça marchera.

— Merci, lui dit Gumby.

C'était bon de savoir qu'il n'était pas fou. Que les sentiments qu'il avait pour Sidney, quand bien même il la connaissait depuis si peu de temps, n'étaient pas complètement fous.

Rocco lui donna une tape dans le dos et saisit sa bouteille d'eau. Il but le reste et compacta le plastique.

— Maintenant, je dois aller m'assurer que mon équipe franchit la ligne d'arrivée, dit-il en jetant la bouteille d'eau vide dans une poubelle de recyclage située à côté des armoires non finies.

Gumby suivit Rocco dans l'autre pièce et s'installa dans son fauteuil pour regarder ses meilleurs amis conquérir le monde des jeux vidéo, tout en suivant les moindres ordres de Sidney.

Deux heures plus tard, il se tenait sur son perron avec Sidney. Les gars étaient partis, après avoir fait promettre à Sidney de jouer à nouveau avec eux dans un avenir proche. Il était plus qu'évident qu'ils l'aimaient tous, et que ce sentiment était réciproque.

Il se sentait serein et heureux. Sa discussion avec Rocco l'avait aidé à ne pas se sentir aussi stressé par le fait qu'il aimait cette femme. Il voulait la suivre chez elle, s'assurer qu'elle y arrive en toute sécurité, mais même lui savait que ce serait un peu trop et trop tôt. Il ne pouvait pas s'empêcher de penser au moment futur où elle ne partirait pas. Quand ils regarderaient le coucher de soleil depuis sa terrasse et rentreraient main dans la main dans la maison et dans sa chambre. Quand il pourrait s'endormir et se réveiller avec elle à ses côtés.

— Je me suis bien amusée ce soir, lui dit-elle en mettant ses mains dans les poches de son jean.

— Moi aussi.

— Désolée d'avoir pris le contrôle de ton jeu.

— Ne le sois pas, répondit Gumby. J'ai adoré te regarder.

— Je déteste perdre, avoua-t-elle d'un air penaud.

— Tu t'adaptes bien, la rassura-t-il.

Sidney se mordit les lèvres.

— Je n'ai pas fait beaucoup de travaux de protection pour la chienne dans ta maison.

— Ce n'est pas grave.

— Pour ce que ça vaut, je pense que c'est plutôt bien, ici. Tu dois juste t'assurer qu'il n'y a pas de planches avec des clous qui dépassent et qu'il n'y a rien qu'Hannah puisse manger ou boire qui risque de lui faire du mal. Avoir un chien n'est pas exactement comme avoir un bébé. Pas besoin de mettre des protections sur toutes les prises ou quoi que ce soit d'autre. Mais cela dit, tu devras voir si Hannah est le genre de chien qui peut ouvrir les portes d'une armoire et si c'est une voleuse de comptoir.

— Voleuse de comptoir ?

Sidney gloussa.

— Oui. C'est un grand chien. Si elle se lève sur ses pattes arrière pour inspecter ce qu'il y a sur le comptoir, elle peut facilement atteindre ce qui se trouve là-haut. Et si c'est de la nourriture et qu'elle a assez faim, elle la volera. Du vol de comptoir.

— Ah. D'accord. Je vais regarder ça. Je dois encore te donner mes informations pour qu'on puisse vérifier mes antécédents, continua Gumby.

Sidney secoua la tête.

— Non. Pas la peine. C'est bon. Je te fais confiance.

Gumby ne pouvait pas s'en empêcher. Il entra dans son espace personnel et se pencha tout près.

— Est-ce que tu as confiance ?

Elle fit un signe de tête.

— Mais nous nous sommes rencontrés hier. Je pourrais être un violeur qui t'incite à baisser ta garde.

— Tu ne l'es pas, dit-elle, mais sa voix n'était pas vraiment assurée.

— Mais je pourrais l'être, insista-t-il.

Sidney secoua la tête.

— Je ne ressentirais pas la même chose pour toi si tu l'étais.

Ses mots le rendirent anxieux.

— Ah oui ?

— Oui.

— Je veux quand même payer les frais d'adoption.

— D'accord. Mais seulement parce que ça aidera le groupe de sauvetage.

— Envoie-moi l'adresse par SMS et je t'enverrai un don.

— Je le ferai.

— Quand pourrai-je te revoir ? demanda Gumby.

— Je... Je ne sais pas.

— Mes amis t'apprécient.

— Et je les apprécie.

— Bien. Je suis désolé qu'ils nous aient interrompus aujourd'hui.

— Ce n'est pas grave. Si j'avais eu des amis aussi proches qu'ils semblent l'être, j'aurais fait la même chose. Ils étaient juste curieux à mon sujet.

Gumby fit un signe de tête. Il ne put s'empêcher de la toucher plus longtemps. Il leva la main et lissa une mèche de cheveux derrière son oreille.

— Ils sont vraiment doux, murmura-t-il.

Sidney se mordit la lèvre mais ne répondit pas.

Penché vers le bas, Gumby posa son nez sur le côté de son cou, ravi qu'elle incline la tête, lui laissant plus d'espace.

— Et tu sens si bon.

— C'est ma lotion.

— Je pense que c'est juste toi, répliqua-t-il.

Il frotta ses lèvres contre la peau sensible de son cou et apprécia le frisson qui traversa son corps et qu'elle essaya de lui cacher. Sachant qu'il tentait le diable, Gumby se redressa.

— Je t'appelle très vite.

— OK. Tu me diras quand Hannah rentrera à la maison ?

— Bien sûr. Tu viendras avec moi quand j'irai la chercher ?

— Sérieusement ?

— Oui.

— Si je ne travaille pas, alors oui, lui dit-elle.

— Je verrai avec toi pour m'assurer que quand je passe la prendre, ça colle avec ton emploi du temps.

— Qu'est-ce qu'on fait ? lui chuchota-t-elle.

— On apprend à se connaître, répondit immédiatement Gumby.

— C'est de la folie.

— Pas plus fou que d'utiliser une application pour rencontrer quelqu'un, répliqua-t-il.

Elle sourit.

— C'est vrai.

— Sois prudente sur la route, implora Gumby.

— Je le suis toujours.

— Si tu as besoin de quoi que ce soit, et je dis bien quoi que ce soit, appelle-moi, déclara Gumby.

— Je vis seule depuis longtemps, répliqua-t-elle.

— Je comprends. Je sais que tu en es parfaitement capable. Tu en sais plus sur le bricolage que je n'en saurai jamais. Mais je veux juste m'assurer que tu comprennes que tu n'es plus seule. Si tu as besoin de quelqu'un pour assurer tes arrières pendant que tu t'occupes d'un chien maltraité, appelle-moi. Si tu veux passer une soirée dehors et ne pas avoir à t'inquiéter si quelqu'un te harcèle, tu m'appelles. Tu t'ennuies et tu veux juste parler à quelqu'un, tu m'appelles. Tu m'entends ?

Elle le regarda pendant un long moment avant de finalement hocher la tête.

— Bien. Je suis ton ami, Sidney. Comme tous les autres gars que tu as rencontrés ce soir. Si je ne suis pas là, tu appelles l'un d'entre eux. Si aucun d'entre nous n'est là, je m'assurerai que tu aies le numéro de mon commandant. C'est important.

— OK.

Gumby avait le sentiment qu'elle était d'accord avec lui simplement pour lui faire plaisir, mais elle en serait consciente tôt ou tard. Elle faisait maintenant partie de sa famille des Navy SEAL. Et dans sa famille on était là les uns pour les autres, quoi qu'il arrive.

Il fit un geste du menton vers sa voiture.

— Vas-y. Envoie-moi un SMS quand tu seras arrivée chez toi.

Sidney hocha la tête et se tourna vers sa voiture. Puis elle prit une grande inspiration, se retourna vers lui, et se mit sur la pointe des pieds. Elle saisit ses bras alors qu'elle s'approchait, et Gumby se pencha vers le bas. Son baiser atterrit sur le bord de sa bouche, et il ne fit rien pour gâcher le geste.

Elle recula, serra ses bras et s'éloigna.

— Merci pour cette belle après-midi et cette belle soirée.

— Je me suis bien amusé, dit simplement Gumby.

— Moi aussi. Je t'enverrai un message quand je serai rentrée.

Il fit un signe de tête.

— Au revoir.

— Salut.

Elle se retourna et courut vers sa voiture. Gumby resta sur son porche pendant plusieurs minutes après que son Accord eut disparu de son champ de vision. Il revint finalement à l'intérieur et se tint à l'entrée de son salon, regardant sa maison d'un œil neuf. Partout où il regardait, il voyait Sidney. Assise sur son canapé. Debout dans sa cuisine. Traînant sur la terrasse.

Aujourd'hui l'avait changé. Il n'était pas sûr de ce qu'il ressentait pour elle avant ce soir.

Mais après avoir vu avec quelle facilité elle s'intégrait à ses coéquipiers. Dans sa maison. Dans sa vie.

Gumby savait qu'il avait trouvé la femme avec qui il voulait passer le reste de ses jours.

Bien sûr, il n'y avait aucune garantie qu'elle voulait la même chose. Il devait faire tout ce qu'il fallait pour s'assurer qu'ils étaient sur la même longueur d'onde. Comme l'avait dit Rocco, peu importait le temps que cela prendrait, il serait patient.

Sidney Hale avait peut-être eu la vie dure, mais maintenant qu'elle l'avait rencontré, elle découvrirait que les choses allaient devenir beaucoup plus faciles.

CHAPITRE SIX

Sidney baissa les yeux en souriant en constatant que le texto qu'elle venait de recevoir était de Decker. Cela faisait une semaine qu'elle ne l'avait pas vu, qu'elle n'était pas allée chez lui, mais cela ne signifiait pas qu'ils n'avaient pas parlé.

Et Decker Kincade était un grand bavard.

C'était presque difficile à croire.

Il lui envoyait des SMS en permanence, mais c'était les appels téléphoniques qui lui faisaient presque tourner la tête. Il avait appelé, comme il l'avait dit. Et ils avaient parlé pendant des heures. Deux nuits plus tôt, elle avait regardé l'horloge et avait été choquée de voir qu'il était deux heures quinze du matin. Elle savait qu'il devait se lever à 4h30 pour aller à la base navale pour l'entraînement. Lorsqu'elle lui avait dit être désolée, il avait répondu :

— Je renoncerais à dormir n'importe quel jour de la semaine si cela signifie que je peux te parler.

Ça aurait dû sembler ridicule. Comme une réplique. Mais pour une raison quelconque, ce n'était pas le cas. Il était sincère.

Sidney n'était jamais passée en premier dans la vie de quelqu'un. Jamais. Brian était le préféré de ses parents. Elle n'avait que trois ans de plus que son frère, mais d'aussi loin qu'elle s'en souvienne, Brian avait toujours fait l'objet de plus d'attentions. Il recevait plus de cadeaux pour son anniversaire et pour Noël, sa mère s'occupait de ses costumes d'Halloween alors que Sidney devait se contenter de ce qu'elle pouvait fabriquer elle-même. L'emploi du temps de ses parents tournait autour de Brian et de ses activités extrascolaires, pas autour d'elle.

Et quand elle avait essayé de leur dire ce que Brian faisait dans la remise de leur jardin, ils ne l'avaient pas crue. Ils lui avaient dit qu'elle était simplement jalouse de son frère.

Chassant les souvenirs de cette remise de son esprit, Sidney lut le texto que Decker lui avait envoyé :

Decker : Le vétérinaire dit qu'Hannah est prête à rentrer chez elle dès que je pourrai venir la chercher. Quel est ton emploi du temps ?

Sidney lui répondit immédiatement.

Sidney : J'ai encore un travail à faire cet après-midi, puis je suis libre.

Decker : Génial. Je peux venir te chercher vers seize heures ? On aura ainsi le temps d'aller chez le vétérinaire avant la fermeture.

Sidney : Je te retrouve là-bas.

Decker : Je peux venir te chercher.

Elle soupira. Si leurs appels lui avaient appris une chose sur Decker, c'était qu'il était têtu. Ses instincts protecteurs étaient énormes. Il lui avait dit un million de fois d'être prudente, de conduire prudemment et de faire attention à elle au cours de la semaine qui venait de s'écouler.

Sidney : Deck, réfléchis. Tu ne vas pas vouloir laisser Hannah chez toi pour me ramener chez moi. Elle va probablement souffrir, elle sera dans un endroit inconnu, et si tu la laisses seule, elle pourrait avoir des ennuis.

   Decker : Elle pourra venir avec moi quand je te ramènerai chez toi.

On aurait dit qu'il avait réponse à tout.

Sidney : Je peux parfaitement rentrer chez moi toute seule.
   Decker : S'il te plaît.

Elle soupira.

Sidney : D'accord.
   Decker : HOURA !

En riant, Sidney leva les yeux au ciel.

Decker : Je vais m'arrêter au magasin pour prendre quelques affaires pour Hannah avant de venir te chercher. Ai-je le droit de dire que je suis nerveux à ce sujet ? Et si elle ne m'aime plus ? Je suis content que tu viennes avec moi la chercher.

. . .

En lisant ses mots, elle posa sa main sur son cœur. Elle appréciait vraiment le fait que Decker soit honnête et franc. C'était rafraîchissant. Oh, elle savait qu'il y aurait des moments où elle n'apprécierait pas, comme s'il lui disait qu'elle avait l'air grosse dans un vêtement qu'elle portait – mais elle n'était pas certaine qu'il le ferait, il n'était pas ce genre de type. Mais quand même. Sidney tapa rapidement une réponse.

Sidney : Elle va t'aimer. Pourquoi ne t'aimerait-elle pas ?

Decker : Je ne sais pas. C'est juste que je n'ai jamais eu de chien avant, même si j'en ai voulu un. Je m'étais promis que si je survivais à cette merde au Bahreïn, je me bougerais et je ferais en sorte que ça arrive, mais maintenant que c'est le cas, je suis mort de peur.

Sidney : Arrête de paniquer. Hannah t'a choisi, Decker. Détends-toi.

Decker : Elle l'a fait, n'est-ce pas ?

Sidney : Oui. Tu as la liste des choses dont nous avons parlé pour aller au magasin, n'est-ce pas ?

Decker : Oui. Sid ?

Sidney : Oui, Deck ?

Decker : Merci.

Sidney : De rien. Maintenant, je dois y aller. Je dois changer la serrure de la porte de quelqu'un parce que son stupide petit ami l'a forcée hier soir.

Decker : Tu vas là-bas avec quelqu'un d'autre ?

Sidney : Du calme. Le gars est encore en prison. C'est bon.

Sidney : Decker ?

Decker : Pour information… ça ne me plaît pas.

Sidney ne pouvait pas s'empêcher de sourire. Elle savait parfaitement ce qu'il pensait de certaines des personnes qui vivaient dans son camping. Mais elle ne pouvait pas en aider une partie et pas l'autre. Et la moitié du temps, du moins pendant la journée, la plupart des résidents étaient soit au travail, soit en train de dormir après leur nuit blanche. Elle se sentait parfaitement en sécurité lorsqu'elle travaillait dans les caravanes pendant la journée. Ce n'était que la nuit qu'elle était parfois mal à l'aise.

Sidney : Ça va. Je te vois à seize heures.
   Decker : Oui.
   Sidney : À plus tard.
   Decker : À plus tard.

En remettant son téléphone dans sa poche pendant qu'elle se dirigeait vers la caravane située de l'autre côté du parc, Sidney pensait toujours à Decker. Être un Navy SEAL lui convenait parfaitement. En y réfléchissant, elle l'aurait peut-être deviné toute seule. Elle était assez proche de la base quand elle avait trouvé Hannah, et il était bâti comme elle imaginait les Navy SEAL. Grand, musclé, et totalement menaçant... quand il le fallait.

Ses amis étaient amusants. Elle était nerveuse au début, mais le jeu vidéo était un excellent moyen de briser la glace. Elle était bien consciente que Decker avait passé la majeure partie de l'après-midi à la regarder, mais au lieu d'être gênée, elle s'était sentie... bien. Elle savait sans aucun doute que si l'un de ses amis avait dépassé les bornes, il s'en serait occupé.

Et si c'était une bonne chose, c'était aussi troublant. Elle n'avait jamais eu de champion. Son frère avait pris plaisir à la tourmenter, et il ne serait jamais intervenu si quelqu'un l'intimidait ou la menaçait.

Détournant ses pensées de son frère, Sidney décida d'appeler Faith, la présidente du groupe de sauvetage. Elle ne lui avait pas parlé depuis un certain temps et elle avait besoin de faire le point.

La femme d'âge mûr décrocha après une seule sonnerie.

— Salut, Sidney, comment vas-tu ?

— Je vais bien. Et toi, comment vas-tu ?

— Occupée. Nous avons été envahis par les animaux abandonnés. J'ai l'impression que les mauvais propriétaires de chiens se sont donné le mot pour abandonner leurs animaux dans les rues le même jour.

Sidney se mit à rire. Ce n'était pas vraiment drôle, mais d'une certaine manière, Faith pourrait rendre plus légère même la pire des situations.

— Je suis désolée de ne pas avoir été très présente. J'ai l'impression que tout dans le parc s'est cassé en même temps.

— Je comprends. J'apprécie tout ce que tu peux faire.

— Hum...

Sidney hésitait à parler d'Hannah à Faith, car l'autre femme l'avait avertie à maintes reprises de ne pas consulter *Craigslist* et *Facebook Marketplace* pour les animaux. Que ce n'était pas sûr. Et elle savait que son amie avait raison, qu'elle ne devait pas le faire... mais elle ne pouvait vraiment pas s'en empêcher.

Sidney était consciente qu'elle pouvait avoir un problème, que son comportement était un peu autodestructeur. Mais elle se persuadait qu'elle pouvait faire des choses bien pires. Les chiens avaient besoin de son aide et si elle ne les aidait pas, qui le ferait ?

— Que fais-tu maintenant ? demanda Faith, interrompant la lutte intérieure de Sidney.

— Tu me connais, dit Sidney, essayant de faire passer sa pression pour une chose sans importance. Je n'ai pas pu m'en empêcher ! J'ai accidentellement vu un pit-bull à vendre et j'ai été obligée de le suivre. Je jure que je ne faisais que surveiller le chien. Il la maltraitait, Faith, et je ne pouvais plus le supporter.

Faith soupira, mais demanda :

— Tu l'as récupérée ?

— En quelque sorte.

— Explique, ordonna Faith.

— Il se pourrait que je me sois battue avec le salaud, mais un gars nous a vu nous battre et s'est arrêté pour m'aider. Le connard s'est enfui, et le bon samaritain m'a aidée à emmener le chien chez le vétérinaire.

— Comment se fait-il que je n'aie jamais entendu parler de ça avant maintenant ? demanda Faith. Tu sais que je dois être au courant de ce genre de choses le plus vite possible pour que je puisse organiser le financement. Et le vétérinaire ne m'a pas appelée pour un nouveau cas. Que se passe-t-il, Sidney ?

Elle soupira.

— Je sais. Le type qui s'est arrêté a emmené Hannah chez un vétérinaire près de chez lui. Et il veut l'adopter.

Elle se mit à parler encore plus vite.

— Et avant que tu ne me cries encore dessus, c'est un bon gars. Je suis allée chez lui, il veut vraiment un chien, et Hannah l'adore. Il a dit qu'il allait faire un don pour le sauvetage, même s'il n'est pas obligé de le faire.

Le fait que Faith n'ait rien dit pendant un moment rendit Sidney nerveuse.

— Faith ?

— Tu l'aimes bien, dit-elle.

Sidney faillit trébucher alors qu'elle poursuivait sa route vers la remorque où elle devait remplacer le verrou.

— Non, pas du tout, nia-t-elle instinctivement.

Faith garda le silence.

— Très bien, grogna Sidney. Oui, je l'aime bien. Mais ça n'a rien à voir avec Hannah.

— Vous avez donné un nom au chien ?

— Il l'a fait. Il a dit qu'elle avait besoin d'un joli nom féminin. Tu es fâchée ?

— Non, dit Faith immédiatement. Enfin, pas à propos du gars qui veut l'adopter. C'est le but du sauvetage, de trouver à chacun des chiens qui font leur chemin jusqu'à nous un foyer. Je suis contrariée que tu continues à ignorer mes avertissements et à courir toi-même après ces connards. Chérie, un de ces jours, ça ne va pas bien se passer pour toi. Qu'aurais-tu fait si ce type ne s'était pas arrêté ?

— Je peux me débrouiller toute seule, insista Sidney.

— Je n'en doute pas. Mais les combats de chiens sont un gros business. Ces gars gagnent beaucoup d'argent. Et si tu te mets en travers de leur chemin, ils n'hésiteront pas à t'éliminer. Tu le sais bien. Nous en avons parlé à maintes reprises. Tu dois être plus prudente ! Tu ne devrais pas t'en prendre à ces gars toute seule. Appelle-moi. Laisse-moi demander à mon équipe de t'aider. Tu sais que j'ai la *task force* du département de police en numérotation rapide. Ils sont aussi impatients que nous de mettre fin aux réseaux de combats de chiens. Ils peuvent intervenir dans les heures qui suivent.

— Hannah ne disposait pas de quelques heures, protesta Sidney. Ils l'avaient traînée derrière une voiture ou quelque chose comme ça, Faith. Ses pattes saignaient et elle n'avait plus de griffes. En plus, il lui avait versé de l'acide de batterie sur le dos.

Faith soupira. Sidney se détendit un peu. Elle savait que son amie détestait autant qu'elle entendre parler d'animaux maltraités, et encore moins de les voir.

— Chérie, s'ils pouvaient faire ça à un chien sans défense, que crois-tu qu'ils feraient à quelqu'un qui essaie de leur enlever leur gagne-pain ?

Sidney n'avait pas de réponse à cela. Elle avait appelé Faith parce qu'elle voulait entendre une voix amicale, pas pour se faire sermonner – même si elle savait que l'autre femme avait raison.

Les pensées de son frère et de l'infâme cabane lui vinrent à l'esprit, mais elle les repoussa.

— Personne d'autre n'est là pour s'occuper des chiens, répondit-elle doucement.

— Moi si, répliqua immédiatement Faith. Et tous ceux qui travaillent pour moi. Tu n'es pas la seule à pouvoir les sauver.

Mais nous ne pourrons rien faire pour les animaux si nous sommes morts.

Aucune des deux ne dit rien, et Sidney s'arrêta devant la caravane vers laquelle elle se dirigeait.

Faith soupira.

— Bien, je vais me taire pour l'instant. Quelles sont les nouvelles d'Hannah ?

— Decker vient la chercher aujourd'hui. Il n'a jamais eu de chien, mais il avait décidé d'en prendre un. Hannah est plus petite, toute noire. Il dit que la blessure sur son dos se cicatrise et que ses griffes devraient finir par repousser. Il vit dans une petite maison sur une plage, et il est dans la marine.

Elle entendit le rire de Faith.

— J'ai demandé pour le chien, mais c'est bien d'entendre que ton Decker semble être un bon gars avec une maison et un travail.

Sidney se frappa mentalement au front.

— Attends, tu as dit Decker ?

— Oui, pourquoi ?

— Son nom de famille est Kincade ?

— Oui.

— Cela explique le don étonnamment généreux qui est arrivé en début de semaine alors. Je m'interrogeais.

— Il a dit qu'il allait envoyer le montant des frais d'adoption.

— Oui, j'espère que tu ne dis pas aux gens que ça coûte deux mille dollars d'adopter un animal chez nous.

— Quoi ?

— Oui. J'ai reçu un chèque de deux mille dollars. Il contribuera grandement à payer les dépenses de ce mois-ci.

— Putain de merde, souffla Sidney. Je lui ai dit que ce n'était que cent cinquante dollars. Il a vraiment envoyé deux mille ?

— Oui. Je crois que je l'aime bien ce Decker, répondit Faith.

Le sentiment était définitivement réciproque. Mais au lieu

de penser à quel point Decker était génial et à quelle vitesse elle tombait amoureuse de lui, elle mit simplement fin à la conversation.

— Je dois y aller, Faith.

— OK, chérie. Dis-moi si tu as des questions ou des problèmes avec Hannah. Je peux appeler le vétérinaire si besoin et me tenir au courant de son cas. Mais comme elle ne passe pas par nos canaux officiels, je vais rester en dehors de tout ça autant que possible, à moins que l'un d'entre vous ait besoin de moi. Veille à donner à Decker mes coordonnées. Je serais ravie de répondre à toutes ses questions.

— Merci, je lui ferai savoir.

— Ça fait trop longtemps que je ne t'ai pas vue, déclara Faith. Passe me voir bientôt.

— Je le ferai.

— Et amène ton homme avec toi. Peut-être Hannah aussi. Je veux les rencontrer.

— Je lui en parlerai, promit Sidney.

Elle aimait entendre Faith parler de Decker comme de « son homme ». Ce n'était pas la première fois qu'elle le disait, et chaque fois ça lui semblait plus juste. Ce qui était dingue. Ils ne se connaissaient même pas depuis longtemps. Mais le sentiment était toujours là.

— Prends soin de toi, Sid, dit Faith. Je le pensais quand je t'ai dit de ne pas prendre de risques.

— Je sais. À plus tard.

— À plus tard.

Quelque peu réprimandée, ne sachant pas si elle se sentait mieux ou moins bien après avoir parlé à son amie, Sidney mit la conversation au second plan et se dirigea vers la porte d'entrée de la caravane pour faire son travail.

CHAPITRE SEPT

Gumby se gara devant la caravane de Sidney et coupa le moteur de son pick-up. Il sortit et courut jusqu'à sa porte. Le parc à roulottes dans lequel elle vivait n'était pas le pire qu'il ait vu, bien qu'il ne soit pas non plus très chic. Mais les caravanes semblaient bien entretenues et les petits espaces gazonnés qui les entouraient étaient, pour la plupart, tondus et propres.

Il frappa à la porte, anxieux sans raison. Il passa une main sur ses cheveux, en essayant de se calmer. Oui, il avait hâte d'aller chez le vétérinaire pour prendre Hannah, mais il était aussi nerveux parce qu'il allait revoir Sidney. Ils avaient beaucoup discuté la semaine dernière, et à chaque fois qu'il lui parlait, il était de plus en plus difficile de lui dire au revoir. Il ne s'était pas senti aussi à l'aise avec une femme depuis... très longtemps.

La dernière chose qu'il voulait, cependant, c'était d'être classé dans la catégorie ami. Il ne pensait pas que Sidney et lui en faisaient partie, mais il était tout de même inquiet.

La porte s'ouvrit, le prenant par surprise. Gumby leva mentalement les yeux au ciel. Il ne pouvait pas se rappeler la dernière fois qu'il avait été pris par surprise, il était générale-ment toujours en alerte.

— Hey ! dit-elle, ses yeux bleus pétillants.

— Salut.

— Tu es prêt? demanda-t-elle en se retournant et en fermant sa porte.

Gumby lui reluquait les fesses. Elle portait un jean, et la façon dont il épousait ses courbes lui mettait l'eau à la bouche. Le tee-shirt qu'elle portait était moulé sur le haut de son corps et l'aperçu de ses seins lui donnait envie de la pousser dans sa maison et d'oublier les chiens, les vétérinaires et tout le reste.

Elle ferma la porte avant de se tourner vers lui.

— Decker ?

Ses yeux se posèrent sur les siens et il ne put s'en empêcher. Il se dirigea vers elle, ravi qu'elle ne se soit pas éloignée de lui, et posa sa main sur son cou.

— Decker ? répéta-t-elle.

Il se rapprocha encore et put sentir son souffle chaud contre sa nuque alors qu'elle inclinait la tête en arrière pour le regarder.

— Tu es superbe, déclara-t-il.

Son front se plissa.

— Je porte un tee-shirt et un jean, répondit-elle en lui disant quelque chose dont il était bien conscient.

— Oui.

— Decker, j'ai rampé sous des remorques toute la matinée. Je suis sortie de la douche il y a dix minutes.

— S'il te plaît, arrête de parler de toi sous la douche, implora-t-il en gémissant.

Le froncement de sourcils fit place à un grand sourire.

— Sérieusement ?

— Oui.

— Pourquoi ? Ça t'excite ? dit-elle en le taquinant.

Enroulant sa main libre autour de sa taille, il l'attira rapidement vers lui. Elle trébucha et poussa un petit cri quand elle se posa contre lui. L'odeur fleurie qu'il associerait toujours à elle remonta jusqu'à ses narines et il inspira profondément.

— Tu me renifles ? lui demanda-t-elle.

— Oui, admit-il sans aucune trace de malice. Tu sens bon.

Ils se regardèrent fixement pendant un instant, et Gumby vit son pouls battre à la base de sa gorge. Ses doigts se serraient sur sa nuque, et il ne pouvait pas attendre une seconde de plus pour la goûter.

— Dois-je vous rappeler qu'il y a des enfants par ici ? cria une voix féminine derrière eux.

Gumby grogna.

Sidney ricana. Elle n'essaya pas de desserrer son étreinte, mais tourna simplement la tête et dit :

— Comme si tu t'en souciais, Nora.

La femme qui se tenait là gloussa et appuya sa hanche contre l'avant de son pick-up.

À contrecœur, Gumby lâcha Sidney et recula. Il jeta un œil à la femme qui les avait interrompus. Elle avait l'air plus âgée que Sidney, mais cela pouvait être dû à sa tenue. Elle portait une mini-jupe qui dévoilerait ses parties intimes si elle osait se pencher. Ses talons devaient mesurer au moins 15 cm et son chemisier était en fait un haut de bikini. Les cheveux blonds emmêlés qui entouraient son visage maquillé ressemblaient à un gros nuage pelucheux. Gumby sentait aussi son parfum de l'endroit où il se tenait.

Il passa sa main à l'arrière du jean de Sidney et accrocha un doigt dans le passant de sa ceinture. Il était évident qu'elles étaient amies, mais il ne voulait pas que le parfum frais, propre et fleuri de Sidney soit écrasé par celui de l'autre femme. Il n'allait pas la laisser aller embarrasser son amie. Non. Pas question.

— Oh, je m'en soucie, ma chérie. Je m'en soucie, dit Nora. Tu me présentes à ton ami ?

Sidney leva les yeux vers Gumby et lui adressa un petit sourire.

— Decker, voici Nora. Et, Nora, voici Decker.

— Ravie de vous rencontrer, dégaina Nora, mais elle ne vint pas vers lui.

— Pareillement, répondit-il.

— Où l'avais-tu caché ? demanda Nora à Sidney.

Decker sourit au rougissement qui rendit les joues de Sidney rose clair.

— Je ne l'ai caché nulle part. Nous nous sommes rencontrés la semaine dernière. Decker m'a aidée pour une intervention avec un chien.

Nora leva les yeux au ciel.

— Toi et ces chiens.

La femme regarda Decker, et il vit l'intelligence dans son regard. C'était surprenant – et il se reprocha intérieurement de l'avoir jugée sur sa tenue. Il savait plus que la plupart des gens qu'il ne fallait pas juger un livre à sa couverture.

— J'espère que tu fais en sorte que notre Sidney se détende et s'amuse un peu, conclut Nora.

— Je fais de mon mieux, fit-il.

— Bien. Parce qu'elle travaille trop dur, et je ne l'ai pas vue avec un homme – ou une femme, d'ailleurs – depuis que je la connais.

Gumby aimait ça. Ça faisait de lui un connard, mais il ne pouvait pas s'empêcher de ressentir la satisfaction qui le traversait.

— Nora, tais-toi, dit Sidney, en faisant un pas vers son amie, mais sans succès, car Gumby tenait encore son jean.

— Ne te prends pas la tête, dit Nora. Tout ce que je dis, c'est que tu travailles trop dur. Tu es toujours en train de faire tout ce que Jude te dit de faire. Il est important de prendre du temps pour soi... et je ne parle pas de chasser les cabots. Je te l'ai déjà dit et je te le répète : tu dois t'envoyer en l'air. Crois-moi, ça te guérira de tes maux.

Gumby sourit quand Sidney grogna.

— Sérieusement, ma fille, ferme-la.

— Quoi ? demanda Nora, pas si innocemment. Écoute, même si tu as des goûts vestimentaires douteux, car franchement, qui porte des jeans lors d'un rendez-vous ? Les jupes permettent un accès facile… si tu vois ce que je veux dire. Et tu as un corps chaud comme la braise. Des courbes aux bons endroits, une belle poitrine. Et je pense que ton homme s'y connaît en matière de corps de femme et qu'il peut te faire plaisir.

Elle regarda Gumby.

— S'il te plaît, dis-moi que tu t'y connais en corps de femme.

Il sourit à nouveau. Nora était certainement franche, mais elle semblait assez inoffensive.

— Ça fait un moment, mais je n'ai pas eu de plaintes.

Nora eut un grand sourire.

— Tu vois ? Quelques heures avec ce gaillard et tes batteries seront rechargées, c'est sûr.

— Tu vas me faire mourir de honte, avoua Sidney, en baissant la tête et en se couvrant les yeux.

— En y réfléchissant bien, ça fait un moment que je ne suis pas sortie avec un homme à barbe. Et la tienne est belle et bien garnie. Je parie qu'elle serait géniale sur les parties intérieures sensibles des cuisses. Sid, si tu es prête à partager, je suis toujours partante pour un plan à trois.

À ce moment-là, Sidney redressa la tête et elle plissa les yeux en direction de son amie.

— Bas les pattes, Nora. Il est à moi.

Nora sourit et leva les mains en signe de capitulation.

— Je m'en doutais bien. Je voulais juste voir si tu l'admettrais. Amuse-toi bien aujourd'hui. Ne fais rien que je ne ferais pas.

— Je ne suis pas sûre que ce soit possible, marmonna Sidney.

Nora se mit à rire.

— C'est vrai. Je dois y aller. J'ai un rendez-vous, conclut-elle en clignant de l'œil.

— Avec le gars de la semaine dernière ? demanda Sidney.

Nora ricana.

— Ce connard ? Non. Il était marié. J'aime bien les bites, mais je ne braconne pas. J'aime que mes hommes soient sans attaches et bien montés.

Elle regarda Gumby, son regard s'attarda sur son entrejambe.

— On dirait que tu n'as pas de problème dans ce domaine.

Sidney vint se placer devant lui.

— Attention à toi, Nora. Tu sais que je t'aime, mais franchement !

— Désolée, désolée, désolée ! dit Nora. Je ne peux pas m'en empêcher. Tu as un homme bien là, Sid. Si tu as besoin de conseils, viens me voir demain, mais pas trop tôt. J'ai l'impression que je vais être très fatiguée demain matin, si tu vois ce que je veux dire. Je t'appellerai dès que possible.

— Sois prudente ! cria Sidney lorsque Nora commença à s'éloigner.

— Je le suis toujours, déclara-t-elle alors qu'elle sillonnait habilement l'allée de gravier avec ses talons hauts et se dirigeait vers une élégante décapotable garée derrière le pick-up.

Lorsqu'elle arriva derrière le véhicule, elle sortit son téléphone et prit une photo de sa plaque d'immatriculation. Elle ne les regarda pas et se contenta de monter dans sa voiture et de partir. Gumby était tellement concentré sur Sidney qu'il n'avait même pas entendu la voiture s'arrêter. Il était vraiment en train de perdre ses moyens.

— Je crois que je suis gênée, murmura Sidney.

— Pourquoi ? demanda Gumby.

Elle se tourna pour le regarder.

— Sérieusement ?

Il haussa les épaules.

— Oui.

— Parce qu'en résumé mon amie est une traînée. Elle ne prend pas d'argent pour le sexe, bien qu'elle n'ait aucun problème à laisser le gars avec qui elle sort payer pour tout, de la chambre d'hôtel à la nourriture et même les vêtements si elle peut y arriver. Un gars avec qui elle sortait, déclara Sidney, a payé son loyer pendant une année entière, même s'ils avaient cessé de se voir au bout de deux mois. En plus de cela, elle t'a bien regardé, elle s'est invitée à faire une partie à trois avec nous, m'a dit que je devrais porter une jupe pour que tu puisses avoir facilement accès à mes parties féminines, et a insinué que je pourrais être lesbienne !

Parce qu'il voulait la toucher à nouveau, et qu'il aimait la sentir frissonner quand il posait sa main sur sa nuque, Gumby glissa sa main derrière son cou une fois de plus.

— On dirait qu'elle sait ce qu'elle veut, et j'aime qu'elle ne s'excuse pas pour ça. C'est une bonne amie qui s'inquiète pour toi, elle ne couchera pas avec des hommes mariés, et tout ce qu'elle a dit était dans l'optique de ton bien-être.

Sidney le fixa du regard, manifestement sceptique.

— Ai-je tort ? demanda-t-il.

Elle secoua lentement la tête.

— La plupart des gens regardent Nora et pensent que c'est une salope. Qu'elle est indigne d'eux.

— Ce n'est pas une salope, dit Gumby. Elle sait ce qu'elle aime. J'admire cela. Et elle est intelligente. Elle m'a prévenu de ne pas te traiter comme une merde et s'est assurée que je sache que tu as des amis qui te soutiennent.

Sidney avait encore l'air sceptique.

— Non, elle n'a pas fait ça.

— Sid, elle l'a fait. Elle t'a dit qu'elle t'appellerait demain matin. Elle a pris une photo de ma plaque d'immatriculation. Elle m'a testé pour voir si je sauterais sur l'occasion pour un plan à trois. Elle a fait tout ce qu'elle a pu pour me faire mordre à l'hameçon pour te protéger. Tu aurais fait quoi si j'avais accepté ses propositions ?

— Je t'aurais mis un coup de genou dans les boules et je t'aurais éjecté du pas de ma porte.

— Exactement, fit-il.

Elle le fixa du regard alors que les intentions de son amie sombraient dans l'oubli.

— Pour info, je ne fais pas dans les plans à trois, continua-t-il. Quand je suis au lit avec une femme, je suis complètement concentré sur elle. Je ne suis pas marié et je n'ai pas comparé la taille de ma queue à celle de quelqu'un d'autre depuis le vestiaire du collège, mais je suis assez sûr que tu seras satisfaite. Je suis d'accord avec Nora pour dire que tes courbes sont mortelles, mais je ne suis pas d'accord pour dire que ce jean que tu portes n'est pas du tout sexy. Je te sortirai en jeans plutôt qu'en jupe n'importe quand. L'accès facile n'est pas tout ce qu'il y a de mieux. Il faut suggérer.

— Waouh, chuchota Sidney alors que ses yeux se dilataient et que sa respiration s'accélérait.

Gumby passa son pouce sur le côté de son cou.

— T'ai-je remerciée d'être venue avec moi chercher Hannah ?

— Oui, souffla-t-elle.

Ils restèrent là à se regarder dans les yeux pendant quelques secondes de plus avant que Gumby ne puisse plus se retenir. Il se pencha lentement vers elle, satisfait lorsqu'elle inclina sa tête en arrière et que ses yeux se fermèrent.

Il frotta ses lèvres contre les siennes une fois. Puis deux fois. Au troisième passage, sa main s'approcha de sa tête et elle essaya de s'emparer de ses cheveux. Ils étaient trop courts pour qu'elle puisse les tirer, mais elle les rapprocha quand même d'elle en inclinant sa tête. Sa langue sortit et il ouvrit sa bouche pour elle.

Gumby ne put s'empêcher de serrer la main autour de sa nuque pendant qu'une vague de plaisir se répandait dans son corps. Il lui palpa les fesses et la tira contre lui, sachant qu'elle pouvait sentir son érection contre son ventre, mais il ne s'en souciait pas.

Il ne savait pas combien de temps ils s'embrassèrent sur son perron, mais le baiser devint frénétique jusqu'à ce qu'il recule d'un centimètre.

Sidney respirait fort, ses seins frôlaient sa poitrine à chaque respiration, et il pouvait imaginer la sensation qu'auraient ses mamelons dressés contre lui s'ils étaient nus. Sa verge palpitait, et il savait que si elle posait ses mains sur lui, il exploserait probablement en quelques secondes.

Ses yeux s'ouvrirent et Sidney dit :

— Ta barbe me chatouille.

Il ricana.

— Ah oui ?

Elle hocha la tête.

— Mais c'est doux.

Elle releva la main qui avait agrippé le devant de sa chemise comme pour le toucher, mais hésita à la dernière seconde.

— Continue. C'est bon.

— Je ne veux pas être impolie.

— Tu peux me toucher n'importe où, n'importe quand, Sid, lui confia Gumby.

Sa main lui toucha la joue, et il inspira profondément quand elle caressa la barbe.

— Tu aimes ça ? lui demanda-t-elle.

— Oui, lui dit-il honnêtement.

Il n'aimait pas, il adorait ça. Personne ne l'avait jamais caressé ainsi. C'était étonnamment intime et sensuel.

Après un moment de découverte, elle lâcha sa main et lui sourit d'un air penaud.

— Je pense qu'on devrait y aller.

— Oui.

Même s'il aimait embrasser Sidney et avoir ses mains sur lui, il savait qu'ils devaient se rendre chez le vétérinaire avant la fermeture.

Avec une dernière caresse de sa nuque, Gumby s'éloigna, détestant la perte de sa chaleur corporelle contre la sienne. Il lui prit la main et la conduisit en bas des deux escaliers jusqu'à son pick-up.

***

Sidney essaya de se ressaisir en allant chez le vétérinaire. Elle n'était pas sûre de ce qui venait de se passer. Nora avait fait... du Nora. Mais maintenant que Decker l'avait fait remarquer, elle voyait à quel point son amie se montrait protectrice. C'était un bon sentiment. Nora n'était pas exactement ce qu'on pourrait appeler une amie normale, mais Sidney était plus proche d'elle que toutes les personnes qu'elle avait rencontrées en Californie depuis son arrivée.

Elles ne traînaient pas ensemble. Elles ne sortaient pas pour boire un verre. Mais Nora était quand même une vraie amie.

Et puis il y avait eu Decker.

Elle n'avait pas prévu ce baiser, et elle n'avait certainement pas voulu dire à Nora qu'il était à elle, mais tous deux s'étaient sentis bien. Sidney n'aimait pas la jalousie qui s'était emparée d'elle lorsque Nora avait fait une proposition à Decker, ou lorsqu'elle l'avait dévoré des yeux.

Et le commentaire sur sa barbe était tout simplement déplacé – mais après l'avoir embrassé et avoir senti les poils soyeux contre sa bouche et ses joues, elle n'arrivait pas à se sortir de la tête les paroles de son amie. Si elle se sentait aussi bien qu'en l'embrassant, l'avoir entre les jambes serait un vrai plaisir.

En se déplaçant sur son siège, Sidney sentit l'humidité de sa culotte. Elle savait qu'elle devait penser à autre chose, sinon elle se mettrait vraiment dans l'embarras. La dernière chose dont elle avait besoin était une tache humide sur son jean pour annoncer au monde entier combien elle désirait l'homme assis à côté d'elle.

Elle regarda Decker, les mains sur le volant, ses épaules

tendues. Comme il n'y avait pas de circulation, elle supposa qu'il n'était pas nerveux à l'idée de conduire.

— Relax, Decker.

Il prit une grande respiration et relâcha la pression.

— Et si elle ne se souvenait pas de moi ?

— Tu lui as rendu visite la semaine dernière, non ?

— Oui, j'y suis allé plusieurs fois, admit-il.

— Alors de quoi tu t'inquiètes ?

Il soupira à nouveau.

— La vétérinaire m'a dit qu'Hannah a été un peu agressive ces derniers jours. Elle ne lui aurait normalement pas recommandé de rentrer chez elle aussi vite, mais comme elle ne se sent pas très bien à la clinique – ce sont ses mots, pas les miens – elle a pensé qu'il serait préférable qu'elle récupère le reste du temps à la maison.

Il la regarda.

— Et si elle n'arrive pas à se remettre de ce que ces connards lui ont fait ?

Sidney posa sa main sur la cuisse de Decker. Il la lui prit immédiatement et la tint fermement.

— Je pense honnêtement que les chiens souffrent de stress post-traumatique tout comme les humains. Je pense qu'avec beaucoup de temps et d'amour, Hannah ira bien.

Il se mit à grogner, comme s'il ne la croyait pas.

— Decker, cette chienne vénère le sol sur lequel tu marches. Si je ne l'avais pas vu moi-même, je ne l'aurais pas cru. C'est pourquoi je n'ai rien dit contre le fait que tu l'adoptes sans avoir vérifié tes antécédents. Dès la seconde où tu m'as abordée et que tu as fait partir cette ordure, elle ne t'a plus quitté des yeux. Elle était blessée et effrayée, mais elle t'a laissé la prendre. Cela n'arrive pas très souvent. Les chiens que nous sauvons sont généralement très méfiants.

« Ne cherche pas les ennuis. Si elle a des problèmes d'agressivité, tu peux travailler avec elle. Montre-lui qu'elle peut te faire confiance. Aucun chien n'est parfait. Peut-être que c'est la cage chez le vétérinaire qu'elle n'aime pas. Peut-être que c'est l'odeur de l'endroit. Peut-être que c'est les autres chiens. Je ne sais pas. Il faudra que tu découvres ses manies comme elle découvrira les tiennes.

Decker avait l'air un peu plus détendu.

— Tu as raison.

— Mais, Deck, certains chiens ne peuvent pas être réadaptés. Tu sais ça, n'est-ce pas ? Ils ont traversé trop de choses. Ils ont subi des traitements horribles toute leur vie et ils ne peuvent pas faire confiance.

Il soupira.

— Oui. C'est pour ça que je suis si inquiet.

Sidney serra sa jambe.

— On va improviser.

Elle n'avait pas beaucoup réfléchi à ce qu'elle disait, mais quand il la regarda et lui demanda :

— On va improviser ?

Elle se mit à rougir.

— Façon de parler, marmonna-t-elle, en essayant de retirer sa main.

Il la serra plus fort.

— Je te comprends, lui dit Decker. Je ne sais pas ce que je fais. C'est évident d'après ta réaction quand tu as vu tout ce que j'ai pris pour elle.

Sidney sourit à ces mots. Elle regarda dans le fond du camion et secoua la tête devant toutes les affaires qu'il avait achetées. On aurait dit qu'il avait presque racheté le magasin. En plus de la nourriture et des friandises, il avait pris un sac rempli de jouets, deux lits pour chiens tous doux, un tas de laisses et de colliers, ainsi qu'une tonne de couvertures en laine polaire. Il y avait aussi une cage. Il lui avait dit qu'il n'était pas certain qu'Hannah aimerait ça, mais qu'il voulait être préparé au cas où.

— Hannah est l'un des chiens les plus chanceux que j'aie

jamais rencontrés, déclara discrètement Sidney. Elle a touché le jackpot quand tu t'es arrêté pour nous aider.

Decker hocha la tête, mais elle voyait qu'il était toujours nerveux.

Ils arrivèrent sur le parking et Sidney bondit dehors, n'attendant pas que Decker vienne l'aider. Elle lui prit la main et il la regarda en silence en la remerciant rapidement avant de lui ouvrir la porte de la clinique.

En quelques secondes, ils furent dirigés vers une salle d'examen vide afin d'attendre le vétérinaire et Hannah.

Cinq minutes plus tard, ils entendirent un vacarme derrière la porte qui menait à l'arrière de la clinique. La porte s'ouvrit et une assistante-vétérinaire pénétra dans la pièce, traînant pratiquement la pauvre Hannah derrière elle.

À l'instant où la porte fut refermée, Decker se mit à genoux et prit Hannah dans ses bras. La blessure sur son dos avait l'air beaucoup mieux que la dernière fois que Sidney l'avait vue. Les quatre pattes étaient enveloppées de gaze, et la pauvre tremblait.

Mais à la seconde où elle vit Decker, elle modifia son comportement. Sa queue commença à remuer, elle se mit sur le ventre et rampa jusqu'à l'endroit où il était agenouillé sur le sol.

— Viens ici, ma fille.

Au lieu de poser sa tête sur ses genoux, Hannah s'allongea complètement dessus. Decker se déplaça et s'assit les jambes croisées, tenant la femelle pit-bull de vingt-cinq kilos tout contre lui.

L'assistante-vétérinaire qui se tenait au-dessus de lui et les regarda d'un air surpris.

Sidney posa une main sur l'épaule de Decker en guise de soutien. Des larmes se formèrent dans ses yeux en voyant Hannah si excitée de le voir. On aurait dit qu'il n'y avait pas de meilleur endroit pour elle que sur les genoux de l'homme qui l'avait sauvée.

La vétérinaire entra dans la pièce et s'arrêta net quand elle vit sa patiente sur les genoux de Decker.

— Waouh, s'exclama-t-elle. Je savais qu'Hannah vous aimait bien, mais c'est la chose la plus réconfortante que j'ai vue depuis que vous l'avez amenée ici.

— A-t-elle été très pénible ?

L'assistante-vétérinaire se mit à rire.

Même la professionnelle souriait.

— Disons qu'elle n'aime pas trop qu'on la pousse.

Sidney pensait qu'elle minimisait les choses. Beaucoup de choses.

La vétérinaire secoua la tête.

— Sérieusement, c'est incroyable. Je pense qu'on va la laisser là avec vous pendant que je vous montre ses progrès depuis la dernière fois que vous êtes venu.

Et ce fut ce qu'ils firent. Alors qu'Hannah restait recroquevillée en boule sur les genoux de Decker, la femme lui montra comment nettoyer la blessure sur son dos, lui disant de ne pas s'inquiéter si un peu de sang et de pus s'écoulait encore de temps en temps, que cela aiderait à la nettoyer. Puis elle prit doucement une des pattes d'Hannah et déroula le pansement. Le coussinet se régénérait déjà, et bien que les griffes aient été usées jusqu'à la moelle, le médecin déclara qu'elles finiraient par repousser aussi.

Pendant tout ce temps, Hannah ne grogna pas et ne fut pas tendue. Decker ne cessait de la complimenter et de la calmer tout en la caressant sur la tête et sur les flancs.

— L'avez-vous pucée ? demanda-t-il tandis que la vétérinaire refaisait le bandage de la patte d'Hannah.

— Oui. Vous devrez l'enregistrer auprès de la société. Nous vous donnerons les détails quand vous partirez. Nous avons également mis à jour toutes ses radios, comme vous l'avez demandé. Comme vous le savez, elle était couverte de puces, et c'est maintenant réglé. Elle a des vers du cœur, et nous l'avons mise sous traitement pour cela.

— Va-t-elle en mourir ? demanda Decker, semblant tenir Hannah encore plus près, comme si ses bras seuls pouvaient empêcher la mort de la trouver.

— Non. Les chiens peuvent mourir si les vers deviennent assez méchants, mais il semble que nous ayons pris le cas d'Hannah relativement tôt. Elle a le traitement vermifuge, et il faudra continuer à le lui donner, mais ils devraient finir par s'éteindre et elle ira bien. Il suffit de la garder au calme, sans activité intense pendant au moins six semaines. Mais elle ne pourra pas faire grand-chose avec ses pattes, de toute façon.

— Je vis sur la plage, déclara Decker. Et le sable, ça va lui faire mal ?

— Gardez-la sur l'herbe autant que possible pendant au moins deux semaines. Après ça, vous pourrez naviguer à vue. Elle vous fera savoir ce qu'elle est prête à faire. Si elle a du sable sur les pattes, assurez-vous de bien le laver. Et pas de sable dans la blessure de son dos. Je ne sais pas si elle aime se rouler par terre ou non, mais si c'est le cas, il ne faut pas que les grains de sable pénètrent dans son dos.

Decker avait l'air horrifié.

— Non, je vais la garder devant dans l'herbe, dit-il.

Sidney écoutait avec amusement Decker poser mille questions au médecin. Pendant tout ce temps, il restait au sol, les jambes croisées, sans bouger d'un pouce. Elle pensait qu'il devait être quelque peu mal à l'aise avec le poids d'Hannah sur lui, mais il ne bougea pas d'un millimètre.

Finalement, Decker parut être à court de questions.

— Vous pouvez toujours appeler si quelque chose vous tracasse, dit doucement la vétérinaire. Je serais heureuse de répondre à toute autre question que vous pourriez avoir.

— J'apprécie, dit Decker. Désolé d'avoir pris autant de votre temps.

Elle secoua immédiatement la tête.

— J'aimerais que tout le monde soit aussi attentif à ses animaux que vous l'êtes.

Hannah choisit ce moment pour ronfler assez fort, et ils rirent tous. Elle avait posé sa tête sur l'épaule de Decker pendant qu'il parlait avec le médecin et s'était manifestement sentie suffisamment en sécurité pour s'endormir.

— Je suppose qu'elle est à l'aise, dit Decker d'un air penaud.

Son interlocutrice se mit à genoux devant Decker une fois de plus et passa une main sur la tête d'Hannah.

— Elle n'a pas beaucoup dormi depuis qu'elle est ici, mais honnêtement, je n'ai jamais rien vu de tel auparavant.

— Quoi ? demanda Decker.

— Elle se calmait quand vous veniez en visite, mais à chaque fois que vous partiez, elle était agitée et méfiante. Elle grognait sur tout le monde, et nous devions la mettre sous sédatif pour lui nettoyer les pattes et le dos. Mais avec vous ici, elle est aussi docile qu'un agneau. C'est incroyable.

— Elle n'aime probablement pas la cage, déclara Decker.

La vétérinaire secoua la tête.

— Non. Je ne pense pas que ce soit ça. Je veux dire, oui, elle ne sera jamais fan d'une cage, mais j'ai vu cela se produire seulement une poignée de fois. Et ça veut dire quelque chose, vu mon travail. Vous êtes faits l'un pour l'autre. Je ne sais pas vraiment comment l'expliquer. Parfois, deux âmes ne font que se rencontrer... et se connecter.

Decker tourna la tête et regarda Sidney, qui avait du mal à exprimer son émotion. Il ne pouvait pas penser que c'est ce qui s'était passé entre eux... n'est-ce pas ?

Parce que c'était ce qu'elle pensait. Quelles étaient les chances qu'il passe au moment précis où elle avait besoin de lui ?

Elle n'avait jamais vraiment été très intéressée par les hommes, jusqu'à lui. Maintenant, elle vivait déjà pour ses SMS et ses appels téléphoniques, et quand elle lui avait ouvert sa porte aujourd'hui, tout semblait s'arranger en elle. Elle était toujours hyper consciente de son environnement et avait du mal à se poser. Mais avec lui, elle était détendue. Elle savait instinctivement qu'elle n'avait pas besoin de scruter constamment la zone, car il était là et la protégerait.

En haussant les épaules, elle sourit à Decker.

— Elle aime son papa chien, lui dit-elle.

Il lui répondit en souriant, et la fierté et l'amour pour la chienne sur ses genoux se lisaient facilement dans ses yeux. Mon Dieu, Sidney savait qu'elle rêverait de ce regard cette nuit. De le voir dans ses yeux quand il pensait à elle.

— Tu m'aides à me lever ? demanda-t-il.

Sidney hocha la tête, ne sachant pas exactement dans quelle mesure elle pourrait l'aider, mais il s'avéra qu'elle avait surtout besoin de le stabiliser alors qu'il se dépliait du sol et se tenait avec Hannah toujours dans ses bras.

— Elle peut marcher, dit la vétérinaire avec un clin d'œil.

— Je sais. Mais elle est fatiguée. Je vais la porter cette fois.

Decker sortit de la pièce avec le pit-bull dans les bras.

Sidney commença à le suivre, mais le médecin lui dit doucement :

— Ne le laissez pas trop la porter. Elle doit utiliser ses pattes. Je pense qu'il est plus difficile pour nous de la regarder essayer de marcher que pour elle de le faire.

— Je le ferai.

— Quelle chance, dit-elle, puis elle fit un signe de tête à Sidney et disparut au fond du bureau une fois de plus.

Sidney ne pouvait pas être plus d'accord.

Decker lui demanda de prendre son portefeuille dans sa poche arrière, et elle accepta avec joie, en s'assurant de bien le toucher en le sortant. Il sourit, sachant qu'elle l'avait tripoté un peu plus que nécessaire, mais sans lui dire.

C'était amusant de taquiner Decker, ce qui était surprenant. Après avoir appris qu'il était un SEAL, elle avait pensé qu'il serait peut-être bourru et sérieux, mais cela ne pouvait pas être plus loin de la vérité. Si elle ne l'avait pas vu en mode « guerrier » le jour où il l'avait sauvée de l'ordure qui était en train de la frapper, elle n'aurait peut-être même pas cru qu'il faisait partie des forces spéciales.

Decker n'avait pas hésité, et Sidney était encore plus heureuse que ce soit lui qui se soit arrêté pour l'aider. Elle savait que Faith et le groupe de sauvetage auraient trouvé les fonds nécessaires pour aider Hannah, mais grâce à la générosité de Decker, ils pouvaient maintenant aider un autre animal qui en avait besoin.

Avant qu'elle ne s'en rende compte, Sidney tenait la porte du pick-up ouverte pour Decker.

— Tu es sûre que ça ne te dérange pas de t'asseoir à l'arrière ? demanda-t-il pour la troisième fois.

— Non, Decker. C'est bon. Hannah serait anéantie si elle ne pouvait pas s'asseoir à côté de toi.

Il sourit d'un air penaud. À la seconde où il fit asseoir Hannah sur le siège, il se rapprocha de Sidney. Il enroula ses bras autour de sa taille et enfonça son visage dans le cou de la jeune femme. Sa barbe frôla sa peau, et elle frissonna.

— Merci encore d'être venue avec moi.

— De rien.

Il demeura comme ça pendant un long moment, et juste au moment où Sidney se demandait ce qu'il faisait, elle sentit une de ses mains bouger derrière elle. Elle tourna la tête et vit qu'il caressait Hannah d'une main alors que l'autre la tenait encore.

— Decker ?

— Oui ?

— On y va ?

— Dans une seconde. Je veux qu'elle sache que tu es avec moi. Que tu es importante pour moi. Que ce n'est pas parce qu'elle est sur le siège avant qu'elle aura toujours ce qu'elle veut.

Sidney ne savait pas si elle allait se liquéfier aux pieds de Decker ou se secouer et lever les yeux au ciel. Elle savait que ce n'était pas si simple, surtout avec des animaux maltraités.

Elle fut donc sous le choc lorsque Hannah leva le museau et appuya son nez dans son dos.

Decker la retourna dans ses bras et se mit derrière elle. Sidney tendit la main et passa la main sur la tête d'Hannah. Decker entrelaça ses doigts avec les siens et les fit courir sur le flanc de la chienne. Puis il tendit les mains à Hannah pour qu'elle les renifle.

— Tu vois, ma fille ? Sidney est avec moi. Ça veut dire que tu ne peux pas lui grogner dessus ou être méchante. En plus, c'est elle qui t'a sauvée, pas moi. C'est elle que tu devrais aimer, pas moi.

Comme si elle comprenait, la langue d'Hannah vint lécher les doigts de Sidney.

Ravie, et pas tellement surprise, elle se mit à rire.

— Tu vas la gâter, dit Sidney, secrètement ravie qu'Hannah semble l'aimer.

C'était peut-être parce qu'elle avait la même odeur que Decker. Peut-être que c'était juste parce que Decker se tenait juste là avec elle. Mais cela n'avait pas d'importance. Hannah était destinée à appartenir à Decker, tout comme il était destiné à être son propriétaire.

Il y avait beaucoup de choses pour lesquelles Sidney était sceptique. Mais le destin était là, en haut de la liste. Elle ne croyait pas que les choses étaient faites pour être faites. Elle ne l'avait jamais cru. Même avec un frère pourri jusqu'à la moelle, elle ne pensait pas que son avenir avait été fixé dès sa naissance. Il avait été un enfant heureux. Elle se souvint d'avoir joué et ri avec Brian quand ils étaient petits. Elle ne se rappelait pas quand il avait commencé à changer, mais un jour il était son petit frère, heureux, et le lendemain il était le petit garçon effrayant qui lui donnait la chair de poule.

Et même avec tout ce qui s'était passé, elle ne croyait pas que la vie était prédestinée.

Mais en restant là avec Decker, léchée par une chienne qui, de toute évidence, aurait dû devenir méchante, elle ne pouvait pas s'empêcher de penser que Decker et Hannah étaient faits pour se retrouver.

En se tournant dans ses bras, Sidney posa sa tête sur sa poitrine et le serra contre elle.

— Ce n'est pas que je me plaigne, mais de quoi s'agit-il ? demanda-t-il.

C'était trop difficile à expliquer, alors Sidney se contenta de dire :

— Je suis heureuse pour vous deux.

— Moi aussi, dit-il doucement.

Elle le sentit embrasser le haut de sa tête et elle soupira de contentement. Puis, une seconde plus tard, elle poussa un petit cri quand un nez froid et humide toucha la peau à l'arrière de son bras. Hannah avait remonté la manche de sa chemise et la poussait avec son nez.

En riant, Sidney repoussa Decker.

— Très bien, très bien. On y va.

Elle leva les yeux vers l'homme qu'elle tenait encore dans ses bras.

— La princesse veut rentrer chez elle et voir son nouveau château.

Le sourire de Decker était énorme, et Sidney en eut le souffle coupé. Elle l'avait déjà vu heureux auparavant, mais à ce moment précis, c'était plus que ça. Ses dents blanches brillaient dans la lumière du soleil de l'après-midi et son sourire formait quelques rides le long de ses yeux.

— Alors ramenons la princesse chez elle.

Sidney voulait en lire plus dans ses mots, mais elle se força à le lâcher et à se glisser sous son bras pour ouvrir la porte arrière de son pick-up.

La maison.

Il y avait longtemps qu'elle n'avait pas eu l'impression d'être chez elle.

La maison où elle avait grandi avait cessé d'être un foyer à la seconde où Brian lui avait fait craindre d'ouvrir la porte. La caravane dans laquelle elle vivait n'avait jamais été une maison, c'était juste un endroit où elle pouvait se poser.

Mais en pensant à la maison de Decker ? Oui, c'était bien un foyer, et c'était plus que dangereux pour elle d'adopter cette ligne de pensée.

Elle attacha sa ceinture de sécurité et s'assit pendant que Decker racontait des bêtises à Hannah et les conduisait vers sa maison sur la plage. En fermant les yeux, Sidney se perdit dans le son de sa voix.

CHAPITRE HUIT

Il faisait sombre dehors, et Gumby savait qu'il devait ramener Sidney chez elle, mais la vérité était qu'il ne voulait pas la perdre de vue. La journée avait été extrêmement émouvante pour lui, et il se sentait maintenant détendu. Sidney était étendue en face de lui sur son canapé et Hannah ronflait, étalée sur l'un de ses deux nouveaux lits pour chien. La vétérinaire l'avait prévenu qu'il devrait probablement mettre la collerette à Hannah pour qu'elle ne puisse pas se lécher les pattes, mais jusqu'à présent, chaque fois qu'elle s'y intéressait, un mot de lui suffisait à l'arrêter.

Il avait commandé de la nourriture chinoise pour le dîner et ils avaient allumé la chaîne Science Channel pendant qu'ils mangeaient. Ils ne regardaient pas vraiment la télévision, mais ils parlaient. Il lui racontait des histoires sur certaines des missions auxquelles il avait participé – sans détails top-secrets bien sûr – et elle avait parlé de certains des chiens qu'elle avait sauvés.

Elle lui raconta comment elle avait obtenu son emploi au parc de caravanes. Elle venait d'emménager, et quand l'une des conduites d'eau de sa caravane avait éclaté, elle était en train de la réparer quand le directeur lui était tombé dessus. Il avait été impressionné par le fait qu'elle soit capable de s'en occuper elle-même. Il l'avait suppliée de travailler pour lui. Son dernier homme à tout faire était paresseux et préférait dormir toute la journée et faire la fête toute la nuit plutôt que de travailler.

Ils discutèrent davantage d'Hannah et des pit-bulls en général. Sidney lui parla de Faith, la femme qui dirigeait le groupe de sauvetage. Des heures s'étaient écoulées avant que l'un ou l'autre ne s'en rende compte, et il était évident qu'aucun des deux ne voulait être celui qui mettrait fin à la soirée.

Gumby était affalé à une extrémité du canapé alors que Sidney était allongée sur le dos avec ses orteils enfouis sous sa cuisse. Il fit courir sa main de haut en bas sur ses tibias, en rythme avec leur conversation.

— Cet endroit est superbe, dit-elle après un temps de silence.

— Merci. J'ai doublé le salaire de mon entrepreneur pour faire les travaux en bas.

Elle le regarda d'un air renfrogné.

— Tu n'aurais pas dû gaspiller ton argent. Je t'aurais aidé.

— Je sais. Mais crois-moi, il y a encore beaucoup de travail à faire en haut.

— Je peux t'aider, tu sais. Je n'ai pas de diplômes ni rien, mais je sais ce que je fais.

— Pourquoi tu ne les passes pas ?

— Quoi ? Des diplômes ?

— Oui.

— Honnêtement ?

— Toujours.

— L'argent.

— L'argent.

Elle leva une main pour l'empêcher de faire des commentaires.

— Je sais, je sais. Si j'investis pour moi, je peux gagner plus d'argent avec un entrepreneur ou autre au lieu de faire des travaux dans le parc de caravanes.

Gumby haussa les épaules.

— Alors pourquoi tu ne le fais pas ?

— Je n'ai jamais eu l'intention de rester ici, admit-elle, et son estomac se serra. Mais ensuite j'ai rencontré Jude et Nora et Faith. Et un mois a conduit à un autre et après plusieurs années, je suis toujours là.

Gumby se forçait à se détendre.

— Qu'est-ce qui te retient ? Tu pourrais aller à la faculté de la ville et obtenir quelques diplômes. Je n'y connais rien, mais le coût des examens de licence n'est pas inclus dans les frais de scolarité ?

Sidney haussa les épaules.

— Parle-moi, Sid, implora Gumby.

— J'ai peur, d'accord ? répondit-elle sur la défensive.

Gumby ne pouvait pas croire ce qu'il venait d'entendre.

— Quoi ?

— Tu m'as bien entendue, grommela-t-elle. En tant que femme, le professeur serait probablement très dur avec moi. De plus, la plupart des entrepreneurs ne veulent pas de femme dans leur personnel.

— Tu es souvent maltraitée parce que tu es une femme ? demanda-t-il.

Sidney hocha la tête.

— Je sais que c'est difficile à croire à notre époque, mais beaucoup de locataires – hommes et femmes – n'aiment pas que je vienne travailler sur leur caravane parce qu'ils prétendent que je ne sais pas ce que je fais. Et au lycée, les deux fois où j'ai suivi un cours professionnel, les professeurs et mes camarades m'ont fait vivre un enfer. Je n'ai pas besoin de cette merde.

Elle ne semblait pas avoir vraiment peur. Méfiante peut-être, et Gumby ne pouvait pas la blâmer. Il avait rencontré des femmes extraordinaires dans la marine qui auraient probablement fait d'excellents SEAL, et même si la possibilité leur était maintenant offerte de faire un essai, il savait que c'était deux fois plus dur pour elles que pour les hommes... et c'était déjà sacrément difficile pour les gars de suivre toute la formation.

Se penchant, Gumby ramassa son téléphone sur la table basse. Il appuya sur un bouton et mit le téléphone sur haut-parleur dès qu'il commença à sonner.

— Qui est à l'appareil ?

Ses mots furent coupés lorsque quelqu'un lui répondit.

— Allô ?

— Salut, Max, c'est Gumby.

— Salut ! Comment ça va ? Quelque chose ne va pas ?

— Non, non, rien de ce genre. Tout va bien. J'apprécie que tu travailles si dur pour que tout soit fait. J'ai ramené Hannah à la maison aujourd'hui, et elle est en train de ronfler par terre devant moi.

— Bien, bien. Alors, qu'est-ce qu'il y a ? Tu as changé d'avis sur le fait que je ne commence pas à l'étage tout de suite ?

Gumby ricana, sans détourner le regard de Sidney.

— Non. Je dois vendre un rein pour payer le travail que tu as déjà fait. Mais j'ai une question pour toi.

Max se mit à rire à l'autre bout de la ligne.

— Vas-y.

— Quelle est ta position sur le fait de faire travailler les femmes dans ton entreprise ?

Il y eut une pause avant que l'autre homme ne dise :

— Tu connais déjà la réponse à cette question.

— S'il te plaît, lui demanda Gumby.

— J'engage toute personne qualifiée pour faire le travail. C'est sacrément difficile de trouver quelqu'un, homme ou femme, qui soit compétent de nos jours. Tout ce que je demande, c'est que mes employés se présentent à l'heure et ne lésinent pas sur les efforts. Je veux qu'ils traitent chaque travail comme s'ils travaillaient chez leur grand-mère. Le sexe n'entre pas en ligne de compte. Comme tu le sais très bien, puisque pratiquement toute mon équipe était chez toi la semaine dernière.

Gumby le savait. Il avait vu les gars plaisanter et rire avec les femmes alors qu'ils travaillaient côte à côte pour terminer sa cuisine et le reste du premier étage.

Sidney le fixa du regard, son visage illisible.

— Bien.

— Tu connais quelqu'un qui a besoin d'un travail ? demanda Max.

— Besoin ? Non. Mais elle pense que les entrepreneurs ne veulent pas travailler avec des femmes.

— Rien à foutre. Tant qu'elle peut supporter l'humour grossier et les jurons, elle est plus que bienvenue pour travailler pour moi.

— Je lui dirai.

— Volontiers. Et fais-moi savoir quand tu seras prêt à ce qu'on commence ton étage. Je meurs d'envie de m'attaquer à la salle de bain principale.

Gumby ricana. Ses plans initiaux étaient de finir la salle de bain en premier, mais en voulant s'assurer que tout le premier étage était sûr pour Hannah, les choses avaient changé.

— On est deux. À plus tard.

— À plus tard.

Gumby raccrocha le téléphone et le remit sur la table basse. Avant que Sidney ne puisse dire quoi que ce soit, il lui serra la jambe et lui dit :

— Tu ne peux pas avoir peur de prendre des cours, Sid. La femme qui n'a aucun problème à traquer ceux qui maltraitent les animaux et à affronter les types qui exploitent des réseaux de combats de chiens ne peut pas avoir peur d'un foutu test. Tu as entendu Max, et je crois vraiment que la plupart des entrepreneurs de bonne réputation se fichent du sexe de leurs employés. Ils veulent juste quelqu'un qui est digne de confiance et qui est bon dans ce qu'il fait. Et d'après ce que j'ai vu, tu es les deux. Alors... qu'est-ce qui se passe vraiment ?

Sidney soupira et regarda le plafond.

— Je suis dyslexique, dit-elle doucement. Je suis nulle aux

tests. Je manque toujours de temps, et j'ai échoué à la plupart de ceux que j'ai passés. Je n'ai pas le niveau pour aller à l'université, et avec le genre de tests que je dois passer pour obtenir mon diplôme, autant les écrire en chinois.

Gumby eut le cœur brisé pour elle. Mais il était aussi furieux.

— Tu as un trouble de l'apprentissage, Sid. Ça ne te rend pas stupide. Pas le moins du monde. Et tu peux obtenir des aménagements pour avoir plus de temps pour passer ces tests si tu en as besoin. Tu n'avais pas ça au lycée ?

Elle haussa les épaules.

Gumby serra les dents.

— Regarde-moi, Sid.

Il attendit qu'elle croise son regard.

— Dis-moi que tes parents t'ont fait passer des tests et ont fait en sorte que tu sois bien suivie pendant toute la durée de l'école. Ou qu'un professeur a remarqué que tu avais des difficultés et en a trouvé la raison.

Elle ne dit rien. Elle se contenta de le regarder.

— Putain, jura-t-il.

Puis il retira ses mains de ses jambes et se déplaça rapidement jusqu'à ce que son corps soit en équilibre sur elle. Ses genoux reposaient de chaque côté de ses cuisses, ses mains près de ses épaules.

Elle le regarda avec surprise, les mains sur la poitrine, les yeux écarquillés.

Gumby aimait voir ses cheveux noirs étalés sur le coussin de son canapé. Il aurait aimé qu'ils soient plutôt sur les draps crème qu'il avait sur son lit, mais il repoussa l'idée. Il avait un point à faire et se laisser distraire par son corps somptueux n'aidait pas.

— Un jour, j'espère que tu me raconteras tout sur ton enfance. Je veux connaître chaque petit détail et chaque blessure que tu as vécus pour que je puisse les réparer. Mais, Sid, quoi que tu penses, tu es intelligente et je sais que tu peux réussir ces tests. Je serais ravi d'aller à la faculté locale et de t'aider à t'inscrire. Nous ferons en sorte que tu passes les tests pour que tu puisses bénéficier des logements dont tu as besoin. Le fait d'avoir besoin de plus de temps pour passer un test ne te rend pas moins intelligente que les autres, et je peux te garantir que Max n'en aurait rien à foutre que tu lises plus lentement que les autres. Tout ce qui l'intéresse, c'est de savoir si tu peux faire ton travail.

Comme elle ne disait rien, il se pencha jusqu'à ce qu'il soit presque nez à nez avec elle.

— Est-ce que ça rentre dans ta tête ?

Au lieu de répondre à sa question, elle dit :

— Personne ne m'a jamais défendue comme tu viens de le faire.

— Habitue-toi, rétorqua Gumby.

Elle se lécha les lèvres, puis bougea. Ses lèvres étaient sur les siennes, et elle demandait à entrer dans sa bouche.

En ouvrant ses lèvres, Gumby avala le gémissement qu'elle fit alors que leurs langues tourbillonnaient et dansaient ensemble. Ses mains allèrent jusqu'à sa taille et se glissèrent sous son tee-shirt, le faisant haleter. Elle l'embrassa presque désespérément, et bien que Gumby aimait son contact, il avait besoin de ralentir les choses.

Il tomba sur une hanche et souleva Sidney au-dessus de lui, en inversant leurs positions. Il colla ses hanches contre les siennes, sans se soucier qu'elle sente combien il était dur pour elle.

Ses cheveux tombaient autour de leurs visages, s'emmêlant à sa barbe. Ses mains s'immobilisèrent sous sa chemise, mais Gumby pouvait sentir ses doigts se plier contre son ventre. Il se leva et enfonça une main dans ses cheveux, puis fit un léger mouvement. Leur baiser passa du désespoir à l'intimité. Elle lécha sa lèvre inférieure, puis la supérieure. Il lui emboîta le pas, apprenant ce qu'elle aimait et ce qui la faisait se tortiller de désir pour lui.

Après une autre minute de baiser, elle enleva ses lèvres des siennes et retira ses mains de sous sa chemise. Elle posa sa tête sur son épaule et soupira, son souffle chaud sur son cou faisant serrer ses tétons.

Sa main se détendit dans ses cheveux, et il les lissa sur son cuir chevelu. Une fois. Deux fois. L'avoir contre lui semblait si juste. Rien dans sa vie ne l'avait jamais rendu aussi détendu et heureux que d'avoir Sidney dans ses bras.

— J'ai eu peur toute ma vie, Deck. J'essaie juste de ne pas le montrer.

— Tu n'as pas à avoir peur avec moi, lui dit-il.

— Je suis en train de le découvrir.

Ses mots lui donnèrent l'impression d'être le roi du monde.

— Un jour, je te dirai comment tout a commencé.

— J'aimerais bien.

Il n'insista pas. La laisser se détendre dans ses bras était suffisant pour l'instant.

Un mouvement attira son attention, et Gumby regarda à sa gauche et étouffa un ricanement.

— Ne regarde pas maintenant, mais on nous observe.

Sidney tourna la tête, et il sentit un rire gronder sur sa poitrine, contre la sienne. Il n'avait jamais ressenti cela avec quelqu'un d'autre, et il voulut immédiatement le ressentir à nouveau.

Hannah ne dormait plus, mais elle les regardait tous les deux sur le canapé comme si elle essayait de comprendre ce que faisaient ces deux humains fous. Quand elle les vit la regarder, elle se leva et se dirigea avec précaution vers le canapé. Puis elle se pencha et commença à lécher le visage de Sidney.

Elle se mit à rire et essaya de lever ses mains pour protéger son visage. Gumby rit à son tour, et Hannah détourna son attention de Sidney pour la porter sur lui.

— Ça va, ça va ! s'écria-t-il, et il s'assit avec Sidney toujours accrochée à lui.

Lorsqu'il passa ses jambes par-dessus le bord du canapé, Sidney le regarda longuement. Ils étaient aussi proches que deux personnes pouvaient l'être. Ses jambes étaient écartées au-dessus de ses cuisses, leurs aines pressées l'une contre l'autre. Gumby refusa d'être gêné par la dureté de son sexe. Il voulait qu'elle sache qu'il aimait la sensation de son corps contre le sien. Qu'il était attiré par elle et qu'il la désirait.

— Merci pour cette bonne journée, dit-elle au bout d'un moment.

— Je crois que c'est ma réplique, lui dit-il.

— Merci de ne pas avoir craqué sur Nora. C'est une bonne amie qui aime le sexe... Beaucoup.

— J'aime beaucoup le sexe aussi, lui dit-il avec un sourire. Mais je suis un peu plus sélectif qu'elle ne semble l'être.

— Moi aussi, répondit Sidney.

Gumby jeta un coup d'œil à sa montre.

— Il se fait tard.

Sidney fit un signe de tête.

— Ça va aller avec Hannah ?

Il voulait dire non. Il voulait lui dire qu'il avait besoin qu'elle reste pour la nuit juste pour être sûr. Mais il savait qu'elle devait travailler le matin, et lui aussi. Le commandant les avait prévenus la veille qu'une mission était imminente, et qu'il allait devoir passer plus de temps sur la base pour se préparer. Ce n'était pas le moment idéal pour prendre un chien, mais entre le fait que Caite ait accepté de s'occuper du chien pendant son absence, et Sidney, Gumby avait l'impression d'être paré.

— Ouais. Je pense que c'est bon, dit-il, en tendant la main à Hannah pour caresser sa tête.

Elle l'avait posée sur le canapé à côté de la jambe de Sidney.

Il était debout, tenant toujours Sidney, et elle riait et le serrait encore plus fort. C'était une torture de marcher avec son érection, mais il ne l'aurait lâchée pour rien au monde. Gumby la transporta jusqu'à la porte, où il retira à contrecœur ses mains de ses fesses et elle laissa ses jambes tomber par terre. En serrant ses mains autour du bas de son dos, il la tint contre lui pendant un moment.

— Tu veux venir dîner demain soir ? Et voir comment va Hannah ?

— Oui.

Gumby sourit. Elle n'avait même pas hésité.

— Mais je te retrouverai ici cette fois. Tu n'as pas besoin de venir me chercher.

— Tu as peur que je parle encore à Nora ? demanda-t-il d'un ton moqueur.

— Bien sûr.

— Envoie-lui un SMS quand tu arrives ce soir, lui dit-il.

Sidney fronça les sourcils.

— Pourquoi ?

— Pour qu'elle sache que je t'ai ramenée à la maison saine et sauve.

— Mais elle viendra demain matin, à un moment donné.

Gumby fit un signe de tête.

— Je sais. Mais elle était inquiète pour toi. Mets-la à l'aise et fais-lui savoir que je ne t'ai pas kidnappée et jeté ton corps dans l'océan.

— Eh bien, mon Dieu, quand tu le dis comme ça... répondit-elle en le taquinant.

Puis elle réfléchit.

— Tu ne me feras pas de mal, dit-elle avec conviction.

— Bien sûr que je ne le ferai pas. Mais Nora ne me connaît ni d'Ève ni d'Adam.

— Je lui enverrai un texto.

— Bien.

Il la relâcha assez longtemps pour la laisser se pencher et ramasser ses chaussures là où elle les avait jetées quand elle était arrivée un peu plus tôt. Pendant qu'elle les mettait, il laçait les siennes. Puis il prit une laisse et appela Hannah.

— Tu veux faire un tour, ma fille ?

Enthousiaste, la chienne les rejoignit. Gumby se pencha et la prit dans ses bras.

— Tu peux nous ouvrir la porte ? demanda-t-il à Sidney.

Elle sourit et secoua la tête.

— Pourrie gâtée, prévint-elle.

Sans pause, il se pencha et toucha ses lèvres avec les siennes.

— Il n'y a pas de mal à gâter mes filles.

Et sur ces paroles, il se dirigea vers la porte de son pick-up.

CHAPITRE NEUF

La semaine suivante fut un peu floue pour Sidney. Elle rencontrait parfois Nora le matin pour prendre un café, ce qui constituait un changement agréable dans la dynamique de leur relation, car elles ne se fréquentaient pas du tout auparavant. Elle imaginait que c'était dû au fait que l'autre femme voulait creuser pour obtenir des détails sur sa vie sexuelle, jusque-là inexistante, avec Decker. Comme elle aimait bien Nora et qu'elle la faisait rire, Sidney ne se préoccupait pas de sa curiosité. Puis, après le café, elle faisait le travail que Jude lui avait préparé. L'après-midi, elle se rendait chez Decker pour passer le reste de la soirée avec lui et Hannah.

Le plus souvent, elle restait plus tard qu'elle ne le pensait, d'autant plus que Decker avait l'air de plus en plus fatigué. Chaque fois qu'elle lui disait qu'elle devait y aller, il n'était pas du tout d'accord, lui disant qu'il préférait passer plus de temps avec elle au risque d'être un peu fatigué.

Hannah se rétablissait à vive allure. Ses pattes n'avaient plus besoin d'être enveloppées et, bien que sa démarche soit encore mal assurée, elle montrait chaque jour de plus en plus de personnalité. Sidney ne l'avait pas entendue grogner depuis le cabinet du vétérinaire, et la chienne semblait l'aimer de plus en plus, tout comme Decker.

Aujourd'hui était l'un des premiers jours depuis longtemps sans presque rien à faire. Elle avait effectué une réparation d'urgence sur un climatiseur dans l'une des caravanes, mais à part cela, elle n'avait rien d'autre sur sa liste. Nora traînait chez l'un de ses petits amis et Decker travaillait à la base.

Sidney essayait de se souvenir de ce qu'elle faisait quand elle avait du temps libre, et elle fut surprise de réaliser que la plupart du temps, elle surfait sur Internet à la recherche de chiens maltraités. Surtout *Craigslist* et parfois *Facebook Market*. C'était ainsi qu'elle avait trouvé Hannah.

Se sentant coupable d'avoir laissé passer autant de temps sans consulter les annonces, Sidney se mit à la petite table dans sa caravane et lança *Craigslist*. Elle ne pouvait pas croire qu'elle avait été si négligente envers les pauvres chiens qui avaient besoin d'elle. Comment avait-elle pu laisser son obsession pour Decker l'emporter sur ce qu'elle considérait comme l'œuvre de sa vie ?

Elle devait se racheter. Elle devait faire tout ce qu'elle pouvait pour aider le plus grand nombre de chiens possible afin de compenser ceux qu'elle n'avait pas sauvés récemment.

Avec un pincement au cœur, Sidney pensa, probablement pour la millième fois, à consulter un professionnel pour faire face aux sentiments de culpabilité qui la rongeaient depuis son adolescence. Elle savait qu'elle était obsédée par le sauvetage des animaux. Elle savait même pourquoi. Mais elle ne pouvait pas s'en empêcher. Elle était bien trop disposée à se mettre elle-même, et parfois les autres, en danger si cela impliquait de sauver un chien.

C'était dingue. Elle était probablement folle... mais la culpabilité ne lui permettait pas de s'arrêter. Et elle ne pouvait pas vraiment se permettre une thérapie, de toute façon.

Faisant de son mieux pour mettre ces pensées de côté, Sidney continua à consulter Internet.

Il ne lui fallut pas longtemps pour trouver ce qu'elle cherchait.

Le même salaud avec qui elle s'était battue pour Hannah avait affiché un message disant qu'il cherchait un pit-bull pour sa fille. Il se présentait sous le nom de Victor, et disait qu'il se fichait bien qu'il s'agisse d'un chiot ou d'un vieux chien. Il était impatient d'avoir ce que sa petite fille désirait tant.

Ce n'était qu'un tissu de mensonges. Sidney en était sûre. Elle doutait même qu'il ait une fille. Il était plus probable qu'il voulait un chien plus âgé pour servir d'appât, et les plus jeunes pour les dresser afin de devenir des combattants brutaux.

Ses dents se serrèrent et son rythme cardiaque s'accéléra. Il y avait quelques commentaires sur l'annonce de ce type, et elle se demanda s'il avait déjà obtenu d'autres chiens pour ses activités malfaisantes.

Il n'y avait qu'une seule façon de le savoir.

Elle savait où il habitait, bien sûr ; elle avait surveillé sa maison quand il avait eu Hannah. L'idée que Victor puisse traiter un autre pauvre chien comme il avait traité Hannah la rendait physiquement malade.

Elle ferma son ordinateur portable et se dirigea vers la porte.

Quand elle monta dans sa voiture et qu'elle sortit du camping, elle fut surprise de constater qu'elle ne ressentait pas la précipitation ou la nervosité qu'elle avait l'habitude de ressentir lorsqu'elle était sur la piste d'un chien maltraité. Oui, elle voulait sauver un autre animal, mais ce qui s'était passé la dernière fois était encore frais dans sa mémoire. Decker ne se présenterait pas à l'improviste pour l'aider à nouveau.

Elle essaya de dissiper ses craintes. Elle pouvait le faire. Elle l'avait déjà fait au moins une centaine de fois. Elle ne pouvait pas laisser ce type torturer un animal innocent.

Elle en avait vu assez pour toute sa vie.

La zone où elle se rendait n'était pas la meilleure partie de la ville, mais ce n'était pas la pire non plus. Elle ne savait pas pourquoi les voisins de Victor ne l'avaient pas dénoncé jusqu'à maintenant. Ils avaient sûrement vu Hannah dans son jardin. Ne voulaient-ils pas s'en mêler ? Peut-être qu'ils avaient peur de Victor ? Ou étaient-ils vraiment tous sans cœur ?

Elle se gara près de quelques maisons en bas de chez Victor et s'y installa pendant un long moment. Elle était furieuse contre elle-même d'avoir eu besoin de ces quelques minutes supplémentaires. Deux semaines plus tôt, elle n'aurait pas hésité.

Mais pour une raison quelconque, tout était différent maintenant. Elle ne savait pas vraiment si c'était sa conversation avec Faith ou parce qu'elle avait plus à perdre. Les choses avec Decker se passaient incroyablement bien. Elle l'aimait beaucoup et croyait honnêtement qu'il avait aussi de vrais sentiments pour elle. Elle n'avait jamais eu une relation aussi intense auparavant... et pourtant ils n'avaient rien fait de plus que s'embrasser sur son canapé.

Sidney avait le sentiment qu'une fois qu'ils auraient fait l'amour, la boucle serait bouclée. Elle était déjà à moitié amoureuse de Decker, et le fait d'être intime avec lui achèverait de la faire tomber pour lui.

Elle le savait. Elle savait aussi ce qu'il ressentait lorsqu'elle se mettait en danger. Il détestait cela. Il en avait horreur. Il n'était pas allé jusqu'à lui interdire de faire exactement ce qu'elle faisait en ce moment, mais elle avait le sentiment que s'il savait où elle était et ce qu'elle prévoyait, il serait furieux.

Cela aurait dû l'énerver. Personne ne lui disait ce qu'elle pouvait faire et ne pas faire. Mais au lieu de cela, elle se sentit protégée. Ses parents se fichaient bien de ce qu'elle faisait. Et après qu'elle eut témoigné pour l'accusation dans le procès de son frère, ils lui avaient littéralement tourné le dos. Mais elle avait été seule avant cela... aussi longtemps qu'elle s'en souvienne.

Decker insistait toujours pour qu'elle lui envoie un message quand elle rentrait à la maison. Lorsqu'il lui parlait au téléphone, il s'intéressait vraiment à ce qu'elle avait fait depuis la dernière fois qu'il l'avait vue ou qu'il lui avait parlé. Il empêchait toujours les autres de la croiser lorsqu'ils sortaient, essayait de s'asseoir à l'extérieur lorsqu'ils mangeaient au restaurant. Il n'était pas macho, mais maintenant qu'elle y réfléchissait, il faisait tout ce qu'il pouvait pour se maintenir entre elle et ce qui pourrait lui faire du mal.

En mettant délibérément Hannah au premier plan, Sidney fit de son mieux pour se concentrer sur la raison de sa présence. Les animaux. Victor n'hésiterait pas à donner des coups de pied, à traîner et à blesser un autre chien comme il l'avait fait avec Hannah. Sans doute pensait-il qu'il les endurcissait pour le ring ou une autre idiotie du genre.

Les chiens ne demandaient pas à être maltraités. Ils n'avaient pas demandé à être jetés dans une fosse avec d'autres chiens qui avaient subi un vrai lavage de cerveau et qui avaient été battus au point de combattre tout ce qui se trouve dans la cage avec eux.

Son esprit se remettant à penser à eux, Sidney sortit de sa voiture, empocha ses clés et se dirigea vers la maison de Victor. Elle faisait juste un peu de reconnaissance, pour voir s'il avait d'autres chiens dans son jardin. Elle obtiendrait les informations dont elle avait besoin et les transmettrait à Faith, afin que son réseau de flics et d'agents de contrôle des animaux intervienne. Elle ne s'impliquerait pas physiquement.

Heureuse de son plan, et pensant que peut-être, juste peut-être, elle faisait un petit pas pour surmonter la culpabilité à laquelle elle s'accrochait depuis si longtemps, Sidney se dirigea furtivement vers l'arrière de la maison de Victor et jeta un coup d'œil à travers un petit trou dans la clôture.

* * *

Gumby était fatigué. Ses nuits avec Sidney et les longues journées passées à revoir les détails de leur prochaine mission le rattrapaient. Vouloir être avec cette femme était en fait devenu plus important que de s'assurer que son corps était au mieux de sa forme. Il savait que c'était dangereux, mais il ne se lassait pas de Sidney. Son odeur, son rire, ses taquineries, ce qu'elle ressentait sous ses mains et ses lèvres quand ils s'embrassaient.

Il voulait être en elle plus qu'il ne voulait respirer, mais il appréciait trop les pulsions et les contraintes de leur relation pour précipiter les choses.

Elle était tout pour lui. Il le savait déjà, sans aucun doute. La femme avec laquelle il voulait passer le reste de sa vie. Il devait donc prendre son temps. Il fallait qu'elle sache qu'il n'était pas avec elle juste pour se rouler dans le foin. Non. Si ça ne tenait qu'à lui, elle finirait par être Sidney Kincade. Il lui faudrait une plus grande maison pour accueillir les enfants qu'ils pourraient avoir, et la ménagerie d'animaux qu'ils voudraient, pour sûr. Elle avait un cœur trop grand pour résister à l'adoption d'animaux. Il pourrait garder la maison de la plage pour s'évader et faire construire une plus grande maison dans un lotissement avec d'autres familles.

— À quoi penses-tu, Gumby ? demanda leur commandant.

En clignant des yeux, il se concentra sur Storm North et réalisa qu'il avait complètement raté ce dont on venait de parler.

— Je suis désolé, Monsieur, dit-il d'un ton un peu penaud. Ça m'a échappé.

Leur commandant soupira, mais il répéta patiemment ce sur quoi il voulait l'avis de Gumby.

Une heure plus tard, Gumby sortit de la salle de conférence avec le reste de son équipe. Il savait qu'il devait s'excuser auprès des gars. Il attendit qu'ils soient tous dans la cage d'escalier, puis se lança :

— Attendez une seconde, les gars.

Tout le monde s'arrêta et patienta jusqu'à ce qu'il reprenne.

— Je veux m'excuser de ne pas avoir été complètement présent ces derniers temps. C'est inexcusable, et ça ne se reproduira plus.

Rocco lui tapota l'épaule.

— J'ai compris.

Gumby savait que parmi tous les gars, seul Rocco comprendrait. Il avait Caite maintenant.

Phantom était renfrogné.

— C'est ce qui m'inquiétait avec Rocco. Les femmes semblent toujours faire foirer les choses.

— Nous avons déjà eu cette conversation, avertit Rocco, se tournant vers leur coéquipier les mains sur les hanches. Ce n'est pas parce que j'ai une femme que j'aime que je ne peux pas également faire mon travail.

— Gumby n'a entendu que la moitié de ce dont nous avons parlé là-dedans, protesta Phantom. Comment va-t-il pouvoir faire son travail sur cette prochaine mission s'il ne connaît pas la moitié des informations ? demanda-t-il en montrant la salle de réunion.

— Je me suis excusé, répondit Gumby à Phantom et au reste de l'équipe. Je sais que j'ai merdé, et j'ai besoin de me sortir la tête du sac.

— J'espère que sa chatte en vaut la peine, grogna Phantom.

— Ferme ta gueule, rétorqua Gumby, maintenant énervé.

Il pouvait admettre qu'il avait merdé, mais il était hors de question qu'il laisse Phantom dénigrer Sidney.

— Pas cool, ajouta Ace.

— C'était déplacé, confirma Bubba à Phantom.

Sa colère diminua un peu à cause du soutien de ses coéquipiers. Gumby prit une grande inspiration et regarda Phantom dans les yeux.

— Je sais que tu as été traité comme de la merde par les femmes dans ta vie et j'en suis désolé. Mais Sidney n'est pas comme elles. Caite non plus. J'essaie de faire ce qu'il faut et de m'excuser de ne pas avoir été connecté à 100 %. Mais je ne vais pas rester là à te laisser dire du mal de ma femme. La dernière chose que je veux, c'est qu'elle se sente mal à l'aise avec toi, mais si tu continues comme ça, je ferai tout ce que je peux pour l'éloigner de toi. Et cela nuira à la dynamique de cette équipe, ce qui serait nul.

« Elle est faite pour moi, Phantom. Je veux passer le reste de ma vie avec elle. Mais je veux aussi qu'elle vous considère tous comme ses frères. Je veux que vous l'aimiez comme une belle-sœur.

Les autres murmuraient leur accord, mais toute l'attention de Gumby était tournée vers Phantom. L'homme avait l'air à la fois énervé et désolé.

— Pendant toutes les années où nous t'avons connu, nous n'avons pas insisté pour obtenir plus de détails sur ton enfance. Tout ce que nous savons, c'est qu'elle était nulle et que les femmes de ta vie l'ont rendue ainsi. Mais tu ne peux pas continuer comme ça. Ton amertume te ronge de l'intérieur. Sidney n'a rien fait d'autre qu'être sympa avec toi. Tu avais l'air de l'apprécier quand vous êtes tous venus chez moi pour la rencontrer. Qu'est-ce qui a changé, maintenant ?

L'autre homme hésita. Puis il dit doucement :

— Je ne veux pas que l'un d'entre vous soit manipulé et traité comme de la merde. La façon dont ma mère traitait les hommes.

Rex ouvrit la bouche pour répondre, mais Gumby leva la main pour l'arrêter.

— Je t'aime, mec. Je sais qu'en tant que mecs, on n'est pas censés dire ce genre de conneries, mais on s'en fout. Je vous aime tous. On a traversé le pire des enfers ensemble. Je vous ai sauvé la vie et vous avez sauvé la mienne. Et j'espère que vous me le diriez si une salope me faisait ce genre de conneries. Mais Sidney n'est pas comme ça. Je le sais au plus profond de moi. Et le fait que j'aime Sidney ne va pas me faire vous aimer moins.

Il posa sa main sur l'épaule de Phantom.

— Donne-lui une chance. Ça me tuerait si tu ne t'entendais pas avec elle. Je t'en supplie, Phantom. Je t'en prie.

Il hocha la tête une fois.

Soulagé, Gumby lâcha sa main.

— Et je ferai mieux en étant présent. Je sais que je me suis relâché, et ça ne se reproduira plus.

— C'est difficile de trouver l'équilibre entre donner à sa femme ce dont elle a besoin et être capable de se donner à cent pour cent aux SEAL, dit Rocco.

Gumby appréciait son soutien.

— Je suis en train de le découvrir.

— D'après ce que j'ai observé, Sidney n'est pas le genre de femme qui a besoin de toi à ses côtés vingt-quatre heures sur vingt-quatre. Tout comme Caite. Elle a un travail, une vie, en dehors de toi.

— Je sais, déclara Gumby.

— Et elle déchire à *This is War*, ajouta Bubba.

Tout le monde se mit à rire.

— C'est vrai, dit Gumby. Bref, j'apprécie que tu me lâches un peu, mais ça va maintenant. J'ai compris, et tu n'as pas à t'inquiéter de savoir si je vais faire ma part pour la prochaine mission.

Tout le monde lui fit signe de la tête et le frappa dans le dos en descendant les escaliers.

Gumby attrapa le bras de Phantom.

— Est-ce que ça va ?

— Tout va bien.

— Je pensais ce que j'ai dit, répondit Gumby. Si tu as besoin d'une oreille, je suis là.

Phantom hocha la tête, mais Gumby avait le sentiment que son ami ne viendrait pas de sitôt pour avoir un tête-à-tête. Il devait s'occuper de ses démons à sa façon et à son rythme.

Gumby se dirigeait vers sa voiture quand son téléphone

sonna. En voyant s'afficher le nom de Sidney, un sourire se forma sur son visage.

— Hey.

— Je vais bien.

Le rythme cardiaque de Gumby augmenta immédiatement, et il s'arrêta net au beau milieu du parking.

— Quoi ?

— Je vais bien. Je voulais te le dire tout de suite pour que tu ne flippes pas.

Trop tard pour ça.

— Qu'est-ce qui s'est passé ?

— Je me suis un peu mis dans une autre bagarre avec cette ordure de type à chien.

— Quoi ?

Gumby ne parvenait pas à calmer son esprit.

— Mais je vais bien ! Je te l'ai dit. Je n'ai que quelques bleus et égratignures. Mais j'ai réussi à éloigner un autre chien de lui.

Gumby se sentait mal. L'œil au beurre noir que lui avait fait cette enflure la dernière fois avait enfin guéri, et maintenant elle s'était encore battue avec lui ?

— Où es-tu ? demanda-t-il, stressé.

Sidney hésita, et il savait qu'il avait été trop dur, mais il ne pouvait pas s'en empêcher.

— Je suis chez Faith.

— Quelle est l'adresse ?

— Decker, je vais bien, dit-elle doucement.

— Quelle. Est. L'Adresse ? demanda-t-il à nouveau, en énonçant chaque mot clairement.

Elle lui indiqua, puis continua :

— Je vais vraiment bien, Decker.

— Ne bouge pas. Je serai là dès que possible.

— Je pensais que tu avais une réunion aujourd'hui ?

— C'est fait. J'étais sur le chemin du retour de toute façon.

— Oh.

Elle fit une pause.

— Tu ne veux pas savoir pour le chien ? demanda-t-elle.

Gumby commença à marcher vers son pick-up, beaucoup plus rapidement maintenant.

— Franchement ? Non. Je suis plus préoccupé par le fait que ma copine se soit encore mise en danger. Qu'elle ait des bleus et des éraflures à force de se battre avec un putain de salaud qui n'a aucun problème à jeter de l'acide sur un animal sans défense.

Il prit une profonde inspiration, essayant de contrôler ses émotions. Puis il demanda :

— C'est Faith qui t'a poussée à faire ça ?

Elle hésita, et il savait quelle serait sa réponse avant qu'elle ne dise un mot.

— Non. J'étais assise à la maison et je me suis rendu compte que je n'avais pas consulté les sites web que je consulte habituellement depuis un moment. J'ai vu que Victor avait publié une annonce, disant qu'il cherchait d'autres chiens. Je n'allais rien faire, je le jure... Mais quand j'ai vu ce pauvre chiot enchaîné dans son jardin, en pleurs, je ne pouvais pas le laisser là.

— Tu aurais pu appeler les flics. Ou Faith. Ou moi, rétorqua Gumby.

Comme elle ne répondait pas, il soupira. De plus en plus fatigué, les deux ou trois heures de sommeil qu'il prenait chaque nuit le rattrapaient enfin. Il aimait Sidney à cause de sa compassion, même si en ce moment, il la détestait.

— D'accord. Ne bouge pas. Je serai là dès que possible.

— Tu es en colère, fit-elle.

— Pas en colère, répondit-il. Inquiet. Effrayé. Et un peu frustré.

— Je suis désolée.

— Je viens te voir.

— OK. Sois prudent sur la route.

— Promis. Bye.

— Bye.

Respirant profondément avant de démarrer son pick-up, essayant de maîtriser ses émotions, Gumby ferma les yeux. Consciemment, il savait qu'il ne pouvait pas être aux côtés de Sidney à chaque minute de la journée, mais il détestait qu'elle se mette dans une situation où elle pourrait être sérieusement blessée. Il ne doutait pas que ce Victor n'aurait aucun problème à déverser ses frustrations sur elle. À deux reprises, il avait posé la main sur Sidney, et Gumby ne voulait pas qu'il y en ait une troisième.

Mais si Sidney ne voyait pas à quel point elle se mettait en danger en allant traquer elle-même les agresseurs de chiens, il n'était pas sûr de ce qu'il pouvait faire pour la protéger.

En secouant la tête, Gumby sortit du parking et se dirigea vers l'adresse que Sidney lui avait donnée.

Sidney se mordit la lèvre et le regretta aussitôt. Elle avait oublié que Victor était parvenu à lui donner un bon coup de poing et à la fendre. Elle avait mal à l'épaule, à l'endroit où il lui avait tordu le bras pour tenter de lui faire lâcher le chiot, et la partie de son visage qui avait heurté la clôture pendant qu'elle se débattait la tirait. Mais elle avait réussi à éloigner le chiot de lui.

Elle avait le sentiment d'être au sommet du monde pour avoir pu sauver le chiot, remplie d'adrénaline jusqu'à ce qu'elle arrive à la maison de Faith.

La vieille dame l'avait regardée et avait pincé ses lèvres comme si elle était déçue.

Cela lui avait fait mal.

Mais après avoir donné au chiot un bain bien nécessaire et un peu de nourriture, et l'avoir tenu dans ses bras pendant qu'il dormait, Sidney se sentit beaucoup mieux.

— Il a le droit d'être énervé, déclara Faith depuis la chaise en face du canapé sur lequel Sidney était assise avec le chiot dans ses bras.

— Ce n'est pas mon patron, rétorqua Sidney, qui se sentit immédiatement comme une adolescente en crise.

Faith secoua la tête.

— Je suis en colère contre toi, déclara-t-elle à Sidney. Je t'ai dit de ne plus prendre de tels risques.

— Mais...

Sidney fit un geste vers le chiot sur ses genoux.

— Je l'ai libéré.

— Et si tu m'avais appelée, si tu m'avais dit ce qui se passait, j'aurais pu contacter mes sources et elles auraient pu le libérer légalement.

— Tu sais aussi bien que moi que ça n'aurait pas été aussi simple. Le service de contrôle des animaux aurait vu la niche et le bol d'eau et n'aurait eu aucune raison de l'emmener. Victor en fait juste assez pour ne pas se mettre hors la loi. Il aurait tué ce chiot ou l'aurait élevé comme un combattant, et tu le sais.

— Quoi qu'il en soit, tu ne peux pas voler les animaux des gens, Sidney, la réprimanda Faith. Nous sommes un groupe de sauvetage et non de justiciers. Si la rumeur se répand que nous nous procurons nos animaux illégalement, nous serons fermés plus vite que tu ne pourras dire « procès ». Je sais que tu veux aider les chiens, Sid, je le sais, mais tu ne peux pas continuer comme ça.

Sidney détestait être grondée. Surtout par une femme qu'elle admirait.

— Je m'inquiète pour toi, Sidney. Je suis dans le sauvetage depuis longtemps. J'ai vu beaucoup de merdes. J'ai rencontré beaucoup de gens qui étaient passionnés par ce que nous faisions. Mais je pense que tu sais aussi bien que moi que tu prends trop de risques. Tu dois faire marche arrière.

— Je... Je sais que ce que je fais n'est pas sain, avoua doucement Sidney, la tête enfouie dans la fourrure toute propre du chiot. Mais je ne peux pas m'en empêcher.

— Alors peut-être que tu as besoin d'aide pour gérer ça, répliqua Faith sans détour.

— J'ai peur qu'il soit trop tard. J'aurais dû en bénéficier il y a longtemps, pour de nombreuses raisons.

— Il n'est jamais trop tard, lui répondit Faith d'une voix douce. Parler avec quelqu'un, comprendre pourquoi tu ressens cette impulsion d'aider les chiens, peut contribuer à ce qu'il soit plus facile d'arrêter de prendre autant de risques.

Sidney n'en était pas sûre, mais plus elle y pensait, plus elle voulait essayer. Elle ne voulait pas compromettre les choses avec Decker. Et elle était lasse de la culpabilité. Fatiguée d'avoir le sentiment que la sécurité de chaque animal maltraité reposait sur ses seules épaules.

Mais à la seconde où l'idée d'obtenir de l'aide lui traversa l'esprit, la même culpabilité qu'elle essayait désespérément d'ignorer lui revint de plein fouet.

Son besoin d'aider les animaux était incontrôlable. Mais sachant qu'elle ne serait pas capable de convaincre Faith, elle se contenta de hocher la tête.

Faith soupira à nouveau, manifestement pas rassurée par sa capitulation peu crédible.

Soudain, des coups retentirent sur la porte et Faith se mit immédiatement debout.

— Ne bouge pas, dit-elle à Sidney. Je vais le faire entrer.

Sidney hocha à nouveau la tête, tout cela n'était pas pour voir Decker. Elle savait qu'il était aussi en colère contre elle, et elle n'était pas sûre de pouvoir lui faire face maintenant.

En quelques secondes, il était à genoux sur le canapé devant elle. Sa main se posa sur son visage pour le caresser.

— Tu vas bien ? chuchota-t-il.

Même si elle le lui avait confirmé plusieurs fois, elle recommença.

— Je vais bien.

Ses yeux se posèrent sur sa lèvre, et il fronça les sourcils. Puis son regard se porta sur le reste de son corps. Elle savait qu'il ne voyait pas grand-chose à cause de la couverture qu'elle avait sur ses genoux et du chiot qui s'y nichait.

— Où es-tu blessée ? demanda-t-il.

— Decker, je vais bien.

— Où es-tu blessée ? répéta-t-il. Tu as dit que tu avais des éraflures et des bleus.

— Son bras a été tordu, intervint Faith derrière lui. Elle m'a dit que son côté était éraflé à cause de la barrière, et elle a probablement d'autres bleus sous ses vêtements dont elle ne m'a pas parlé.

Voulant détourner son attention de ses petits maux, Sidney tendit le chiot.

— Regarde. N'est-il pas mignon ?

Les yeux de Decker se posèrent sur le chiot pendant une nanoseconde avant qu'il ne la regarde à nouveau.

— Ouais.

En dépit de son manque de réaction face au chien – ou plutôt de l'échec de sa tentative de détourner son attention – elle regarda son visage.

Et elle vit ce qu'elle avait manqué quand il était entré pour la première fois. Il avait l'air anéanti. Il avait des cercles sombres sous les yeux et son front se réduisait à ce qui ressemblait à un froncement de sourcils permanent.

— Est-ce que ça va ? Tu as l'air fatigué.

— Je suis épuisé, confirma-t-il immédiatement, sans tergiverser.

Sidney se sentait coupable. Elle était consciente qu'une partie de sa fatigue était due au fait qu'elle était restée chez lui jusque tard dans la nuit chaque jour de la semaine. Elle savait qu'il se levait tôt tous les matins pour l'entraînement et que lui et ses coéquipiers se préparaient à une grande mission. Elle n'avait pas posé trop de questions, car il ne pouvait pas y répondre, mais elle regrettait maintenant d'être aussi égoïste. Elle voulait passer du temps avec lui, et elle ne doutait plus qu'il voulait la même chose. Mais elle aurait dû mieux s'occuper de lui.

L'idée la fit sursauter. C'était un homme adulte. Il n'avait pas besoin qu'elle « prenne soin » de lui, mais l'expression ne la quittait pas. Instinctivement, elle savait qu'il ferait tout ce qu'il fallait pour la rendre heureuse, et elle se sentait minable de ne pas avoir vu comment il avait brûlé la bougie par les deux bouts à cause d'elle.

Tenant le chien sur sa poitrine avec une main, elle lui tendit l'autre.

— Aide-moi à me relever, dit-elle à Decker.

Il se redressa et fit ce qu'elle demandait. Dès qu'elle fut debout, elle se dirigea vers Faith et lui tendit le chiot.

— Je dois y aller, dit-elle à la vieille dame.

L'air surpris, Faith le lui prit.

Sidney savait qu'elle ne jouait pas son rôle. En général, elle aimait passer des heures à s'assurer que les nouveaux chiens arrivant au refuge étaient à l'aise avant de confier leurs soins à quelqu'un d'autre. Et la voilà qui l'abandonnait, une heure seulement après son arrivée.

Non, elle ne l'abandonnait pas. Elle laissait Faith, qui était parfaitement capable de s'occuper de lui, le faire. Sidney devait prendre soin de son homme. Il était au bout du rouleau.

— Allez, ordonna-t-elle, en saisissant la main de Decker.

Il la tira vers lui et enroula son bras autour de sa taille. Sidney fit la grimace alors que son bras frotta contre l'éraflure, mais fit de son mieux pour lui cacher le léger inconfort.

Toujours observateur, il le remarqua quand même, et changea immédiatement la position de son bras avant de se tourner vers Faith.

— Je suis désolé que nous n'ayons pas eu l'occasion de parler. J'aimerais apprendre à mieux vous connaître, car vous comptez manifestement beaucoup pour Sidney.

Faith eut à nouveau l'air surpris, mais son visage se mit à rosir.

— Je m'en souviendrai. Puisque vous êtes manifestement important pour Sidney, j'aimerais aussi apprendre à vous connaître.

Decker hocha la tête.

Ignorant combien elle était heureuse que Faith semble aimer Decker et vice versa, elle se tourna vers lui et lui dit :

— Je dirais bien que je vais nous ramener tous les deux chez toi, mais je sais que tu as besoin de ton pick-up le matin. Tu es d'accord pour rentrer chez toi ?

Il lui lança un regard.

— Bien sûr.

Elle se retourna et fit signe à Faith avant de s'en aller. Après s'être assurée que la porte était bien fermée derrière elle, elle se tourna vers les bras de Decker et le regarda.

— Tu es fatigué. Et stressé. Et le fait que je t'appelle pour te dire ce que j'ai fait aujourd'hui n'aide pas. Je veux te ramener à la maison, te faire manger et te laisser dormir un peu. Je suis restée trop tard. Je le sais maintenant, et j'en suis désolée. Tu as besoin d'une nuit complète de sommeil, et j'ai l'intention de m'assurer que tu l'obtiennes.

— Sidney, je suis un SEAL. Nous sommes habitués à ne pas beaucoup dormir, lui dit-il.

— Tu l'as dit toi-même, tu es épuisé. Alors, je vais te suivre chez toi, t'installer, puis te laisser prendre un repos bien nécessaire. On pourra se disputer sur ce que j'ai fait plus tard.

— Je ne veux pas me battre avec toi, dit Decker en soupirant. Je suis juste très inquiet pour toi et ton besoin de sauver chaque chien, au détriment de ta propre sécurité et de ta santé.

Il fit courir un pouce sur sa lèvre, la touchant à peine, mais elle sentit la douce caresse descendre jusqu'à son âme.

— Es-tu vraiment capable de conduire ? demande-t-elle, essayant de garder son calme.

— Oui, Sid. Je suis capable de conduire.

— Bien. Je te suivrai, alors.

Il soupira mais hocha la tête.

— Je te laisserai me préparer à dîner à une condition.

Sidney leva les yeux au ciel.

— Quoi ?

— Que tu me laisses prendre soin de toi en retour. Je veux voir tes blessures. Laisse-moi les soigner.

Elle regarda Decker dans les yeux, et réalisa qu'il devait voir par lui-même qu'elle allait vraiment bien.

— Marché conclu.

Se penchant, il effleura ses lèvres du côté indemne de sa bouche.

— D'accord, dit-il doucement.

Puis il reprit l'une de ses mains dans la sienne et ils descendirent les escaliers de la maison de Faith pour rejoindre leurs véhicules.

Le retour à la maison fut sans incident. Decker la retrouva à sa voiture et lui prit une fois de plus la main. Ils entrèrent dans la maison et Hannah vint les accueillir. Sa queue bougeait d'avant en arrière à une allure folle. Elle salua d'abord Decker, puis vint vers Sidney, flairant les odeurs d'animaux de compagnie. Elle était très intéressée, probablement à cause du chiot qu'elle avait tenu dans ses bras.

Decker laissa la chienne sortir pour faire ses besoins et à son retour, Hannah se remit à faire des sauts de joie à l'intérieur. Heureuse que son humain soit revenu, elle se rendit sur son lit et s'effondra.

Sans un mot, Decker conduisit Sidney à l'étage de la salle de bain principale et lui dit :

— Laisse-moi voir.

Sachant qu'elle ne lui ferait rien avaler et qu'il ne s'endormirait pas avant d'avoir soigné ses blessures, elle fit ce qu'il lui demanda. Soulevant sa chemise, elle lui montra l'éraflure sur son flanc.

Il ne dit pas un mot, mais fronça les sourcils en cherchant un gant de toilette propre. Il fit couler l'eau jusqu'à ce qu'elle soit tiède et nettoya doucement la blessure. Elle dut déboutonner son jean pour qu'il puisse atteindre l'éraflure sur sa hanche, mais elle n'avait pas peur qu'il agisse de manière inappropriée. Il était plus qu'évident qu'il était plus préoccupé par sa santé que par quoi que ce soit de sexuel. Lorsque le moment fut venu pour lui de regarder son bras, elle le sortit de la chemise qu'elle portait. Sidney était toujours couverte, le tissu était drapé sur ses seins, mais elle se sentait toujours nue devant lui.

Decker manipulait son bras, notant quand elle faisait la grimace et quand le mouvement était inconfortable. Il lui donna un baiser sur les ecchymoses de ses doigts et le haut de son bras, puis l'aida à remettre sa main dans l'emmanchure.

— Je ne pense pas que tu aies besoin de points de suture sur cette lèvre, dit-il une fois qu'elle fut rhabillée. Je vais aller te chercher des sacs de glaçons, un pour la lèvre et un pour l'épaule. Tu veux te changer pour mettre quelque chose de plus confortable ? J'ai des pulls et un tee-shirt que tu peux emprunter. Ils seront grands, mais ils seront peut-être plus confortables que ce que tu portes maintenant, et ils sont propres.

Sidney ferma les yeux pendant une seconde. Il était toujours si attentionné. Si doux avec elle. Il aurait dû crier. Lui dire qu'elle était idiote pour ce qu'elle avait fait, mais il se retenait et s'occupait d'elle.

— Ce serait génial, avoua-t-elle.

En hochant la tête, Decker la regarda pendant un long moment avant de se pencher en avant et de l'embrasser sur le front.

— Je vais déposer les vêtements sur le lit. Sors quand tu seras prête.

Et sur ce, il se retourna et quitta la salle de bain.

Sidney prit quelques minutes pour se ressaisir. C'était pourquoi elle était si réticente à partir chaque soir. C'était pourquoi elle n'avait aucun problème à parler à Decker jusqu'aux petites heures du matin. Il avait une façon de lui donner l'impression d'être spéciale. Comme s'ils étaient seuls au monde, comme s'il n'avait rien de mieux à faire que de s'asseoir et de l'écouter radoter tout et n'importe quoi.

Sachant qu'il l'attendait, Sidney se força à quitter la salle de bain et à enfiler les affaires qu'il avait laissées pour elle. Le tee-shirt gris avec le mot « NAVY » en travers était énorme sur elle, tout comme les sweats. Mais ils ne frottaient pas contre son flanc et elle aimait leur odeur, celle de Decker. C'était comme si elle recevait une étreinte non-stop de tout son corps.

En regardant autour de sa chambre, elle vit que c'était un désastre. Il y avait des cartons partout, et elle était debout sur des panneaux agglomérés. Même la peinture sur les murs s'écaillait. Le contraste entre cette pièce et le rez-de-chaussée était presque choquant. En se rappelant l'état similaire de la salle de bain dans laquelle elle venait de se trouver – le comptoir vert lime, le papier peint affreux sur les murs et l'horrible combinaison baignoire/douche – elle comprit ce que Decker avait fait. Au lieu de rendre son propre espace de vie plus confortable et plus moderne, il avait uniquement réaménagé les zones dans lesquelles Hannah passait le plus de temps.

Elle ne connaissait pas beaucoup de gens qui auraient fait la même chose pour un chien. Beaucoup lui auraient probablement dit qu'il était fou. Que Hannah était « juste un chien ». Mais il l'avait quand même fait.

En fermant les yeux, Sidney réalisa à ce moment précis qu'elle était folle de Decker.

C'était dingue. Elle l'avait rencontré il y avait peu de temps, mais c'était comme ça. Personne ne lui avait donné l'impression d'être aussi spéciale et aussi entourée. Et maintenant, il était temps pour elle de prendre soin de lui en retour. Elle avait été une petite amie plutôt merdique. Est-ce qu'ils étaient au moins petit ami/petite amie ? Elle ne le savait pas. Mais cela ne l'empêcherait pas de faire ce qu'elle pouvait pour s'assurer que Decker ait ce dont il avait besoin : de la nourriture et une bonne nuit de sommeil.

Quand elle arriva au bas des escaliers, elle vit immédiatement Decker sur le canapé. Une serviette était posée sur la table basse devant lui, avec deux sacs de petits pois congelés. Hannah était étendue sur le sol, la tête sur ses pieds, et la tête de Decker reposait sur le dos du canapé. Ses yeux étaient fermés et il avait l'air de dormir.

C'était une preuve de plus qu'il avait atteint son point de rupture. Le Decker qu'elle avait appris à connaître ne se serait pas endormi avant de s'être occupé d'elle et qu'elle soit à l'aise.

Sur la pointe des pieds, Sidney alla jusqu'à la cuisine, ouvrit le réfrigérateur et regarda à l'intérieur. Elle vit qu'il avait ce qu'il fallait pour lui préparer l'un de ses plats préférés : des macaronis au fromage faits maison. Croisant les doigts pour qu'il ait des pâtes, elle ouvrit le garde-manger et sourit. Bingo.

Trente minutes plus tard, elle était en train de préparer deux bols de pâtes crémeuses et gluantes quand elle entendit Decker bouger. Elle se retourna et remarqua qu'il s'était levé et se dirigeait vers elle.

— Je suis désolé, dit-il avec un regard vitreux.

— Assis, ordonna-t-elle, en faisant un geste de la tête vers la petite table voisine.

Elle fut plutôt surprise de voir qu'il faisait ce qu'elle lui demandait. Elle lui présenta un bol de macaronis au fromage et une bouteille d'eau. Elle se plaça à côté de lui et retint son souffle tandis qu'il prenait une fourchette et amenait un macaroni à sa bouche.

Il ferma les yeux et gémit, et Sidney ne put retenir un sourire.

— Tu aimes ça ?

— Mon Dieu, oui. Trop, lui dit-il avec un sourire.

Il lui tendit la main, la posa derrière sa nuque et la rapprocha doucement. Il lui donna un baiser. Ce fut une brève et douce rencontre des lèvres plutôt que quelque chose de passionné, mais Sidney le sentit quand même jusqu'aux orteils.

— Merci, dit-il doucement.

— De rien.

Avec un dernier regard sur ses lèvres, il lâcha son cou et attaqua son repas comme s'il n'avait pas mangé depuis des jours. Après avoir terminé le premier bol, il se leva et se resservit avant de s'asseoir et de manger un peu plus lentement. Lorsqu'ils eurent fini, Sidney porta les bols à l'évier et fit couler l'eau.

— Laisse-les. Je les nettoierai demain, lui dit-il.

Sidney secoua la tête.

— Ça ne me prendra pas longtemps. J'ai nettoyé les autres plats en cuisinant.

Il ne protesta pas, mais n'alla pas non plus s'asseoir. Il resta debout dans la cuisine, une hanche contre le comptoir, la bouteille d'eau à la main, et observa comment elle lavait leur vaisselle. Quand elle en eut fini avec les bols, il lui tendit une main. Sidney la prit et ils se dirigèrent vers le canapé. Il se pencha en avant et saisit les petits pois.

— Ils ne sont plus tout à fait congelés, mais ils te feront encore du bien, lui dit-il avant de lui en tendre un.

Sidney aspira une bouffée d'air frais contre sa peau chaude, mais ne broncha pas.

— Mets celui-là sous le tee-shirt, sur ton épaule, ordonna-t-il, en tenant l'autre paquet de petits pois enveloppé dans une petite serviette.

Elle fit ce qu'il lui demandait, puis soupira de contentement lorsqu'il l'attira contre lui.

Ils restèrent assis comme ça longtemps, jusqu'à ce que les petits pois deviennent tièdes. Sachant que Decker était à moitié endormi, Sidney ne voulut rien faire pour le réveiller. Elle jeta les petits pois et les serviettes sur la table basse et se blottit contre lui. Il la surprit en se déplaçant, de sorte qu'il se retrouva sur le dos, et elle sur lui.

Sidney allait partir en glissant, mais il resserra son emprise sur elle.

— Je devrais y aller, dit-elle doucement.

— Reste, lui répondit-il.

— Decker, tu es épuisé. Tu as besoin de dormir.

— J'ai besoin de te tenir dans mes bras un peu plus long-temps. Tu m'as fait une peur bleue aujourd'hui, Sid.

Comment pouvait-elle lui refuser ça ? La vérité était qu'elle avait eu peur pour elle-même pendant un certain temps là-bas. Victor avait l'air bien plus énervé qu'il ne l'avait été la dernière fois qu'elle l'avait affronté, et elle ne voulait pas penser à ce qu'il aurait pu lui faire s'il avait réussi à la tirer par-dessus la clôture de sa cour.

En se détendant sur Decker, elle laissa son corps ramollir.

— Merci, chuchota-t-il.

— Je ne reste pas longtemps, lui chuchota-t-elle en retour.

— D'accord, dit-il.

Réjouie de le sentir sous son corps et d'avoir ses bras autour de lui, Sidney ferma les yeux. Elle s'endormit en quelques minutes.

* * *

De l'autre côté de la ville, Victor Kennedy était furieux.

Plus que furieux.

Pas à propos du chien. Rien à faire du chien. Il pourrait avoir une centaine d'autres chiots s'il le voulait. Mais que cette putain de bonne âme ait pris le dessus, encore une fois.

Cette situation n'allait pas se reproduire une troisième fois.

Ignorant les grognements et les aboiements du combat derrière lui, il essaya de trouver un moyen de mettre la main sur la fille. Pour lui montrer qu'elle avait embêté le mauvais gars.

Alors que le combat de chiens devenait de plus en plus violent, une idée délicieuse et horrible vint à Victor.

Il savait exactement quoi faire. Elle essaierait de nouveau. Elle ne pouvait pas s'en empêcher. Et il serait prêt pour elle. Il se préparerait avant de mettre une autre annonce sur les médias sociaux. C'était sûrement ainsi qu'elle avait dû savoir qu'il avait obtenu un nouveau chien.

Alors qu'il regardait distraitement un pit-bull arracher la gorge d'un autre dans l'arène, et continuer de mordre et d'arracher de la chair même après que l'autre chien eut cessé de bouger, Victor sourit.

Oui, la garce allait vraiment regretter le jour où elle avait volé ses chiens.

CHAPITRE NEUF

Gumby s'était réveillé plusieurs fois au cours de la nuit, probablement parce qu'il s'était endormi très tôt. Il n'avait pas menti lorsqu'il avait dit à Sidney qu'il n'avait pas besoin de beaucoup de sommeil. Bien sûr, il avait besoin de plus que ce qu'il avait eu les jours précédents, mais dix heures en une nuit, c'était un peu exagéré.

Il avait adoré se réveiller avec Sidney. Elle était toujours allongée sur lui, dormant à poings fermés. Il n'était évidemment pas le seul à ne pas dormir suffisamment. Pour la première fois depuis longtemps, il avait dormi avec une femme sans avoir couché avec elle. Il aimait sentir les longues et lentes respirations de Sidney contre son cou et il aimait encore plus la sensation de la sentir sur lui.

Ne connaissant pas son emploi du temps, et sachant que s'il restait allongé, son sexe se ferait des idées, Gumby se glissa lentement sous elle.

Il faisait encore nuit dehors, et il devait être à l'entraînement dans une heure environ, mais il ne partirait pas sans la prévenir.

En grognant un peu, Sidney se retourna sur le côté pour essayer de se mettre à l'aise. Souriant, Gumby la couvrit d'une couverture qui traînait sur le dos du canapé. Lorsqu'ils partageaient la chaleur du corps, la couverture n'était pas nécessaire, mais maintenant qu'il partait, elle en aurait besoin. Il la borda et elle soupira de contentement.

Mais en voyant sa lèvre fendue, il fronça les sourcils. Il détestait qu'elle ait été blessée à nouveau. Il détestait encore plus le fait qu'elle avait volé un autre chien au même salaud avec qui elle se battait lorsqu'ils s'étaient rencontrés.

Il aimait son grand cœur, il aimait qu'elle ait la compassion de sauver les animaux. Mais il détestait la façon dont elle s'y prenait. Son indifférence pour sa propre sécurité. Il devait y avoir quelque chose de plus profond derrière tout ça. Il espérait qu'elle se sentait assez en sécurité et qu'elle lui faisait assez confiance pour s'ouvrir à lui et lui parler. Il avait le sentiment que tant qu'elle ne pourrait pas faire face à ses déclencheurs, elle ne pourrait pas les surmonter.

Embrassant légèrement son front, il se mit debout et monta les escaliers pour se changer. S'il avait eu le choix, il serait resté à la maison aujourd'hui. Il aurait traîné avec Sidney toute la journée. Mais lui et ses camarades SEAL se préparaient à partir pour le Moyen-Orient, et finalisaient actuellement les préparatifs. Sans compter que Sidney avait son propre travail à effectuer.

Il voulait lui parler davantage de l'opération de sauvetage. Essayer de lui faire comprendre une fois de plus que ce qu'elle faisait était extrêmement dangereux. Qu'il n'avait aucun problème à ce qu'elle veuille sauver des chiens et aider des animaux maltraités, mais que voler des pit-bulls à des organisateurs présumés de combats canins n'était pas la meilleure façon de procéder.

Mais aujourd'hui ne serait pas ce jour-là. Ils avaient tous deux des choses à faire.

Il était inquiet pour elle. Il détestait les bleus sur son corps, et il détestait vraiment la voir saigner. C'était inacceptable, et Gumby voulait l'enfermer pour son propre bien.

Mais cela l'aurait fait le détester – et c'était inacceptable. Il n'était pas encore sûr de la réponse. Comment elle pouvait continuer à faire ce qu'elle aimait et rester en sécurité en même temps. Mais ils trouveraient la réponse. Il l'espérait. Il n'était pas sûr de pouvoir gérer d'autres appels téléphoniques comme celui qu'il avait reçu hier. La prochaine fois, ce serait peut-être un policier qui appellerait. Ou quelqu'un des urgences, lui apprenant que Sidney n'avait pas survécu.

Gumby enfila ses vêtements de sport et prépara un sac pour pouvoir se doucher et se changer sur la base. Lui et les autres allaient se rendre directement aux réunions après s'être entraînés pour pouvoir, espéraient-ils, partir un peu plus tôt aujourd'hui. Rocco voulait passer le plus de temps possible avec Caite avant leur départ, et les autres voulaient juste faire une pause pour ne pas penser à ce qu'ils allaient faire à l'étranger.

Sur la pointe des pieds, il fit un geste à Hannah qui se leva docilement de son lit et s'approcha de lui. Il la laissa sortir pour faire ses besoins, puis il la conduisit dans la cuisine pour examiner ses blessures. Son dos allait beaucoup mieux. Le suintement avait cessé et il ne restait plus qu'une ligne rose, encore cicatrisante, là où les poils avaient été brûlés. La peau était sensible, mais le vétérinaire lui avait assuré qu'Hannah ne ressentait pas vraiment de douleur à cet endroit, car les nerfs avaient été brûlés par l'acide.

Ses pattes allaient également mieux. Les coussinets avaient pelé, ce qui avait fait flipper Gumby, mais il avait dû faire confiance à la vétérinaire quand elle lui avait dit que c'était une bonne chose. Que les nouveaux coussinets en dessous repoussaient. Hannah ne boitait pas autant que lorsqu'elle était rentrée chez elle, et Gumby était convaincu qu'elle allait guérir complètement.

Il mit de la nourriture dans le bol de la chienne et de l'eau fraîche. En la voyant, insouciante, remuer la queue pendant qu'elle mangeait, Gumby se demanda pour la millième fois comment quelqu'un pouvait délibérément blesser un animal aussi doux qu'Hannah.

Il sirotait une tasse de café instantané en attendant qu'Hannah termine son petit-déjeuner. La seule lumière dans la cuisine provenait de l'ampoule au-dessus de l'évier. Il n'avait pas voulu en allumer d'autres pour ne pas déranger Sidney. Il ne pouvait pas la voir d'où il se tenait, mais il savait qu'elle dormait encore.

Gumby aimait l'avoir là. Il aimait se réveiller avec elle dans ses bras. C'était l'enfer de la laisser juste pour aller s'habiller, mais il ne voulait pas la précipiter dans quelque chose qu'elle n'était pas prête à faire.

Quand Hannah eut fini son repas, elle s'approcha de lui, la queue remuant encore à toute vitesse.

— C'est bon, ma fille ? demanda-t-il doucement.

En réponse, elle agita la queue plus vite et on aurait dit qu'elle lui souriait.

— Prends soin de Sid aujourd'hui jusqu'à ce qu'elle parte, d'accord ?

Hannah lui lécha la main puis se dirigea vers le salon. En buvant le reste de son café, Gumby mit sa tasse dans l'évier et suivit sa chienne. Arrivé près du canapé, il cligna des yeux, surpris.

Hannah était montée sur le canapé, une première, et s'était recroquevillée en boule dans le creux des genoux de Sidney.

Sid était sur le côté, dormant toujours comme un bébé.

Gumby resta là un long moment, ému à la vue de sa chienne et de sa petite amie qui dormaient. C'était quelque chose qu'il voulait à plein temps, plus qu'il ne pouvait l'exprimer. Il avait toujours voulu un chien, mais n'avait pas réalisé la satisfaction qu'en avoir un lui procurerait. Hannah lui donnait le sourire, et cela lui faisait du bien de pouvoir lui offrir un foyer sûr et heureux.

Et Sidney. Il voulait aussi lui donner un foyer sûr et heureux, mais ce n'était pas un chien. Elle avait son propre esprit et se débrouillait très bien toute seule, sans lui. C'était là que le bât blessait : elle n'avait pas besoin de lui comme Hannah. Mais Gumby espérait vraiment qu'un jour, elle déciderait qu'elle le désirait.

Décidant de ne pas la réveiller – comment aurait-il pu le faire alors qu'elle dormait si profondément ? – Gumby se pencha et l'embrassa sur la tempe.

— Dors bien, Sid, chuchota-t-il, avant de se lever et de se diriger à nouveau vers la cuisine.

Gumby écrivit un petit mot pour lui faire savoir qu'il travaillerait jusqu'à quatorze heures environ et qu'il voulait la voir plus tard si possible, et l'accrocha à côté de sa cafetière. Il espérait qu'elle resterait assez longtemps pour la voir. Pour être sûr, il décida aussi de lui envoyer un message après avoir terminé son entraînement.

Il sortit une bouteille d'eau et la posa également à côté de deux analgésiques sur le comptoir. Elle allait avoir mal après son dernier combat avec ce connard de Victor.

Sachant que s'il restait plus longtemps, il serait encore plus difficile de partir, Gumby se dirigea vers la porte.En jetant un dernier coup d'œil dans son salon sur les deux femmes qui comptaient beaucoup pour lui, Gumby se glissa hors de la maison et se rendit à son travail.

* * *

Sidney se réveilla complètement revigorée. Elle ne se souvenait pas de la dernière fois où elle avait dormi si longtemps et si profondément. Elle s'était réveillée plusieurs fois dans la nuit et avait réalisé qu'elle était toujours chez Decker, mais qu'elle n'avait aucune envie de se lever et de rentrer chez elle.

D'une part, elle était à l'aise.

D'autre part, elle ne voulait pas réveiller Decker.

Enfin, elle aimait dormir dans ses bras. Il faisait le meilleur oreiller qui soit. Au diable ces pubs qui vantent le « parfait oreiller ». Rien ne pourrait être aussi confortable que la poitrine de Decker.

Elle sentait Hannah à ses pieds, sa tête pesant sur ses mollets alors qu'elle ronflait légèrement. Elle savait que Decker était parti ; la maison était calme et la lumière du soleil ne faisait qu'effleurer son regard, lui faisant savoir qu'il était plus que temps pour elle de se lever et de démarrer sa journée.

Mais elle ne pouvait pas encore bouger. Le coussin sous sa tête avait l'odeur de Decker. Sa chienne dormait à ses pieds, heureuse. Et elle venait de passer la nuit avec l'homme qui pourrait lui briser le cœur s'il décidait de ne plus la voir.

Elle resta allongée quelques minutes de plus avant de soupirer profondément et de s'asseoir. Hannah se plaignit de la perte de son oreiller, mais elle se pencha et lécha la main de Sidney avant de poser sa tête sur sa cuisse.

En rigolant, Sidney lui caressa la tête en disant :

— Oui, je sais. Les matins, ça craint. Je suis avec toi, ma fille.

La queue d'Hannah se cogna contre le coussin.

— Tu as le droit de monter ici ?

Sa queue cogna plus fort.

Riant à nouveau, Sidney lui donna une dernière tape avant de se lever. Elle replia la couverture et l'étendit sur le dossier du canapé. Elle se rendit dans la salle de bain avant d'aller dans la cuisine.

La vue des deux petites pilules à côté de la bouteille d'eau la fit réfléchir. C'était vraiment idiot. C'était juste deux ibupro-fènes. Mais quand on avait vécu seule aussi longtemps qu'elle, et ayant pris soin d'elle-même pendant la majeure partie de sa vie, le geste s'apparentait à lui laisser une paire de boucles d'oreilles en diamant. C'était dire à quel point cela comptait pour elle.

Elle avala les comprimés, espérant qu'ils fassent effet rapi-dement. Sa lèvre palpitait et son épaule n'allait pas beaucoup mieux. Elle alla à la cafetière et trouva un mot de Decker.

. . .

Bonjour, beauté. Je pars à l'entraînement et ensuite pour une longue journée de réunions. Mais je finis vers quatorze heures. Est-ce que je peux te convaincre de venir ? :) Je sais que tu es occupée, mais on dirait que plus je suis près de toi, plus j'ai envie de te voir. J'espère que tu as bien dormi. Je sais que j'ai bien dormi.

Bisous

Decker

Sidney tint la note sur sa poitrine et ferma les yeux.

— Comment est-ce arrivé ? se demanda-t-elle.

Sentant un coup de nez sur sa jambe, elle ouvrit les yeux et regarda Hannah. Le pit-bull la regardait d'un air si pathétique que Sidney ne pouvait que rire.

— Je suis sûre que Deck t'a déjà nourrie.

Comme Hannah persistait à garder son regard de chiot, Sidney céda. Elle prit le bol avec les friandises pour chien et en donna deux à Hannah.

— Tu vas peser une tonne, mademoiselle, lui dit-elle.

Mais comment ne pas la gâter alors qu'elle avait vécu un tel enfer ?

En pensant à Victor, et à ce qu'il avait fait à Hannah et probablement à d'innombrables autres chiens, elle serra les poings. En entendant le papier se froisser, elle se détendit immédiatement et défroissa le petit mot que Decker lui avait écrit.

Elle la garderait pour toujours. C'était peut-être idiot et puéril. Mais c'était le premier mot d'amour qu'elle eût jamais reçu, et il était de Decker. Il représentait tout pour elle.

Sachant qu'elle devait retourner à sa caravane et voir ce que Jude avait prévu pour elle aujourd'hui, Sidney se mit à la recherche de ses chaussures et se prépara à partir. Elle laissa Hannah sortir et la regarda renifler tout autour du jardin de Decker pour finalement faire ses besoins. Une fois rentrée, elle alla directement dans son lit et s'allongea en poussant un grand soupir.

Sidney gloussa de nouveau. Elle aimait la facilité avec laquelle le chien pouvait la faire rire et sourire. Il y avait longtemps qu'elle ne s'était pas sentie aussi insouciante. Et ce n'était pas seulement Hannah, c'était aussi son maître. Decker avait fait ce qu'aucun homme n'avait été capable de faire... il l'avait mise à l'aise en étant elle-même en sa présence. Elle savait sans aucun doute qu'il ne lui ferait jamais de mal intentionnellement. Il ferait tout ce qu'il fallait pour la protéger. Oui, il était un peu trop protecteur, mais était-ce vraiment une mauvaise chose ?

Fermant la porte derrière elle et tournant la poignée pour s'assurer qu'elle était bien fermée, Sidney se dirigea vers sa voiture. Son téléphone vibra, annonce d'un message entrant, et elle le regarda.

Decker : Au cas où tu n'aurais pas trouvé le mot que je t'ai laissé, je voulais te dire bonjour. Je devais aller à l'entraînement et travailler. Je pars vers quatorze heures et j'aimerais te voir cet après-midi. Tiens-moi au courant.

Sidney lui répondit immédiatement par SMS.

Sidney : Tout dépendra de ce que Jude a prévu pour moi, mais j'aimerais aussi te voir. Au fait... ta chienne est pourrie gâtée et si tu ne fais pas attention, elle va peser cent kilos.

Decker : Si on ne lui donnait pas de friandises quand elle a déjà mangé, elle ne pèserait pas cent kilos.

. . .

Sidney se mit à rire tout haut. Encore une fois. Comment Decker savait-il qu'elle avait cédé et donné des friandises à Hannah, elle n'en avait aucune idée. Décidant d'être honnête avec lui, elle tapa rapidement une réponse.

Sidney : Je voulais partir après que tu te sois endormi la nuit dernière, mais à chaque fois que je me suis réveillée, je n'arrivais pas à me lever et à m'en aller.

Decker : Je suis heureux. J'ai adoré t'avoir avec moi. La prochaine fois, nous devrions essayer dans un lit.

Elle cligna des yeux à ce sujet. L'idée de dormir à côté de Decker dans son lit lui donna la chair de poule.

Decker : Trop tôt ? Désolé. Dis-moi si tu peux t'échapper cet après-midi. Je pensais qu'on pourrait peut-être aller nager ensemble dans mon océan.

Sidney : Ton océan ?

Decker : C'est juste devant ma porte, donc oui, mon océan. Lol

Sidney : J'aimerais bien. Je vais voir ce que je peux faire.

Decker : Je dois y aller. Les gars me regardent de travers.

Sidney : Passe-leur le bonjour.

Decker : Je le ferai. Passe une bonne journée. Je penserai à toi.

Sidney : Je t'enverrai un SMS plus tard pour te dire si je serai là.

Decker : D'accord. Sois prudente aujourd'hui.

Sidney : Promis.

Decker : Au revoir.

· · ·

Sidney relisait leurs SMS et ne pouvait pas croire à sa chance. Elle ne méritait vraiment pas Decker, mais elle allait suivre le mouvement. Elle allait le garder aussi longtemps que possible... Au moins jusqu'à ce qu'il se rende compte qu'elle ne méritait pas son temps ou son énergie.

* * *

À quinze heures trente cet après-midi-là, Gumby ouvrit la porte à Sidney. Il avait eu une longue journée, et ils avaient appris qu'ils partiraient en mission le lendemain matin. Il savait que le moment où ils devraient partir approchait, mais ils pensaient tous qu'ils auraient quelques jours de plus, peut-être une semaine. Mais les terroristes ne s'en tenaient pas toujours à un horaire convenable.

Decker était plus que soulagé que Sidney ait pu revenir. Il lui avait promis une baignade, et c'était ce qu'il lui offrirait. Mais en réalité, tout ce qu'il voulait, c'était l'emmener dans son lit et passer le reste de la soirée à lui montrer combien elle comptait pour lui. Il savait mieux que quiconque que sa sécurité n'était pas garantie. Il ne voulait pas regretter de ne pas avoir fait l'amour avec Sidney, mais honnêtement, il savait que ce n'était pas encore le bon moment.

— Salut, dit-elle quand il ouvrit la porte.

— Tu n'avais pas besoin de frapper, la réprimanda-t-il d'une voix douce. Tu aurais pu simplement entrer.

Elle eut l'air surprise.

— Je ne peux pas entrer chez toi comme ça !

— Pourquoi pas ? Je savais que tu allais venir, tu m'as envoyé un texto juste avant de partir. Sans compter que je t'ai laissée seule ici ce matin. Si je ne te faisais pas confiance, je t'aurais réveillée.

Elle haussa les épaules.

— Ça ne semble pas correct.

Gumby posa ses mains sur ses épaules.

— Sid, tu es la bienvenue dans ma maison, jour et nuit. Je veux que tu te sentes aussi à l'aise ici que chez toi.

— Pas de problème ici, murmura-t-elle. Cet endroit est un palais comparé à ma caravane.

Il sourit, la prit dans ses bras et recula juste assez pour pouvoir fermer la porte d'entrée.

— Je ne t'ai pas encore dit bonjour correctement, dit-il.

Elle le regarda.

— Si, tu l'as fait. Quand tu as ouvert la porte.

— Non, reprit-il, puis il baissa la tête.

Il capta l'instant où elle comprit son intention, car ses yeux se fermèrent et elle monta sur la pointe des pieds pour le rencontrer à mi-chemin.

Quand sa bouche se posa la sienne, il fit attention à ne rien faire qui puisse blesser sa lèvre fendue. Sa langue caressa sa lèvre inférieure et lorsqu'elle s'ouvrit pour lui, il se faufila doucement à l'intérieur de sa bouche.

Il n'était pas sûr de savoir qui gémissait. Cela aurait pu être l'un des deux ou les deux. Il sentait le goût des bonbons à la cannelle qu'elle avait mangés récemment, et la combinaison de son propre goût et de l'épice était incroyablement excitante. Ils échangèrent un long baiser, et Gumby ne se souvenait pas qu'un baiser l'ait autant excité.

Il se détacha et lui sourit.

— Salut.

— Salut, lui répondit-elle immédiatement.

— Comment s'est passée ta journée ? lui demanda-t-il.

Elle haussa les épaules.

— C'était une journée comme les autres. J'ai dû faire un tas de conneries pour des gens stupides qui n'arrivent pas à se mettre dans la tête qu'ils ne peuvent pas jeter un demi-rouleau de papier toilette dans la cuvette, ou qu'il n'est pas intelligent de laisser leur four en auto-nettoyage quand ils sortent pour faire des courses.

Gumby leva un sourcil interrogateur.

— Oui, ils ont presque mis le feu à la caravane. Heureusement, ils sont rentrés et ont réalisé que les armoires en bois autour du poêle fumaient et étaient sur le point de prendre feu. J'ai dû les sortir et les mesurer pour en faire de nouvelles.

Gumby était stupéfait par les choses que Sidney savait faire. Elle n'était pas seulement experte dans un domaine, comme la plomberie, elle savait faire un peu de tout. Cela la rendait extrêmement précieuse.

— Tu veux toujours aller nager ? demanda-t-il.

Sidney acquiesça et fit un geste vers le sac qu'elle avait déposé au bas de la porte lorsqu'il l'avait tirée à l'intérieur.

— Oui, si tu veux. J'ai apporté mes affaires.

Gumby avait hâte de la voir en maillot, mais il réussit à garder ça pour lui.

— Super. Mon entrepreneur, Max, arrive dans une vingtaine de minutes. Il faisait sa crise et voulait jeter un autre coup d'œil à l'étage, alors j'ai cédé. Quand je me serai débarrassé de lui, nous pourrons nager, puis dîner. Ça te va ?

Elle acquiesça.

Gumby n'allait pas lui dire qu'il avait supplié Max de venir pour qu'il puisse le présenter à Sidney. Il savait qu'elle serait parfaite pour son entreprise. Elle n'avait peut-être pas confiance en elle, mais il avait une confiance aveugle en elle. Peut-être que rien n'aboutirait, mais au moins cela pourrait lui donner quelques options.

Exactement vingt minutes plus tard, on sonna à la porte.

Gumby fut surpris quand Hannah sauta de son lit en grognant et courut vers la porte en aboyant.

— Putain de merde, dit Sidney en le suivant vers la porte.

Gumby attrapa Hannah par le collier.

— Hannah. Non !

Mais elle ne cessa pas d'aboyer.

Sidney se rapprocha et ouvrit la porte. Parlant par-dessus les aboiements d'Hannah, elle salua Max et il entra avec précaution dans la maison, en gardant les yeux sur le pit-bull.

Gumby ne comprenait pas ce qui se passait avec Hannah. Elle était si docile en général. Des gens avaient déjà sonné à sa porte et elle n'avait pas été aussi agressive.

Puis quelque chose lui vint à l'esprit.

— Sidney, viens te mettre derrière moi et Hannah, s'il te plaît.

Elle le regarda.

— Pourquoi ?

— Une intuition.

Sans un mot de plus, elle fit ce qu'il lui demandait – et presque immédiatement, Hannah se calma quelque peu. Elle vint se placer devant Sidney et s'assit sur ses pieds.

— Mais qu'est-ce que c'est que ça ? demanda Sidney.

Gumby voulait rire, mais il n'y arriva pas.

— Joli chien de garde que tu as là, dit Max.

— Désolé pour ça. C'est la première fois que quelqu'un vient quand Sidney est là.

— Tu crois qu'elle a fait ça à cause de moi ? demanda Sidney.

— Je le pense. Je pense qu'elle se souvient de la bagarre que tu as eue avec Victor, et elle veut s'assurer que cela ne se reproduira pas, déclara Gumby.

— C'est un peu gênant, répondit-elle. On ne peut pas la laisser effrayer les gens qui se présentent à la porte juste parce que je suis là.

Gumby ouvrit la bouche pour exprimer son désaccord, mais Max le devança.

— En fait, je pense que c'est une bonne chose. Quiconque l'entend aboyer va y réfléchir à deux fois avant d'entrer par effraction ou de faire quoi que ce soit qui pourrait te blesser.

Sidney s'accroupit à côté d'Hannah et lui passa la main sur la tête.

— Ça va, Hannah, affirma-t-elle. Tu n'as pas besoin de lui arracher la gorge, d'accord ?

Gumby se mit à rire et vit Max faire la même chose... Dieu

merci. Beaucoup de gens ne seraient pas aussi compréhensifs que son entrepreneur.

— Viens ici, Sid, dit Gumby en tendant le bras.

Sidney se leva et se dirigea vers lui. Il mit son bras autour de ses épaules et dit d'une voix sévère :

— Hannah. Reste.

Fait remarquable, la chienne resta immobile pendant que Gumby emmenait Sidney vers Max.

— Sid, je te présente mon entrepreneur, Max Wyner. Max, voici la jeune femme dont je t'ai parlé, Sidney Hale. Elle est actuellement l'homme à tout faire, ou la femme à tout faire, du parc de caravanes Evergreen.

Max tendit la main.

— C'est un plaisir de vous rencontrer.

Sidney sourit.

— Pareillement.

— Vous êtes aussi douée que Decker le prétend ? demanda Max.

Sidney eut l'air surprise et se tourna vers lui.

— Tu lui as parlé de moi ?

Gumby fit un signe de tête.

— Ouaip.

Elle se retourna vers Max.

— Probablement pas. Il a tendance à exagérer.

Max pencha la tête en arrière et se mit à rire.

— Je l'aime déjà, dit-il à Gumby.

— Je savais que tu l'aimerais, répondit Gumby.

Hannah se mit à pleurnicher et Gumby la regarda.

— D'accord, ma fille. Si tu es prête à bien te comporter, tu peux venir saluer notre visiteur maintenant.

Il regarda Hannah se coucher sur le ventre et ramper vers Max.

Sidney s'accroupit une fois de plus pour rassurer Hannah sur le fait que Max n'allait faire de mal à aucun d'entre eux.

— Tu vois ? Il est gentil. Il ne va faire de mal ni à toi ni à moi.

Gumby fut heureux de voir Max tendre la main à Hannah et la caresser. Si un chien aussi gros et effrayant qu'Hannah l'accueillait comme elle l'avait fait, il était normal qu'il ne veuille pas trop la caresser.

— Qu'est-il arrivé à son dos ? demanda-t-il.

Avant que Gumby ne puisse répondre, Sidney s'en chargea.

— Un connard a décidé de la torturer en lui jetant de l'acide sur le dos.

— Pourquoi ? demanda Max, incrédule.

Sidney haussa les épaules.

— Pourquoi a-t-il fait ça ? Parce que c'est un connard. Et probablement parce qu'il essayait de l'endurcir pour qu'elle soit plus agressive quand il la mettrait sur un ring.

— Des combats de chiens ? demanda Max. Mon Dieu, quiconque tolère cette merde devrait être fusillé.

— Tout à fait d'accord, répondit Sidney.

— Pauvre bébé, dit Max à Hannah. Eh bien, tu as touché le jackpot ici, n'est-ce pas ?

Gumby avait envie de rire de la manière dont le grand homme parlait à son pit-bull, mais Hannah et Sidney les auraient dévorés tous les deux, alors il garda la bouche fermée.

— Si tu as fini de câliner ma chienne, tu veux revoir l'étage ?

Max se leva.

— Bien sûr.

— Monte, on arrive dans une seconde, lui dit Gumby.

Max fit un signe de tête et se dirigea vers les escaliers.

Lorsqu'il fut certain qu'il ne pourrait pas les entendre, Gumby attira de nouveau Sidney vers lui.

— On doit faire attention à Hannah.

Elle fit un signe de tête.

— Elle est visiblement très protectrice envers toi. Si jamais tu es seule ici et que quelqu'un frappe à la porte, tu devras la mettre dans la salle de bain ou ailleurs avant d'ouvrir la porte. Tant qu'on ne l'aura pas entraînée, on ne peut pas lui faire confiance.

— D'accord. Mais je ne sais toujours pas d'où ça vient. Je ne l'ai même pas encore beaucoup vue.

— Sidney, tu es venue ici presque tous les soirs depuis une semaine environ. Tu l'as côtoyée presque autant que moi depuis que je passe mes journées au travail.

Elle eut l'air un peu surprise, mais elle hocha la tête.

— Tu penses qu'elle mordrait vraiment quelqu'un ?

— J'en doute, dit immédiatement Gumby. Je pense qu'elle aboie plus qu'elle ne mord, mais je ne veux pas prendre de risque.

— Moi non plus.

— Mais je dois dire que je suis ravi qu'elle soit aussi protectrice envers toi. Ça m'apaise un peu l'esprit.

Sidney le regardait fixement.

Il sourit.

— Tu ne vas pas demander pourquoi ?

Elle secoua la tête.

— Bien. Bon, je vais quand même te le dire. Je pense que c'est parce qu'elle sait que je me sens protecteur envers toi. Et ça me rassure de savoir que quand je vais devoir vous laisser toutes les deux seules ici, elle sera prête à faire tout ce qu'il faut pour que tu sois en sécurité.

Il ne savait pas comment Sidney allait réagir à sa déclaration, mais il ne s'attendait pas à des larmes imminentes.

— Quoi ? Sidney ?

Elle se pencha en avant, posa son front sur sa poitrine et lui serra les bras plus fort. Gumby lui laissa une minute, appréciant de l'avoir près de lui, même s'il n'aimait pas qu'elle soit bouleversée de la sorte.

— Toute ma vie, j'ai été seule. Je ne me suis jamais vraiment sentie en sécurité. Jamais. Ça fait du bien de savoir que tu t'inquiètes pour moi.

Gumby embrassa le haut de sa tête.

— Je m'inquiète pour toi, Sid. N'en doute jamais.

— Merci.

— Prête à monter pour écouter ce que Max a à dire ?

Elle leva les yeux, et Gumby fut ravi de voir qu'elle n'avait pas versé de larmes.

— Je peux rester en bas pendant que vous faites votre truc.

Gumby savait qu'il devait faire attention. Il voulait qu'elle dise à Max à quoi devait ressembler la salle de bain principale, et le placard aussi. Mais il ne voulait pas la faire flipper.

— Je pourrais avoir besoin de tes suggestions, dit-il prudemment.

Elle pencha la tête vers lui.

— Vraiment ?

— Oui. Tu en sais plus que moi sur ce genre de choses. Si ça ne tenait qu'à moi, je lui dirais probablement de poser les toilettes et le lavabo les moins chers qu'il puisse trouver et de laisser la baignoire et la douche comme elles sont.

Elle eut l'air horrifiée, et il souriait intérieurement. Il la tenait.

— Je vais monter avec toi, déclara-t-elle. Il est clair qu'on ne peut pas te faire confiance. Allez, viens.

À ces mots, elle lui prit la main et le traîna vers les escaliers, Hannah sur leurs talons.

Trente minutes plus tard, Gumby écoutait encore Sidney et Max parler boutique. Ils avaient fait le tour du dernier étage et elle avait immédiatement donné à Max ses suggestions pour la salle de bain. Lorsqu'ils eurent terminé, ils avaient décidé d'abattre un des murs, d'agrandir la chambre principale pour faire un placard plus grand, des comptoirs en granit pour la salle de bain, des planchers chauffants, une douche et une baignoire séparées, et deux lavabos. Ils avaient même pensé qu'ils pourraient déplacer les toilettes de l'autre côté de la pièce et, en utilisant l'espace que prenait l'actuelle lingerie, l'enfermer derrière une porte.

Ils avaient alors fini de concevoir l'autre chambre, la lingerie dans le couloir, ainsi que l'ajout d'une salle de bain et d'un lavabo dans la chambre d'amis.

Gumby les suivit en souriant.

Quand ils revinrent en bas, il savait que Sidney s'était bien vendue à Max.

Il lui tendit la main à la porte.

— Vous cherchez un travail, il est à vous, lui dit-il.

Sidney eut l'air surprise.

— Quoi ?

— Un travail. Je pourrais avoir besoin d'un contremaître... euh... une femme... qui sait ce qu'elle fait. Vous avez un œil sûr pour le design et vous savez manifestement ce que vous faites.

— Oh, mais...

Elle regarda Gumby, puis revint vers Max.

— Je ne cherche pas de travail. Et je n'ai pas de diplômes.

Max n'avait pas l'air effrayé. Il mentionna un salaire de départ qui fit presque exploser les yeux de Sidney.

— Je suis désolé que ce ne soit pas plus, mais c'est tout ce que je peux faire maintenant.

— Non... c'est... c'est super, bégaya Sidney.

— Et ne vous inquiétez pas pour les diplômes. Nous pouvons vous aider à les obtenir après votre embauche. Je les paierai aussi. Et si vous avez besoin de prendre des cours pour vous remettre à niveau avant de passer les tests, nous les paierons aussi.

— Je ne sais pas quoi dire.

— Vous n'avez pas besoin de dire quoi que ce soit pour l'instant. Mais demandez à ce type de me donner le feu vert pour commencer le plus tôt possible, d'accord ? fit-il d'un air taquin.

— Donne-moi un mois ou deux, répondit Gumby. Je dois d'abord payer le travail que tu as fait ici.

Max se mit à rire et hocha la tête.

— Ça m'a l'air bien.

— C'est vrai. Merci.

— Je vais y aller.

Il sortit une carte de visite et la donna à Sidney.

— Voici ma carte. Appelez-moi si vous voulez ce travail. C'est une offre à durée indéterminée. Je cherche la bonne personne depuis des mois et je n'ai trouvé personne qui convienne.

— Et vous pensez que je peux convenir après m'avoir vue pendant quoi, une demi-heure ? demanda Sidney.

Max devint sérieux.

— Oui, Sidney, c'est vrai. Je suis dans ce métier depuis longtemps. Beaucoup d'hommes et de femmes essaient de me convaincre qu'ils savent ce qu'ils font, mais la plupart du temps, ce sont des foutaises. Vous n'avez même pas essayé de vous vendre, et pourtant vous l'avez fait. Le travail est à vous si vous le voulez.

— Je... euh... Merci, réussit-elle à articuler.

— De rien. À plus tard, Decker.

— À plus tard, Max. Merci d'être venu.

Le vieil homme hocha la tête et se dirigea vers son camion garé derrière l'Accord de Sidney.

Elle se tourna vers lui après qu'il eut fermé la porte et lui sauta dessus.

Surpris, Gumby la rattrapa et se mit à rire alors que son dos heurtait le mur. Sidney enroula ses jambes autour de lui et serra ses bras autour de son cou. Hannah croyait sans doute qu'ils jouaient à un jeu et aboya en sautant autour d'eux.

Joignant ses mains sous ses fesses, Gumby sourit à Sidney.

— Tu es heureuse ? lui demanda-t-il.

— Heureuse ? Mon Dieu, Decker, je vais gagner le double en travaillant pour lui comme je le fais pour Jude ! Je pourrai probablement même me permettre d'emménager dans un bel appartement ou quelque chose comme ça. Heureuse, le mot est faible pour décrire ce que je ressens.

Gumby voulut protester contre son déménagement ailleurs que chez lui, mais il se tut.

— Et il a dit qu'il paierait pour que je prenne des cours et que j'obtienne mon diplôme ! C'est presque trop beau pour être vrai.

— Les bonnes choses arrivent aux bonnes personnes, dit Gumby.

Elle leva les yeux au ciel.

— Peu importe.

Il ne put s'empêcher de serrer ses doigts sur ses fesses et il la sentit se raidir brièvement avant de se laisser aller.

— Decker ?

— Oui ?

— Je crois que j'ai envie de toi.

Il aimait entendre ces mots, mais il avait besoin de plus.

— J'attendrai que tu en sois sûre.

— Tu pourrais me convaincre, dit-elle timidement.

— Je ne veux pas avoir à te convaincre, lui répondit-il honnêtement. Je veux que tu ressentes au fond de toi le besoin de me faire l'amour. Pour que tu aies l'impression que si tu ne me mets pas en toi dans l'instant qui suit, tu vas mourir.

Elle riva les yeux sur lui.

— Parce que c'est ce que je ressens pour toi. Chaque fois que j'entends ta voix, je te veux encore plus. Quand je te vois, je veux te jeter par-dessus mon épaule et t'emmener dans mon lit. Quand je te touche, j'ai tellement envie que tu sois à moi.

— Decker... murmura-t-elle.

— Je ne dis pas ça pour te mettre la pression, Sid. Je suis prêt à attendre aussi longtemps qu'il le faudra. Ce n'est pas une aventure pour moi. Pas un coup d'un soir ou peu importe comment tu veux l'appeler. Je veux me réveiller avec toi dans mes bras chaque matin et m'endormir avec toi à mes côtés également. Quand tu seras prête, préviens-moi et je ferai tout ce qui est en mon pouvoir pour te rendre plus heureuse que tu ne l'as jamais été. Je me plierai en quatre pour te donner tout ce dont tu as besoin et envie.

— Je suis déjà plus heureuse que je ne l'aie jamais été. Mais, Decker, il y a beaucoup de choses que tu ignores sur moi.

— Il y a beaucoup de choses que tu ignores sur moi aussi, Sid. Mais il n'y a rien que tu puisses me dire qui me fera changer d'avis. Je sais ce que je veux, et c'est toi.

Elle le regarda, et Gumby sut instantanément qu'il l'avait un peu effrayée. Voulant détendre l'atmosphère, il dit :

— Tu es prête à ce que je te ridiculise dans une course de natation ?

Le sillon sur son front disparut lorsqu'il vit qu'elle souriait.

— Tu crois que tu peux ?

— Je sais que je peux, bébé. La question est : « Peux-tu le supporter ? » Je sais à quel point tu as l'esprit de compétition.

— Et si on faisait un pari ? demanda-t-elle.

Gumby sourit. Il était soulagé qu'elle n'ait pas indiqué qu'elle voulait descendre de ses bras. Il pourrait la tenir pour toujours et mourir en homme heureux. Il devait encore lui dire qu'il partait le lendemain pour une durée indéterminée, mais il voulait vivre le moment présent pour l'instant. Il ne voulait rien faire qui puisse gâcher la bonne humeur dans laquelle elle se trouvait.

— Quel genre de pari ?

— Si je gagne, tu dois me faire un massage du dos de trente minutes.

Gumby ricana. Comme si c'était vraiment une punition pour avoir perdu. Il tuerait pour mettre la main sur elle par n'importe quel moyen.

— Et si je gagne ?

— Je t'en ferai un.

— Marché conclu. Oh oui.

C'était du gagnant-gagnant de toute façon. Gumby avait le sentiment qu'elle ressentait la même chose, à voir le sourire sur son visage. Il la descendit lentement sur le sol, son corps le caressant sur tout le trajet. Il savait qu'il était dur à nouveau, mais ne fit rien pour le lui cacher.

— Va te changer. Tu peux utiliser la chambre d'amis ou la salle de bain ici. Je te retrouve ici quand tu es prête.

Elle resta dans ses bras, le regardant pendant un long moment avant de lui dire :

— Je pense toujours que tu es trop bien pour moi, Decker, mais j'en arrive au point où je ne m'en soucie pas vraiment.

— Tant mieux.

— Bien que j'aie peur qu'une fois que tu me connaîtras mieux, tu te demanderas pourquoi tu as perdu tant de temps avec moi.

— Jamais, Sid. Je sais que tu n'es pas parfaite, tout comme je ne suis pas parfait. Je sais exactement qui tu es là, dit-il en lui touchant la tempe avec son doigt, et là, en posant sa paume à plat au-dessus de son cœur. Et je suis en train de tomber amoureux de toi à cause de ça.

Elle le regarda attentivement, mais ne dit rien.

— Va mettre ton maillot. Et j'espère que tu as apporté un maillot de bain de grand-mère, parce que si tu as un bikini, je ne pense pas que mon cœur pourra le supporter.

Elle sourit.

— Ce n'est pas un bikini.

Il soupira de soulagement.

— Mais ce n'est pas non plus un maillot de bain de grand-mère.

— Merde.

Elle ricana.

— S'il te plaît, dis-moi que tu portes un maillot speedo serré.

Il la regarda avec horreur.

— Pas question.

Elle fit la moue.

— Mais je voulais mater tes fesses.

Gumby secoua la tête et se pencha pour attraper son sac. Elle le prit quand il le lui tendit.

— Tu vas me tuer.

— Comme si tu n'allais pas mater mes fesses, répliqua-t-elle en se dirigeant vers les escaliers, Hannah à ses côtés.

Gumby la regarda jusqu'à ce qu'il ne puisse plus la voir, puis s'approcha et ajusta sa verge raidie. Elle n'avait pas tort. Il avait tout à fait l'intention de mater son fessier. Et sa poitrine. Et tout ce qu'il y avait entre les deux.

CHAPITRE ONZE

Sidney faisait du sur-place dans l'océan sans le quitter des yeux. Elle n'avait pas ri autant depuis des lustres. Plus elle passait de temps avec Decker, plus elle voulait en passer avec lui. Il était comme une drogue... elle avait de plus en plus besoin de lui pour être comblée.

— Bon, dit Decker. On va nager d'ici jusqu'au niveau de la maison bleue en bas.

Il désignait une bâtisse aux couleurs vives à environ cinq mètres de la sienne.

Sidney savait qu'elle ne serait pas capable de le battre. C'était un Navy SEAL, bon sang, et il y avait bien trop longtemps qu'elle n'était pas entrée dans l'eau. Mais l'idée de pouvoir mettre la main sur lui lorsqu'il réclamerait son prix pour avoir gagné justifiait de perdre la course. Sans parler de la vue de lui en maillot de bain moulant.

Il avait des abdominaux extrêmement bien définis, et Sidney voulait y passer sa langue pour s'assurer qu'ils étaient réels. Ses cuisses étaient très musclées et le Lycra serré jusqu'aux genoux moulait chaque courbe, les soulignant plutôt qu'il ne les cachait.

Et le renflement entre ses jambes était définitivement digne de la damnation. Sidney ne pensait pas qu'elle était une maniaque en manque de sexe – pas comme Nora – mais voir Decker pratiquement nu l'avait presque mise à genoux. Lorsqu'il s'était approché d'elle dans la maison, elle avait voulu le supplier de la prendre sur-le-champ.

Et son regard, lorsqu'il l'avait vue dans son vieux maillot noir tout simple, ne l'avait pas beaucoup aidée à se contrôler. Il l'avait reluquée des pieds jusqu'aux seins, puis était redescendu. La chaleur qui émanait de lui était suffisante pour la faire transpirer. Elle ne s'était jamais sentie particulièrement sexy, et elle était un peu trop friande de sucre pour qu'on la qualifie de mince, mais quand Decker la regardait comme s'il était à deux secondes de la dévorer, elle ne pouvait s'empêcher de repenser à l'opinion qu'elle avait toujours eue à propos de son corps.

— Hé, tu m'écoutes ou tu penses encore à moi dans mon maillot ? demanda Decker.

Sidney sourit.

— Toi dans ton maillot, bien sûr.

Il lui rendit son sourire.

— D'accord, puisque je ne peux pas m'empêcher de penser à toi non plus.

Le seul son de sa voix grave l'excitait. Mais elle savait qu'elle devait faire quelque chose, sinon Decker la ridiculiserait vraiment dans cette course.

Elle regarda à sa gauche et vit un petit groupe d'enfants qui jouaient près du rivage. Même si elle savait que ce qu'elle allait faire était de la triche, Sidney le fit quand même.

— Oh, mon Dieu, dit-elle en essayant de paraître inquiète. Est-ce qu'un de ces enfants vient de crier à l'aide ?

Comme elle s'y attendait, le sourire de Decker disparut, et il regarda l'endroit qu'elle désignait. Il se dirigea immédiatement vers les enfants au loin, et Sidney cria : « Un-deux-trois-GO ! » au moment où Decker partait à la nage.

Elle se mit à nager aussi vite qu'elle le pouvait, sans réussir à s'arrêter de sourire.

Elle ne mit pas longtemps à voir Decker à ses côtés au moment où elle tournait la tête pour respirer. Il l'avait rattrapée en quelques secondes. C'était une bonne nageuse, mais il était manifestement bien meilleur.

Il passa devant elle, et comme elle était complètement épuisée, elle s'arrêta simplement là où elle était et essaya de reprendre son souffle tout en riant.

Decker se rendit compte qu'elle s'était arrêtée peu de temps après l'avoir dépassée, et il fit demi-tour pour la rejoindre. Il passa une main autour de sa taille et l'attira vers lui. Leurs jambes n'arrêtaient pas de se cogner l'une contre l'autre, et elle finit par cesser d'utiliser ses jambes pour se maintenir à flot. Ce n'était pas nécessaire. Decker ne voulait pas la laisser couler. Pas question.

— Petite tricheuse, l'accusa-t-il avec un sourire.

Sans se laisser abattre, Sidney haussa les épaules.

— Hé, une fille doit faire ce qu'une fille doit faire.

— Tu sais qu'il y a une peine pour les tricheurs, n'est-ce pas ? demanda-t-il.

S'en remettant complètement à lui, Sidney leva ses jambes autour de sa taille et mit ses bras autour de ses épaules. Il la tenait maintenant complètement au-dessus de l'eau, et elle ne doutait absolument pas de sa capacité à la porter. L'une de ses énormes mains était posée contre son dos, et l'autre effleurait l'eau.

— Ah oui ? Qu'est-ce que c'est ?

— La mise est doublée. Donc maintenant, j'ai droit à un massage d'une heure au lieu de seulement trente minutes.

Sidney leva les yeux au ciel.

— Pas grave.

Ils se dévisagèrent pendant un long moment. Même s'ils pouvaient entendre les autres sur la plage, c'était comme s'ils étaient seuls au monde.

— Je me demande bien comment j'ai survécu sans toi dans ma vie, dit Decker à voix basse.

— Idem, répondit immédiatement Sidney. Tu me rends heureuse, Decker. Et je n'avais même pas réalisé que je n'étais pas si heureuse que ça avant que tu n'arrives.

Il baissa la tête et l'embrassa. C'était un baiser doux, car sa lèvre était encore en train de guérir, mais plus intime que tout ce qu'ils avaient fait auparavant. Ils étaient collés de l'aine à la poitrine, et comme ils ne portaient que des maillots de bain, Sidney pouvait sentir chaque centimètre de Decker contre elle. Ses tétons se resserraient et elle savait qu'elle était trempée... et pas parce qu'elle était immergée dans l'océan.

Elle pouvait sentir l'érection de Decker contre elle, et l'envie de le chevaucher longuement et durement la frappa comme un éclair. Elle gémit et lui arracha la bouche. En le regardant dans les yeux, elle savait qu'il ressentait la même chose.

— Je crois que j'ai assez nagé, lui dit-elle doucement.

— Bien. Moi aussi. En plus, Hannah attend probablement qu'on rentre à la maison.

— Oui.

Sidney bondit sur cette excuse. En réalité, la chienne ronflait probablement sur un des lits extrêmement confortables que Decker lui avait achetés, mais Sidney ne pensait qu'à rentrer chez lui.

Léchant ses lèvres, Decker se pencha une fois de plus vers l'avant et lui donna un baiser à bouche fermée avant de se laisser aller lentement, s'assurant qu'elle était bien avant de retirer sa main.

— Après vous.

Ils retournèrent lentement à la plage devant sa maison, et Sidney dut admettre qu'elle était un peu déçue lorsqu'il enroula autour de sa taille une des serviettes qu'ils avaient laissées sur le sable. Sans un mot, il lui prit la main et ils retournèrent chez lui.

Quelque chose avait changé dans l'océan. Sidney ne savait pas exactement quoi, mais elle se sentait plus proche de Decker.

Quarante-cinq minutes plus tard, après qu'ils se soient tous deux douchés, Decker était étendu torse nu sur le sol de son salon. Il portait un pantalon de survêtement gris qui tombait sur ses hanches. Hannah dut croire que se prélasser sur le sol était un nouveau jeu amusant, et il lui fallut quelques minutes pour comprendre que Decker n'était pas allongé là pour ça. Elle s'allongea à ses côtés, en gardant les yeux sur lui et sur Sidney.

Tout à coup, Sidney n'était plus aussi sûre d'elle. L'idée de masser le dos de Decker était une chose, mais la réalité était tellement plus...

Ses muscles dorsaux ondulaient alors qu'il s'appuyait sur un coude et soulevait un sourcil vers elle.

— Tu reviens sur notre pari ?

Elle secoua la tête.

— Non. J'essaie juste de trouver la meilleure façon de faire ça.

Decker tendit la main et la saisit, la tirant vers lui.

— À cheval sur mes cuisses. Oui... comme ça.

Perchée sur lui, Sidney prit une profonde respiration. Mon Dieu, il était bâti comme un roc. Pas étonnant qu'il ait pu transporter Hannah comme si elle ne pesait rien.

Elle se pencha en avant et posa provisoirement ses mains sur son dos et les poussa vers le haut.

Il gémit.

Sidney s'arrêta.

— Decker ?

— Désolé. Continue.

Ce fut ce qu'elle fit. À chaque caresse, elle se détendait un peu plus. Decker avait plié ses bras vers le haut et sa tête reposait sur ses mains. Pour la première fois, elle avait l'impression de pouvoir regarder à satiété sans se sentir gênée.

Les tatouages noirs sur ses bras se mêlaient à son bronzage profond, à tel point que si elle n'était pas aussi proche et intime qu'elle l'était, elle aurait du mal à se rendre compte qu'ils étaient là.

Le jean que portait Sidney lui semblait bien trop serré, et elle sentait qu'elle était déjà trempée entre ses jambes. Elle était très excitée et ne pouvait pas s'empêcher de fantasmer sur Decker.

Comme s'il pouvait lire dans ses pensées, sans prévenir, Decker pivota et la seule chose que Sidney savait, c'était qu'il la regardait. Ses grandes mains étaient posées sur sa taille et elle pouvait sentir ses doigts sur sa peau nue, là où son jean rencontrait sa chemise. Elle ne s'était jamais sentie aussi vulnérable et excitée.

— Ça ne fait que quinze minutes, dit-elle doucement.

— Je ne peux pas en supporter plus, avoua Decker. Je pensais que je pouvais. J'ai sous-estimé le bien que ça ferait de t'avoir à cheval sur moi et de sentir tes mains.

Sidney prit une grande respiration et ses yeux se dirigèrent directement vers sa poitrine. Elle portait le jean qu'elle avait tout à l'heure et un tee-shirt, mais elle aurait tout aussi bien pu être nue vu l'impact que son regard lascif avait sur son corps.

Elle baissa les yeux pour essayer d'éviter son regard intense, et se retrouva face à face avec les preuves de son excitation. Elle ne pouvait pas le voir aussi clairement que lorsqu'il portait le maillot de bain, mais il était plus qu'évident qu'il était prêt et capable de faire avancer les choses dans le registre sexuel.

— Tu es si belle, lui dit-il avec révérence.

Sidney détourna les yeux de son sexe et les remonta jusqu'à sa poitrine. Elle ne pouvait pas s'empêcher de passer ses mains sur son ventre jusqu'à ses tétons, puis de redescendre.

— C'est toi qui es beau, lui dit-elle.

— Regarde-moi, lui ordonna Decker.

Prenant une profonde inspiration, Sidney fit ce qu'il lui

avait demandé. La chaleur qu'elle vit dans ses yeux était presque effrayante. Sans s'en rendre compte, elle se mordit la lèvre et s'enfonça plus loin sur ses cuisses.

Aussitôt, ses mains se détachèrent de son corps et il les posa sous sa tête.

— Doucement, Sid.

— Je n'ai jamais ressenti ça avant. C'est bouleversant.

Il hocha la tête.

— Je sais. Pour moi aussi.

Puis, se déplaçant lentement, il s'assit, et Sidney se mit à genoux pour lui faire de la place. Il se mit debout puis lui tendit la main pour l'aider à se relever. Une fois qu'elle fut debout, il les conduisit vers le canapé et s'assit.

Sans hésiter, Sidney se rassit et se recroquevilla sur lui. Un des bras de Decker entoura ses épaules et elle posa sa tête sur sa poitrine. Ses genoux étaient pliés vers le haut et son autre bras les entourait pour la serrer contre lui.

Ils restèrent assis comme ça pendant environ cinq minutes avant qu'il ne parle.

— N'aie jamais peur de moi.

Sidney secoua la tête.

— Je n'ai pas peur.

— Tu avais peur, répliqua-t-il. Je ne veux plus jamais te voir comme ça. Du moins, pas quand il s'agit de moi.

— J'ai juste... Ton regard était si intense.

Il fit un signe de tête.

— Je suis un type intense, lui dit-il. Je ne suis pas sûr de vouloir que tu me voies quand je suis en mode travail. Je suis très concentré et j'ai une sorte de vision étroite. Mais tu n'auras jamais à t'inquiéter que je te fasse du mal. Ou de te forcer à quelque chose que tu n'es pas prête à faire.

— Mais c'est ça le truc. Je pense que je suis prête, protesta Sidney.

Il secoua la tête, et elle sentit sa barbe frôler son front.

— Quand tu seras sûre, on verra comment faire avancer notre relation physique. D'ici là, nous irons à ton rythme.

— Ce n'est pas juste, protesta-t-elle, ne sachant pas pourquoi elle se plaignait.

Il avait raison, son intensité l'avait effrayée, mais pas de la manière dont il pensait. Elle savait qu'il ne lui ferait jamais de mal. Elle baissa le regard et vit que son érection était toujours aussi impressionnante qu'avant.

— Tu as mal.

Sidney lui montra la zone d'un geste de la tête.

Decker se mit à rire.

— Sid, je suis comme ça depuis deux semaines. Ce n'est pas nouveau. Je peux m'en occuper comme je l'ai fait depuis qu'on s'est rencontrés... Tout seul sous la douche. Ou allongé dans mon lit tard dans la nuit après t'avoir parlé.

Sidney n'était pas vraiment choquée. Elle s'était masturbée plusieurs fois après lui avoir parlé aussi. Mais elle se sentait toujours mal.

Decker leva une main et la mit sous son menton. Elle leva la tête et le regarda dans les yeux. Ils se regardèrent pendant un moment avant qu'il ne se penche en avant. Avec impatience, elle le rencontra à mi-chemin jusqu'à ce qu'ils s'embrassent.

Cela commença lentement et en douceur, mais peu de temps après, ils étaient tous les deux tendus l'un vers l'autre. Sidney inclina la tête et lorsque Decker voulut se retirer, elle mit une main sur sa tête et le tint en place.

Les minutes suivantes, Sidney se perdit dans les caresses de Decker. Ses doigts erraient, allumant un feu à l'intérieur d'elle partout où il la touchait. Une main remontait son dos sous son tee-shirt, touchant sa peau nue. Puis elle descendit et il se glissa à l'arrière de son jean.

Même ce petit contact l'enflammait encore plus qu'avant.

Voulant être plus proche, Sidney chevaucha ses genoux et se pressa contre lui sans arrêter leur baiser. Ses mains caressaient sa poitrine nue de haut en bas, alors même qu'elle se frottait sur son membre.

Pendant une seconde, elle crut que c'était le moment. Qu'ils allaient faire l'amour à cet instant et là, sur son canapé. Mais quand sa main glissa sous le devant de son tee-shirt et recouvrit un de ses seins, elle se raidit.

C'était juste pendant une seconde, mais il le sentit et retira immédiatement sa main.

Soupirant avec frustration, Sidney se retira et lécha ses lèvres gonflées de baisers. Elle fronça les sourcils. Elle le voulait, le désirait. Mais elle ignorait la raison pour laquelle elle s'éloignait à chaque fois qu'il les rapprochait un peu plus de l'amour.

Sans un mot, il la ramena auprès de lui, et elle se détendit, épuisée.

— Arrête de penser si fort, Sid, murmura-t-il, en passant doucement la main sur ses cheveux.

— J'ai l'impression d'être une méga allumeuse, murmura-t-elle. Et je ne veux pas l'être.

— Shhhh, tu n'es pas une allumeuse. Tu dois juste en être sûre. Peu importe mes sentiments, je sais que tout ça arrive vite. On n'a pas besoin d'être pressés. Il n'y aura qu'une seule première fois pour nous.

Soupirant, elle ferma les yeux et prit un moment pour profiter de la compagnie de Decker. Pour apprécier le fait qu'il ne s'attendait pas à ce qu'elle saute dans le lit avec lui et semblait vraiment d'accord pour qu'ils ne fassent rien d'autre que de s'embrasser sur son canapé.

Soudain, il se mit à rire.

En levant la tête, Sidney demanda :

— Quoi ?

— Hannah.

Elle se retourna pour regarder la chienne et se retint d'éclater de rire.

Hannah était assise à côté de la table basse et les regardait fixement. Quand elle vit qu'ils la regardaient, sa queue commença à remuer énergiquement.

— Rien de tel que d'avoir un public, dit Decker en riant. J'avais l'impression qu'elle allait brandir une pancarte avec un chiffre pour noter notre performance.

Sidney ne parvint pas à se retenir. Elle gloussa, puis le rire se transforma en un rire sonore. Elle riait si fort qu'elle avait mal au ventre et qu'elle dut descendre de Decker pour se pencher et essayer de reprendre son souffle. Bien sûr, quand elle fit cela, Hannah vint et essaya de lui lécher le visage.

— Oh, mon Dieu, dit-elle après s'être contrôlée. Je pense que je suis traumatisée à vie. Dis-moi qu'elle n'aura pas le droit d'aller dans la chambre quand on fera enfin l'amour.

Elle ne pensa pas aux mots qu'elle venait de prononcer jusqu'à ce qu'elle réalise que Decker ne riait plus. Quand elle le regarda, il souriait pourtant. Son visage irradiait la tendresse...

Et elle eut soudain un flash, l'imaginant le jour de leur mariage. Il la contemplait avec la même ferveur.

— Personne ne regarde tes fesses à part moi, lui dit-il, toujours souriant.

L'ambiance s'interrompit, Decker se leva et lui tendit la main.

— Tu m'aides à trouver quelque chose à préparer pour le dîner ?

— Bien sûr, dit-elle pendant qu'il l'aidait à se remettre sur ses pieds.

L'heure suivante fut passée à cuisiner aux côtés de Decker dans la bonne humeur et les rires. Elle n'avait jamais autant ri de sa vie qu'avec lui. C'était quelque chose de nouveau et elle aimait ça.

Après le dîner, Decker annonça :

— Il faut qu'on parle, Sid.

Elle se figea. Oh, mon Dieu. Avait-elle mal interprété la journée ? Ça ne pouvait pas être bon quand un gars disait qu'ils devaient parler... N'est-ce pas ?

— Arrête de paniquer, dit Decker, en lisant visiblement ses pensées ou l'expression de son visage. Je ne vais pas rompre avec toi, je veux toujours te voir, et tu es coincée avec moi aussi longtemps que tu le souhaites. D'accord ?

Sidney laissa échapper un soupir de soulagement.

— OK.

Il retourna au canapé et s'assit à nouveau, et elle prit place à côté de lui. Elle n'avait aucune idée de ce dont il voulait parler.

* * *

Gumby prit une profonde inspiration. Aujourd'hui avait été une journée extraordinaire. Un des meilleurs jours de sa vie et il détestait devoir lui dire qu'il partait. Il s'était habitué à voir Sidney presque tous les jours, et l'idée de devoir passer les jours suivants sans elle lui était insupportable. Il décida qu'elle était suffisamment stressée et ne fit pas traîner les choses.

— Tu sais que je suis un SEAL... eh bien, demain l'équipe part en mission.

Il regarda ses mots atteindre Sidney. Il savait que ce n'était pas ce qu'elle attendait de lui, mais il fut satisfait de voir qu'elle ne protestait pas ou ne se plaignait pas de son départ.

— Pour combien de temps ?

En serrant ses lèvres, Gumby répondit :

— Je ne sais pas. Cela pourrait être quelques jours, ou quelques semaines. Tout dépend de la rapidité avec laquelle nous atteindrons notre objectif.

— Et tu ne peux pas me dire où tu vas ou quel est cet objectif, n'est-ce pas ?

Il secoua la tête.

— Malheureusement, non. Je sais que ça craint, et je suis désolé.

Sidney prit une profonde inspiration.

— En fait, je pense que c'est mieux. Si je connaissais tous les détails, ça me stresserait probablement plus.

Mon Dieu, il aimait cette femme. Elle allait devenir une femme de SEAL extraordinaire.

— Viens ici, lui dit-il, et elle s'enfouit immédiatement dans son flanc une fois de plus. J'ai besoin que tu me fasses une promesse.

Elle le regarda avec méfiance.

— Quoi ?

— J'ai besoin que tu me promettes de ne pas aller voir la maison de Victor, ou toute autre situation de chien maltraité, jusqu'à ce que je rentre à la maison.

Elle n'accepta pas immédiatement, et son estomac se serra de peur. Il s'empressa de défendre sa cause.

— Je sais que tu es une adulte. Que tu as sauvé des chiens pendant longtemps avant que je n'entre en scène. Mais ça me fait peur de penser que tu le fais toute seule. J'aime que tu aies un cœur tendre et que tu veuilles aider les animaux maltraités, mais je ne suis pas content que tu te mettes en danger. Je ne sais pas ce qui te pousse à te mettre en danger comme tu le fais, mais si tu en as le devoir et que tu dois le faire, je t'accompagnerai. Je te soutiendrai. Tout ce que je te demande, c'est de ne pas le faire quand je serai parti. L'idée d'apprendre que tu es blessée alors que je ne peux pas t'atteindre me rend physiquement malade.

— Et si je disais que je ne peux pas faire ça ? demanda-t-elle.

Gumby soupira.

— Alors je ne pourrai rien y faire. Je m'inquiéterais pour toi, ce que je ferai de toute façon, mais encore plus.

— Que se passe-t-il si tu es blessé ou, Dieu nous en préserve, si tu meurs pendant cette mission ?

— Tout d'abord, je ne vais pas mourir. Crois-le. Mais... que veux-tu vraiment ?

— Nous sortons ensemble. On n'est pas mariés, donc je

pense que la marine ne me préviendrait pas. Est-ce que je n'aurais plus jamais de nouvelles de toi ? Est-ce que je passerais devant cette maison un jour et verrais qu'elle est à vendre ?

Gumby secoua la tête avec véhémence.

— Non. Putain, non. Mon commandant sait qui tu es parce que je lui ai déjà donné tes coordonnées. En plus, Caite, la copine de Rocco, sait aussi pour toi. Putain, tous ceux avec qui je travaille savent qui tu es. S'il m'arrive quelque chose, tu seras prévenue. Tous les gars ont aussi ton numéro.

— Donc si tu es blessé, ils me laisseront venir te voir ? Être à tes côtés ?

— Oui, Sid. Et je sais sans aucun doute que j'irais mieux beaucoup plus vite si tu es là avec moi.

Elle intégra ce qu'il venait de lui dire, puis elle reprit :

— Je ne m'occuperai d'aucun chien pendant ton absence.

Gumby poussa un long soupir de soulagement.

— Merci.

— Mais je ne peux pas y renoncer. Tu le sais, n'est-ce pas ?

Il hocha la tête à contrecœur.

— Je le sais. Mais j'aimerais que tu le fasses de façon plus sûre. Peux-tu me dire pourquoi ? Qu'est-ce qui te pousse à te mettre en danger pour sauver les chiens ?

Pendant une seconde, il crut qu'elle allait enfin lui dire, alors il soupira de frustration quand elle haussa les épaules.

— Je ne sais pas.

— Je n'insiste pas, abdiqua-t-il. Mais j'espère qu'un jour, tu te sentiras suffisamment en confiance avec mes sentiments pour toi pour que tu me laisses entrer.

Sidney était manifestement mal à l'aise, et elle changea de sujet.

— Donc tous ceux avec qui tu travailles connaissent mon existence ? Y compris Caite ?

Il fit un signe de tête.

— Oui. On dirait que je n'arrive pas à me taire à ton sujet.

— Je crois que j'ai compris ça quand tu as amené Max ici et qu'il m'a offert un travail.

— Hé, je ne lui ai pas demandé de t'offrir quoi que ce soit. J'ai juste pensé que vous vous entendriez bien.

— Mouais, dit-elle d'un air sceptique.

— C'est ce que j'ai fait ! Et j'avais raison, chantonna-t-il.

— Y a-t-il une chance que je rencontre Caite bientôt ? Je pense que j'aimerais comparer mes notes. Tu sais, puisqu'elle sort aussi avec un grand méchant Navy SEAL.

Heureux qu'elle veuille rencontrer Caite, Gumby acquiesça.

— Bien sûr que oui. Je vais arranger ça dès qu'on revient.

Il passa une main sur ses cheveux et cala une mèche derrière son oreille.

— Je vais te laisser les numéros de tous les gars, ainsi que mon commandant. Caite aussi. Tu peux appeler n'importe lequel d'entre eux si quelque chose se passe mal pendant ma mission.

— Oh ! dit-elle, en se redressant. Qui va s'occuper d'Hannah ? Tu veux que je la prenne ?

Gumby fit la grimace.

— À propos de ça.

— Quoi ?

— Je m'étais déjà organisé avant qu'on ne soit proches. Et je pourrais toujours changer les choses, mais Caite semblait excitée de passer un peu de temps ici à la maison.

— Alors elle fait du dog-sitting ?

— Oui. Il y a eu un… incident au complexe d'appartements il y a quelque temps. Caite et la femme d'un contre-amiral étaient au mauvais endroit au mauvais moment et ont été retenues en captivité pendant un moment. Rocco hésite à la laisser seule là-bas, et il m'a demandé si ça me dérangeait qu'elle reste ici. J'ai sauté sur l'offre, car je n'étais pas sûr de la tournure de notre relation au moment où je partirais en mission. Caite aime la plage, et elle et Rocco cherchent une maison, mais ils n'ont encore rien trouvé.

Gumby savait qu'il divaguait, mais il ne pouvait pas s'arrêter. La dernière chose qu'il voulait était de faire croire à Sidney qu'il se passait quelque chose entre lui et Caite. Et il détesterait la décevoir.

— À l'époque, c'était la solution parfaite. Elle et Rocco sont venus l'autre matin et ont rencontré Hannah, et elle l'aimait bien… pas de la même façon qu'elle t'aime, mais elles s'entendaient bien.

Il prit une profonde inspiration.

— Tu es contrariée ?

Elle secoua la tête.

— Non, c'est bon. J'allais proposer à Hannah de l'emmener dans ma caravane pendant ton absence, mais je pense qu'elle préférera être ici chez elle. La déplacer aussi vite après son sauvetage n'est probablement pas une bonne chose.

— Je m'assurerai de te présenter Caite dès notre retour, promit Gumby à Sidney. Elle te plaira, je pense.

— Decker, je ne me fais pas d'amis facilement. Certaines femmes sont intimidées par moi, probablement parce que je me fous de ce qu'elles pensent. Et si je suis honnête, certaines femmes m'intimident aussi. Laisse-moi deviner, Caite est probablement super-intelligente, hein ?

— Elle n'est pas plus intelligente que toi, Sid.

— C'est vrai. Je parie qu'elle a un diplôme universitaire ?

— Oui. Elle travaille à la base. Elle parle couramment le français et a été très utile au NCIS.

— Bon sang. La seule autre langue que je connaisse, c'est jurer comme un charretier quand je me casse le doigt, plaisanta Sidney. Et c'est la femme qui vous a sauvé la vie, n'est-ce pas ?

Gumby se pencha en avant et prit son visage entre ses mains.

— Elle va t'aimer, affirma-t-il sérieusement. D'après ce que dit Rocco, Caite n'a pas beaucoup d'amis non plus. Je te connais, Sid, et si je dis que vous vous entendrez, vous vous entendrez. Je n'insisterais pas autant si je ne le pensais pas.

Sidney acquiesça. Il l'embrassa sur le front puis s'assit, la lâchant, mais souhaitant pouvoir la tenir sur sa poitrine pour toujours.

— Et les visites chez le vétérinaire ? Hannah a-t-elle un suivi ?

— Pas vraiment. La vétérinaire m'a dit de revenir dans quelques semaines si elle se rétablissait bien.

— J'ai remarqué qu'elle boitait un peu aujourd'hui. Comment vont ses pattes ?

Gumby aimait beaucoup qu'elle s'inquiète pour sa chienne.

— Elles vont bien. Elles sont encore tendres, et les coussinets mettront un peu plus de temps à repousser. Pour l'instant, la nouvelle peau est assez fragile, elle ne doit pas aller à la plage, et elle a toujours les vers du cœur, donc rester à l'intérieur et au calme est à l'ordre du jour pendant mon absence.

— Et Caite sait tout ça ?

— Oui, elle le sait.

Sidney hésita un moment, puis prit une grande respiration.

— Tu vas me manquer, dit-elle doucement.

— Oh, Sid, tu vas me manquer aussi, répondit Gumby en expirant un long soupir de soulagement quand Sidney se mit à nouveau dans ses bras.

— Je vais peut-être pouvoir dormir toute une nuit, plaisanta-t-elle, puis fit une grimace. Désolée. C'était déplacé alors que tu ne dormiras probablement pas, puisque tu vas faire ton truc de mission.

— C'est bon. Et dis-toi que moins je dors, plus vite la mission sera terminée.

Ce n'était pas tout à fait vrai, mais il dirait n'importe quoi pour que Sidney se sente mieux.

— Tu vas parler à Jude du travail avec Max ?

— Oui. Mais je culpabilise. Jude m'a vraiment aidée quand j'ai emménagé ici. J'étais jeune et naïve à propos de tout, et il m'a même accordé une pause dans le loyer pendant au moins deux ans, le temps que je trouve ce que j'allais faire de ma vie.

— Et pendant cette période, je parie que tu l'as aidé gratuitement, ou presque, n'est-ce pas ?

Gumby avait deviné.

Elle haussa les épaules.

— Peut-être.

— Ce n'est pas comme si tu allais déménager immédiatement, déclara Gumby. Je suis sûr que tu peux t'arranger avec lui. Comme par exemple continuer à travailler jusqu'à ce qu'il engage quelqu'un. Ou travailler à temps partiel jusqu'à ce que la nouvelle personne ait le coup de main. Qui sait, peut-être que la personne que Jude embauchera aura vraiment besoin d'une pause comme tu l'as fait quand tu es arrivée ici.

— C'est vrai, dit-elle.

— Alors tu vas lui parler ?

— Oui, promit-elle en se blottissant plus profondément. J'ai hâte d'avoir un appartement ou quelque chose comme ça. Je vis dans cette vieille caravane depuis si longtemps qu'un appartement me paraîtra être un vrai progrès.

Gumby se mordit littéralement la langue pour ne pas laisser échapper qu'il voulait qu'elle emménage avec lui. Il aurait du temps pour ça plus tard. Ce n'était pas comme si elle allait sortir et louer un appartement demain. Non, Sidney serait prudente avec son argent et voudrait économiser un petit pécule avant de sauter le pas.

Il aurait le temps de la faire tomber follement amoureuse de lui et d'accepter de l'épouser et de s'installer définitivement.

Penser au mariage ne faisait pas flipper Gumby autant qu'il y avait quelques mois. Avant de faire face à sa propre mortalité au Bahreïn, il n'avait pas vraiment pensé à s'installer. Il se disait qu'il avait tout le temps pour cela. Mais maintenant, il savait que c'était différent. La vie était courte. Trop courte. Et ayant rencontré Sidney, il savait qu'il voulait commencer sa vie avec elle dès que possible, afin de ne pas manquer une seule minute du temps qu'ils pourraient passer ensemble.

— À quelle heure partez-vous demain ?

— Tôt.

— Je devrais y aller, alors.

Gumby détestait être d'accord, mais elle avait raison. Il devait se lever à trois heures du matin pour prendre le transport hors du pays, et il avait vraiment besoin de dormir avant que les ennuis commencent. Avoir du temps pour se reposer pendant une mission n'était jamais garanti.

— Je t'appellerai à la seconde où je serai de retour, promit-il.

Sidney hocha la tête et s'assit.

— Sois prudent, tu m'entends ? Je serai furieuse si tu rentres à la maison avec des trous dans le corps.

Gumby sourit.

— Bien sûr. Je sais qu'on n'en a pas beaucoup parlé, mais je travaille avec les meilleurs gars de la marine. Ils me soutiennent, et je les soutiens. Nous avons aussi passé en revue cette mission et nous avons préparé les plans B, C, D et E, au cas où, comme à chaque fois.

— Merci de me le dire, je me sens mieux.

— Bien.

Il se leva et la prit dans ses bras.

— Je ne suis pas douée pour les longs adieux, lui dit-elle. Alors je vais partir.

Il voyait bien qu'elle retenait ses larmes, et il détestait ça. C'était la première fois qu'une mission n'avait pas le même attrait que par le passé.

Il l'embrassa sur le front, y gardant ses lèvres pendant un long moment avant de reculer. Gumby la regarda se diriger vers Hannah pour l'embrasser. La chienne lui lécha le visage avant que Sidney ne puisse se mettre hors de portée.

— Sois gentille avec Caite, lui dit doucement Sidney avant de se redresser et de se diriger vers la porte d'entrée.

Elle prit son sac et ouvrit la porte.

Elle se retourna alors qu'elle se tenait sur son porche, et les larmes sur son visage faillirent faire fondre Gumby.

— Je suis fière de toi, dit-elle. Botte le cul de ce terroriste.

Puis elle se retourna et marcha rapidement vers sa voiture. En quelques instants, Gumby ne vit plus que ses feux arrière qui descendaient la rue.

Hannah gémissait à ses côtés.

— Je sais, ma fille. Elle me manque déjà aussi.

Puis Gumby se retourna, ferma la porte et fit de son mieux pour se préparer à la mission à venir.

CHAPITRE DOUZE

Huit jours.

C'était le temps qui s'était écoulé depuis le départ de Decker...

Sidney souffla un peu et leva les yeux au ciel. Elle était pathétique. C'était une introvertie. Elle aimait être seule. Elle aimait ça jusqu'à ce qu'elle rencontre Decker et soit tous les soirs pendant deux semaines avec lui, en personne ou au téléphone.

Elle avait désormais un tout nouveau respect pour les conjoints de militaires. Comment faisaient-ils tout le temps cela ? Et elle n'avait pas d'enfants. Sidney ne pouvait pas imaginer à quel point ce serait l'enfer si elle devait être mère en plus de tout le reste.

En regardant l'horloge, elle vit qu'il était 17 h 42. Elle n'avait rien prévu pour la soirée, et c'était nul. Elle avait essayé de s'occuper toute la semaine dernière. Elle avait dîné avec Nora plusieurs fois, ce qui était agréable, était allée un soir voir les nouveaux chiens que Faith avait reçus, et avait même dit à Jude qu'elle serait heureuse de travailler en fin de journée, et il avait accepté son offre par deux fois.

Un soir, elle était même allée sur Internet et s'était mise à chercher des messages de Victor.

Et elle en avait trouvé un. C'était horrible. Il avait inventé une histoire à propos d'un vieux chien qu'il était censé avoir depuis des années et des années et qu'il avait dû euthanasier, et comme sa petite fille était dévastée, il cherchait maintenant un chiot. Ce connard n'avait pas de fille. Elle aurait parié là-dessus jusqu'à son dernier centime. Cette racaille essayait juste de trouver d'autres chiens qu'il pourrait dresser pour les combats.

Elle voulait aller chez lui et s'assurer qu'il n'avait pas mis la main sur de nouveaux chiens, mais elle avait promis à Decker qu'elle ne le ferait pas. Mais le besoin était là. Et il était impérieux. Merde.

Ses doigts s'agitaient, Sidney faisait des allers-retours. Elle pensait au message qu'elle avait vu quelques nuits plus tôt, et ça la rendait folle. Elle devait penser à quelque chose qu'elle pourrait faire pour se changer les idées et ne plus penser à Victor, et à ce qu'il était capable de faire à un pauvre chien sans défense, ainsi qu'à Decker, et au danger qu'il courait probablement.

Elle aurait pu s'abrutir devant la télévision. Mais elle n'était pas d'humeur pour quoi que ce soit.

Elle aurait pu lire, mais elle savait que rien ne capterait son attention, et qu'une romance la rendrait probablement triste en ce moment.

Elle ne pouvait pas retourner sur Internet, car si elle le faisait, elle finirait sûrement par rompre sa promesse à Decker et aller chez Victor.

Nora était sortie avec l'un de ses petits amis.

Faith était occupée.

Et Jude lui avait déjà dit que tout semblait calme pour la nuit et qu'il s'occuperait de tout ce qui arriverait.

— Bon sang, marmonna-t-elle.

Combien de temps duraient les missions de Decker en général ? Elle n'en avait aucune idée. Serait-il parti un mois ?

Deux ? Elle jura. Il aurait au moins pu lui donner une idée du temps qu'il lui restait à s'inquiéter pour lui avant qu'il ne revienne.

Quand son téléphone portable sonna, Sidney sauta presque dessus. Toute distraction était la bienvenue.

Ne reconnaissant pas le numéro à l'écran, elle répondit prudemment.

— Allô ?

— Sidney ?

— Oui, c'est moi. Qui est à l'appareil ?

— Dieu merci ! C'est Caite. Caite McCallan. Je ne sais pas si Gumby vous a parlé de moi ou non, mais j'ai besoin d'aide !

La femme à l'autre bout de la ligne sanglotait, et Sidney se crispa. Decker lui avait dit qu'il avait donné son numéro à Caite, mais la raison pour laquelle la femme appelait était un mystère.

— Calmez-vous, Caite. Qu'est-ce qui ne va pas ? demanda Sidney.

Caite sanglotait et Sidney eut du mal à la comprendre.

— Je suis rentrée chez Gumby un peu tard aujourd'hui et quand je suis entrée, il y avait du sang partout !

— Quoi ? Merde, ralentissez. Avez-vous appelé le 9-1-1 ?

— Non, ce n'est pas ça.

Sidney était paumée.

— Pas quoi ?

— C'est Ha-Hannah ! Elle est blessée, et je ne sais pas quoi faire ! fit Caite en sanglotant.

Tous les muscles du corps de Sidney étaient tendus. Elle se dirigea vers la porte avant même d'y penser.

— Hannah ? Qu'est-ce qu'elle a ?

— Je ne sais pas ! Elle ne me laisse pas l'approcher. Mais il y a du sang partout ! Je jure devant Dieu qu'on dirait qu'un tueur en série était ici pour découper ses victimes.

Comme elle ne la connaissait pas, Sidney ne sut deviner si

Caite dramatisait ou non. Mais l'idée qu'Hannah soit blessée, en souffrance, n'était pas acceptable.

Des images de l'enfance de Sidney faillirent la submerger, mais elle refusa de penser à autre chose qu'à se rendre chez Decker.

— Je ne savais pas qui d'autre appeler, poursuivit Caite.

Plus elle parlait, plus ses mots devenaient clairs. De toute évidence, le simple fait d'avoir quelqu'un à qui parler contribuait à diminuer sa panique.

— Gumby avait dit que si quelque chose arrivait, il fallait appeler la vétérinaire. J'ai essayé, mais ils sont fermés. Et je n'arrive pas à convaincre Hannah de venir me voir pour l'emmener chez le vétérinaire d'urgence. Il a aussi dit que si j'avais besoin d'aide avec elle, je pouvais vous appeler. Alors je vous appelle. Que dois-je faire ?

— D'abord, calmez-vous. Je suis en route.

— Merci mon Dieu ! soupira Caite.

— Pouvez-vous dire d'où vient le sang ? demanda Sidney.

— Non. Mais il y en a partout. Je pense que ça vient du sol, mais il y en a sur les armoires de la cuisine et partout sur le lit de sa chienne. Oh ! Et sur son canapé. Oh, mon Dieu, je pense qu'il est probablement fichu !

Sidney voyait bien que Caite paniquait à nouveau.

— C'est juste du matériel, Caite. Decker ne s'en souciera pas. Concentrez-vous sur Hannah. Est-ce que ça vient de la blessure sur son dos ?

Elle entendit un grognement en arrière-plan et fut quelque peu surprise. Elle avait déjà entendu Hannah avoir l'air méchante, comme le jour où Max s'était présenté à la porte, mais elle ignorait pourquoi la chienne le faisait maintenant.

— Je ne pense pas. En fait, ses poils sont noirs, donc c'est difficile à dire, mais on dirait que ce sont ses pattes ou quelque chose comme ça.

Alors que Sidney roulait à tombeau ouvert vers la maison de Decker, elle hocha la tête. Il était possible que ses coussinets soient devenus irrités et qu'ils aient recommencé à saigner. Elle n'avait pas vu la chienne depuis une semaine mais il lui avait semblé qu'ils étaient en bonne voie de guérison.

— Oh, non !

— Quoi ? aboya Sidney.

— Il y a du verre par terre à côté du canapé ! J'avais mis un vase de fleurs hier. Blake me les a fait envoyer au travail. Je pense qu'Hannah a dû les renverser et le vase s'est cassé.

Ce qui expliquerait tout. Les pattes d'Hannah étaient en cours de cicatrisation et encore fragiles, et un morceau de verre aurait pu facilement couper les coussinets qui ont tendance à saigner abondamment. Et si elle avait marché dans la pièce, bien sûr, le sang s'était répandu partout.

Se sentant un peu plus calme maintenant qu'elle savait qu'Hannah ne se viderait certainement pas de son sang, Sidney prit une profonde inspiration.

— OK, Caite, vous avez probablement raison. Pouvez-vous enlever le verre pour qu'elle ne marche plus dedans ?

— Oh, oui. Bien sûr. Vous venez toujours ?

— Oui. Je suis à mi-chemin maintenant.

— Merci ! Je m'inquiète pour Hannah. Elle n'a jamais agi comme ça avec moi avant. Je n'ai eu aucun problème avec elle pendant tout le temps que j'ai passé ici. Elle est couchée sur son lit et elle grogne.

— Contre vous ? demanda Sidney. Ou elle grogne simplement ?

— Oh, hum... Maintenant que vous le dites, je ne pense pas que ce soit contre moi.

— Exact. C'est probablement parce que sa patte lui fait mal et qu'elle ne comprend pas pourquoi. Nettoyez juste le vase et ne vous approchez pas d'elle. On verra comment elle va quand je serai là.

— OK. Sidney ?

— Oui ?

— Merci encore. Je ne savais pas quoi faire. Je sais que

Gumby et vous venez de commencer à sortir ensemble et qu'on ne s'est pas rencontrées, mais j'apprécie que vous soyez venue.

— Je n'ai rencontré Rocco qu'une fois, mais je l'aime bien. Et croyez-moi, je n'aime vraiment pas tous ceux que je rencontre. Je suis contente que vous m'ayez appelée. Hannah m'a manqué.

Il y eut un silence à l'autre bout de la ligne avant que Caite ne dise :

— Oh, merde, vous vouliez probablement la garder, n'est-ce pas ? Je suis vraiment idiote ! J'aurais dû y penser. J'ai juste accepté quand Blake m'a demandé si ça ne me dérangeait pas. Je sais qu'il l'a fait pour me faire sortir de l'appartement pendant qu'il était parti. Merde ! J'aurais dû y réfléchir. Je suis vraiment désolée.

— Ce n'est rien, déclara Sidney, qui appréciait de plus en plus l'autre femme.

— Non, ça ne l'est pas, répondit Caite. Blake est surprotecteur, ce qui ne me dérange pas la plupart du temps, mais ça a dû être bouleversant pour vous. Je vous jure qu'il n'y a rien avec Gumby. Je veux dire, je l'aime bien – qui ne l'aime pas – mais je ne suis pas amoureuse de lui, si vous voyez ce que je veux dire.

Sidney gloussa.

— Je l'aime.

— Je jure que ça ne m'a même pas traversé l'esprit – parce que je suis une idiote – que Gumby aurait pu vouloir que vous restiez ici plutôt que moi. Il était probablement juste gentil. Parce qu'il est gentil.

— Sérieusement, ça va, répondit Sidney lorsque Caite reprit son souffle.

Elle avait le sentiment que l'autre femme continuerait à s'excuser encore et encore si on lui en donnait l'occasion.

— J'ai été occupée, et c'est bien qu'Hannah s'habitue à d'autres personnes.

— Eh bien, quand Blake et Gumby rentreront, je vais m'assurer qu'ils savent qu'ils sont idiots ! s'exclama Caite.

Sidney ne put pas s'empêcher de rire. C'était un relâchement de la tension plus que tout, mais Caite était amusante.

— Vous êtes bientôt là ? demanda Caite. J'ai jeté le verre, mais je suis vraiment inquiète pour Hannah.

— Je suis à environ trois minutes, répondit Sidney. A-t-elle bougé ?

— Non. Elle est juste assise sur son lit, en train de lécher une de ses pattes et de me regarder de travers.

— Elle vous regarde de travers ? répéta Sidney. C'est possible ?

— Oh que oui, dit Caite. Maintenant que je ne panique plus, et que je peux dire qu'elle ne me grogne pas vraiment dessus, elle est en fait assez pathétique et je me sens vraiment mal pour elle.

— Laissez-lui un peu d'espace et j'arrive dans une seconde.

— Je vais à la porte pour vous rencontrer.

— OK. Je raccroche. À tout de suite.

— Super. Merci.

Sidney coupa son Bluetooth et se concentra sur le trajet jusqu'à la maison de Decker. Lorsqu'elle pénétra dans l'allée pour se garer derrière ce qui devait être la voiture de Caite, elle vit une petite femme se tenir dans l'embrasure de la porte de la maison de Decker. Elle portait un pantalon kaki et un chemisier bleu clair. Elle semblait être un peu plus grande que Sidney, mais pas de beaucoup. Elle avait des cheveux bruns ébouriffés, comme si elle y avait passé ses mains en s'agitant.

Mais ce qui rendait Sidney heureuse, c'était le fait qu'elle avait l'air vraiment... normale.

Elle savait que c'était irrationnel, mais si elle était arrivée et que Caite ressemblait à un mannequin de défilé, elle n'aurait pas apprécié. C'était déjà assez pénible de savoir que Decker avait une relation spéciale avec elle parce qu'elle lui avait sauvé la vie. Cela aurait été trop difficile si elle avait eu l'air de sortir des pages d'un magazine de mode.

Elle ne pouvait pas dire que Caite n'était pas jolie, car elle l'était, mais c'était plus une sorte de « fille d'à côté » qu'une sorte de « waouh elle est belle ».

En secouant la tête à cause de son ridicule, Sidney arrêta sa voiture, sortit, mit son téléphone dans sa poche et se dirigea rapidement vers l'endroit où Caite l'attendait.

Sans hésiter, Caite jeta ses bras autour de Sidney et l'embrassa. Avec force.

Surprise, Sidney lui rendit son étreinte.

— Merci beaucoup d'être venue ! dit Caite.

— Bien sûr.

— Allez, lui dit Caite en reculant. Gumby m'a dit combien Hannah vous aime. J'espère que le fait de vous voir la fera arrêter de grogner.

À la seconde où Sidney entra dans la maison de Decker, elle s'arrêta net. Regardant autour d'elle avec des yeux écarquillés, elle ne pouvait pas croire ce qu'elle voyait.

— Je vous l'avais dit, marmonna Caite.

— Putain de merde. J'étais sûre que vous aviez exagéré.

— Malheureusement non.

— Je vois ça, dit Sidney.

La maison était exactement comme Caite l'avait décrite. Il y avait vraiment du sang partout. Sur les murs. Sur le sol. Elle vit qu'il y avait même des traces de pas sur la porte en fermant derrière elle. Mais au lieu de penser au temps qu'il faudrait pour nettoyer la maison, elle ne pensait qu'à la pauvre Hannah.

Elle suivit Caite dans la salle de séjour et vit la chienne là où Caite avait dit qu'elle se trouvait. Allongée sur son lit dans le coin, elle se léchait une patte. Elle était tellement absorbée par ce qu'elle faisait qu'elle n'avait même pas remarqué que Caite avait ouvert la porte.

— Hannah, ma fille, qu'est-ce que tu t'es fait ? demanda Sidney doucement.

La tête du chien s'éleva au son de sa voix, et un gémissement remplaça le grognement au fond de sa gorge. Hannah bondit sur ses pieds et chargea Sidney. Caite sursauta et fit un pas en arrière, mais Sidney se mit à genoux sur le sol et lui tendit les bras.

La tête d'Hannah s'enfonça dans la poitrine de Sidney, la faisant presque tomber sur le sol. Elle réussit quand même à s'asseoir, pensant que c'était probablement plus sûr. Les gémissements se multiplièrent et la queue d'Hannah remua très vite.

— Hé, petite. Est-ce que ça va ? chantonna Sidney.

Hannah fit de son mieux pour ramper sur les genoux de Sidney et enfouit son museau sous son bras. Ses fesses étaient toujours sur le sol, mais le haut de son corps coinçait Sidney.

Perplexe, Sidney leva les yeux vers Caite.

L'autre femme les regardait de haut en bas, et quand elle vit que Sidney la fixait, elle sourit.

— Je suppose que vous lui avez manqué, hein ? Je vais certainement avoir une conversation avec mon homme et Gumby quand ils rentreront à la maison.

Sidney regarda à nouveau la chienne de vingt-cinq kilos sur ses genoux et fit courir sa main dans le dos d'Hannah. La cicatrice était très belle. Mieux qu'avant. Le rouge intense s'était transformé en rose clair, indiquant que la blessure était en train de guérir. Il semblait même que certains des poils sur les bords extérieurs repoussaient. Elle savait que cela ne couvrirait jamais complètement la cicatrice, mais la vue de cette dernière était encourageante.

— Tu vas me laisser regarder ta patte, ma petite ? demanda Sidney.

Hannah ne retira pas sa tête de ses genoux, mais sa queue remua plus vite.

— De quoi avez-vous besoin ? demanda Caite.

— De serviettes en papier. Peut-être un chiffon chaud et humide ? Je ne sais pas quoi d'autre jusqu'à ce que je puisse voir où elle s'est coupée.

— Je suis vraiment désolée, confia Caite. J'aurais dû mettre les fleurs sur le comptoir ce matin avant de partir au travail.

— Ce n'est pas votre faute, répondit immédiatement

Sidney. Les chiens sont curieux. D'ailleurs, il est évident qu'elle a bon goût. Je suppose que les fleurs sont grillées ?

Caite pouffa.

— Oui, piétinées, et je crois même qu'elle en a mangé.

— Ça craint. Je crois que je n'ai jamais reçu de fleurs d'un mec avant.

— Vraiment ? Jamais ?

— Non.

— Blake arrive à les faire livrer pour moi chaque fois qu'il part. C'est une petite façon de me montrer qu'il pense à moi même quand il n'est pas là.

C'était la chose la plus gentille que Sidney ait jamais entendue.

— Vous avez de la chance, dit-elle.

— Croyez-moi, je le sais. Je reviens tout de suite, lui dit Caite qui se tourna vers la cuisine.

Sidney se pencha sur Hannah et lui dit doucement :

— Tu m'as manqué, ma chienne. As-tu été sage ? Hormis cette histoire de fleurs aujourd'hui.

Hannah ne répondit pas par des mots, mais elle se tortilla de plus près.

— Je vais avoir besoin de voir ta patte, ma fille. Je sais que tu ne veux pas, mais s'il y a encore du verre là-dedans, je dois le sortir. Tu ne vas pas me mordre, n'est-ce pas ?

Le fait est que Sidney n'était pas sûre du comportement de la chienne quand elle commença à soigner son coussinet coupé. Elle savait mieux que quiconque que les animaux blessés s'en prenaient parfois à eux lorsqu'ils avaient mal. Hannah la connaissait et semblait l'aimer, mais la douleur l'emportait parfois sur tout le reste.

Caite revint et mit les choses qu'elle avait demandées par terre à côté d'elle.

— Je peux aider ? demanda-t-elle.

— On va gérer en fonction de ses réactions, dit Sidney. La

dernière chose que je veux, c'est que vous soyez mordue si elle décide qu'elle n'aime pas ce que je lui fais.

— Et si vous vous faisiez mordre ? demanda Caite.

Sidney haussa les épaules.

— Ce ne serait pas la première fois.

Caite fronça les sourcils, mais ne répondit pas.

Se déplaçant pour que la majorité du corps d'Hannah soit sur ses genoux, Sidney replia soigneusement une de ses pattes avant vers l'arrière, celle qu'elle avait léchée. La chienne se mit à gémir, mais resta immobile et ne grogna pas.

— C'est ça, ma fille, laisse-moi t'aider. Je vais t'arranger ça, murmura Sidney.

Elle prit la lavette mouillée et la glissa doucement sur la patte de la chienne.

— Ah, oui, tu t'es vraiment inquiétée, n'est-ce pas ? Caite ?

— Oui ?

L'autre femme garda la voix basse et régulière, ce que Sidney apprécia.

— Vous pourriez trouver une paire de pinces pointues ou quelque chose comme ça ? Je vais avoir besoin d'autre chose que de mes doigts pour extraire ce morceau de verre de son coussinet.

— Hum... bien sûr, mais... à quoi elles ressemblent ?

Sidney leva les yeux, surprise.

— Quoi, les pinces à becs pointus ?

Elle rougit.

— Oui. Je sais, je sais, je devrais savoir. Mais je suis nulle pour ce genre de choses. Je suis incapable de faire la différence entre une vis cruciforme et un tournevis plat.

— Sérieusement ? Pour un tournevis à tête plate, tout est dans le nom.

— Je sais, mais si quelqu'un demande une vis cruciforme, je suis toujours perplexe et je ne suis pas sûre de ce qu'il veut. Moquez-vous. J'ai l'habitude. Blake se moque de moi tout le temps.

Sidney avait beaucoup de mal à ne pas éclater de rire. Finalement, elle parvint à se maîtriser.

— Désolée. Je travaille avec des outils toute la journée, tous les jours, alors ça me surprend quand j'entends des trucs comme ça. Je crois que j'ai vu une boîte à outils dans le placard de devant quand Decker me faisait visiter. Si vous me l'apportez ici, je vous indiquerai ce dont j'ai besoin.

— OK. Marché conclu ! dit Caite joyeusement en se dirigeant vers le placard.

Quelques instants plus tard, elle était de retour avec la vieille boîte à outils rouge. Comme Sidney l'espérait, Decker avait une paire de pinces à becs pointus juste au-dessus.

— Celles-ci. Le truc avec la poignée bleue et à longues pointes qui ressemble à un très long museau.

Caite rayonnait.

— Vous voyez ? Vous savez comment demander les choses de manière compréhensible.

Tout en riant, Sidney lui prit la pince quand elle la lui tendit. Puis elle redevint sérieuse.

— OK, reculez. Je vais faire ça vite et bien pour qu'Hannah n'ait pas le temps d'avoir peur.

— Pour qu'Hannah n'ait pas le temps d'avoir peur ? répéta Caite d'un air perspicace.

— Oui. C'est ce que je dis et je m'y tiens, répondit Sidney. Voilà.

Elle essuya le sang qui s'était accumulé pendant qu'elle parlait. Le morceau de verre n'était pas énorme, mais il n'était pas petit non plus. Elle le saisit et grimaça quand Hannah gémit.

— Je sais, ma fille, mais une fois que ce sera sorti, tu te sentiras beaucoup mieux, promis.

Puis elle retira rapidement et fermement le morceau de verre de sa patte. Hannah gémit encore, mais ne lui aboya pas dessus et ne fit aucun geste menaçant.

Lâchant un soupir de soulagement, Sidney tendit la pince avec le morceau de verre encore pris dans le nez.

— Vous supportez ça ? demanda-t-elle à Caite.

— Mon Dieu, mon cœur bat à des millions de kilomètres à l'heure, dit Caite alors qu'elle prenait l'outil des mains de Sidney.

— Le mien aussi, dit Sidney avec un sourire. Et celui d'Hannah.

Alors que Caite se dirigeait vers la cuisine, Sidney recouvrit le coussinet d'Hannah avec le tissu humide et le maintint fermement en place. Le coussinet continuait à saigner, mais avec une pression directe, elle espérait que le saignement s'arrêterait au plus vite.

En regardant autour d'elle, Sidney fit la grimace. Il y avait beaucoup de choses à nettoyer. Elle n'avait aucune idée de ce qu'Hannah avait fait pour mettre du sang absolument partout, mais il n'y avait aucun moyen pour elle de quitter Caite et de la laisser s'occuper de tout cela toute seule.

Quarante minutes plus tard, Hannah était de retour sur son lit, dépouillée de sa confortable couverture extérieure, qui était dans la machine à laver, tandis que Sidney et Caite frottaient les murs et les sols.

Caite avait enfilé un pantalon de survêtement et un tee-shirt, et Sidney avait piqué un de ceux de Decker dans sa commode. Il était beaucoup trop grand, mais elle le noua à sa taille et se dit que, comme il n'y avait qu'elle et Caite, son faux pas en matière de mode serait pardonné.

— Sérieusement, comment le sang a-t-il pu se retrouver sur le comptoir ? marmonna Caite alors qu'elle travaillait dans la cuisine.

— De la même façon qu'il est arrivé sous le canapé, commenta Sidney.

Les deux femmes discutèrent de tout et de rien pendant qu'elles nettoyaient, jusqu'à ce que Sidney se remette sur ses pieds et demande :

— Savez-vous ce qui serait bien ?

— Hum... trouver quelqu'un d'autre pour le faire à notre place ? répondit Caite.

Sidney éclata de rire.

— Oui, c'est sûr, mais je pensais à l'alcool.

Caite stoppa l'essuyage des armoires et la regarda.

— On est vendredi soir, et je ne travaille pas demain.

Elles se mirent à sourire, posèrent leurs produits de nettoyage et pillèrent les placards de la cuisine de Decker. Elles trouvèrent une bouteille de rhum et du Kool-Aid. Ce n'était pas très intellectuel, mais elles ne s'en soucièrent pas vraiment.

Une heure plus tard, la maison étant presque propre, Caite était assise à une extrémité du canapé, et Hannah était blottie contre Sidney de l'autre côté. Heureusement, le saignement avait complètement cessé, mais Sidney gardait un gant de toilette enroulé autour, au cas où.

— J'ai l'impression que le sang ne partira jamais de ces coussins, se lamentait Sidney.

— Alors Gumby n'aura qu'à acheter un nouveau canapé ! s'exclama Caite avec un peu trop d'exubérance.

La bouteille de rhum avait presque disparu. À elles deux, et avec beaucoup de Kool-Aid, elles l'avaient quasiment vidée. Cela faisait un moment que Sidney n'avait pas bu, mais ce soir, elle en avait vraiment besoin.

Caite était aussi ivre que Sidney, mais elle semblait être une ivrogne heureuse, alors que Sidney devenait toujours super-émotive. Pas agressive, sans déclencher des bagarres, juste pleurnicheuse.

— Comment Rocco a-t-il réussi à t'envoyer des fleurs alors qu'il est en mission ? demanda Sidney à l'autre jeune femme.

Elle y pensait depuis que Caite avait compris comment Hannah avait été blessée.

— Il l'a organisé à l'avance. Parfois ils viennent le lendemain de son départ, et d'autres fois ils viennent une semaine plus tard. Je pense qu'il fait ça ainsi pour que ce soit toujours une surprise. En fait, je suis toujours sûre qu'ils vont venir, mais je ne sais pas quand.

— C'est si gentil, lui dit Sidney, en posant sa tête sur le dossier du canapé.

— Je sais. Et en le regardant, on ne croirait pas qu'il soit si romantique.

— Il y a un truc avec les barbes ? demanda Sidney.

Caite s'en amusa.

— Pas vrai ? Je suis pour un mec canon avec une barbe, mais avoir tous les mecs de l'équipe avec une barbe, c'est un peu fou.

Elle se pencha en avant et fit un clin d'œil.

— Mais maintenant que je couche avec un canon barbu, je peux définitivement dire que je suis pro-barbe au lit.

Sidney sourit poliment.

— Oh, mon Dieu, sérieusement ?

— Quoi ? demanda Sidney, en regardant autour d'elle avec perplexité.

— Tu n'as pas encore couché avec Gumby ?

Sidney savait qu'elle rougissait, mais elle ne pouvait pas s'en empêcher. Elle prit un autre verre du « punch des fonds de placards » qu'elles avaient concocté.

— Ça a vraiment le goût du Kool-Aid.

— Arrête d'essayer de changer de sujet, gronda Caite, en secouant son doigt vers Sidney. J'étais sûre que vous passiez du bon temps sous la couette.

— On ne se connaît pas depuis si longtemps, se défendit Sidney.

— Ma fille, quoi que tu attendes, arrête.

— C'est juste que je ne couche pas à droite à gauche, et je continue de penser que Decker est trop beau pour être vrai.

Caite secoua la tête avec férocité.

— Non, il ne l'est pas. Je pensais la même chose de Blake. Mais ces gars sont incroyables. Le mot est faible pour exprimer ce que j'essaie de dire, mais mon cerveau ne fonctionne pas très bien en ce moment. Ils sont honnêtes, gentils et totalement *badass*. Si Gumby t'aime bien, tu n'as pas à t'inquiéter qu'il te trompe ou qu'il se comporte comme un enfoiré.

Sidney leva un sourcil.

— Tous les hommes peuvent être des enfoirés.

Caite se reprit.

— Oh, je ne dis pas qu'il ne va pas merder. Il le fera. Tous les hommes le font. Ils ne peuvent pas s'en empêcher. C'est ancré dans leur ADN. Ce que je veux dire, c'est que si tu décides d'être avec lui, vraiment être avec lui, il s'assurera que tu saches à quel point tu es spéciale.

— C'est ce que Rocco fait avec toi ?

— Hum, oui. Les fleurs ?

Sidney hocha la tête. Caite n'avait pas tort.

— Et le truc avec la barbe ? Vraiment sexy. Surtout pour les cunnis.

Sidney savait qu'elle était rouge comme une tomate.

Elle leva les yeux au ciel.

— Ose me dire que tu n'y as pas pensé.

Sidney haussa les épaules.

— J'y ai pensé.

Caite fit un grand sourire et hocha la tête.

— Comme je l'ai dit... époustouflant.

— Je peux te demander autre chose ?

— Bien sûr. Je pense qu'après avoir nettoyé ce qui ressemblait à une scène de crime, on est comme des meilleures amies ou quelque chose comme ça, maintenant. Je ne serais pas surprise si on se réveillait dans une cellule de prison demain matin en se demandant ce qu'on a bien pu faire la veille.

Elle riait de sa propre blague, et Sidney ne pouvait pas s'empêcher de lui sourire.

— Decker dit que tu lui as sauvé la vie ?

Elle leva les yeux au ciel.

— Ces gars accordent bien trop d'importance à ça.

— Alors c'est vrai ? demanda Sidney.

Caite haussa les épaules.

— Je suppose. En fait, je suis sûre qu'ils auraient trouvé un moyen de sortir de ce trou dans lequel ils étaient avant que les méchants arrivent et les abattent si je ne m'étais pas montrée.

Les yeux de Sidney faillirent sortir de sa tête.

— Quoi ?

— Ouais. C'était au Bahreïn. Ils devaient seulement faire de la surveillance. Rien de mal ne devait arriver, mais ils ont été pris en embuscade et jetés dans cette cave. J'ai entendu les méchants parler de revenir et de les abattre, et je ne pouvais pas laisser cela se produire. Blake m'avait demandé de sortir avec lui, et cela faisait une éternité que je n'avais pas eu de rendez-vous, et je voulais ce rendez-vous, bon sang ! Alors je suis allée en ville, je les ai trouvés et j'ai ouvert la trappe où ils étaient gardés. C'est tout ce que j'ai fait. Ils en font bien plus que ce qu'ils disent. Tu savais que Gumby m'a sauvé la vie ?

L'esprit de Sidney bouillonnait. Intellectuellement, elle savait que Decker était un Navy SEAL, mais en entendant tout cela, elle se faisait une toute nouvelle idée de l'homme qu'il était vraiment. Et c'était à la fois effrayant et excitant.

— Non.

— Eh bien, je ne sais pas nager. Je peux flotter. En quelque sorte. Un méchant a décidé qu'il voulait me tuer à cause d'un truc qui s'est passé au Bahreïn, et pour lui échapper, je suis stupidement allée dans l'océan. Gumby et cet autre gars du SEAL, Cookie, sont arrivés de nulle part et m'ont traînée jusqu'au rivage.

— Vraiment ?

— Oui. Ça m'a sauvé la vie.

— Non, je veux dire, tu ne sais vraiment pas nager ?

Sidney n'était pas surprise que Decker soit allé dans l'océan pour aider Caite. C'était un très bon nageur.

— Eh bien, je suis meilleure maintenant. Blake m'apprend. Laisse-moi deviner, tu es probablement une athlète olympique ou quelque chose comme ça, non ?

Sidney rit.

— Non.

— Ouf.

— Mais j'étais dans l'équipe de water-polo au lycée.

— Salope, dit Caite.

Mais elle l'avait dit avec un sourire sur le visage, alors Sidney se contenta de rire.

Au bout d'un moment, elle lança :

— Je t'aime bien.

— Je t'aime bien aussi, répondit Caite.

— Je n'étais pas sûre d'y arriver, admit Sidney. En fait, le gars que j'aime bien était excité de me dire que tu lui avais sauvé la vie et combien il t'admirait. Puis il t'a demandé de garder Hannah au lieu de moi, ce qui, je l'admets, m'a fait un peu mal. J'étais prête à être polie avec toi, mais je t'aime vraiment bien.

— Oh, mon Dieu ! s'exclama Caite. J'ai ressenti la même chose. Enfin, pas à propos de garder Hannah, parce que je ne savais pas qu'il ne t'avait pas demandé. Quand Blake a dit qu'il viendrait ici et qu'il te rencontrerait, et que tu étais si sympa, j'étais un peu jalouse. Je sais que Blake ne me tromperait jamais, mais je n'ai pas aimé que tu empiètes sur « mes » gars. Je ne sors pas avec eux, ce n'est pas comme une sorte de harem inversé ou autre, mais j'ai commencé à penser à l'équipe comme étant la mienne, tu vois ? Mais tu étais la seule personne que je pouvais appeler, et tu es venue tout de suite, et tu étais si inquiète pour la pauvre Hannah...

Sa voix se brisa.

Sidney passa une main sur la tête d'Hannah et entendit le chien soupirer de contentement. Puis elle continua :

— Je ne me fais pas d'amis facilement. Mais j'aimerais penser que nous sommes amies maintenant. Elle sentit des larmes au fond de ses yeux, et elle fit tout son possible pour les empêcher de tomber. Si elle pleurait, Caite la prendrait pour une abrutie. Foutu alcool qui la faisait pleurer !

— Oui ! Nous sommes vraiment amies. Tu es tellement cool, et je n'arrive pas à croire que tu n'aies pas déjà un million d'amis. Tu es bien plus cool que moi. J'ai fait une spécialité en français à l'université. Qui fait ça ?

— Moi je ne suis même pas allée à l'université, avoua Sidney.

— Alors tu as économisé beaucoup d'argent. Tu as de la chance ! répondit Caite avec un sourire.

Il était difficile de croire que Caite était aussi authentique, mais à en juger par son sourire, Sidney sut que c'était vrai.

— Comment tu gères le fait que Rocco soit parti ? demanda Sidney. Nous n'avons aucune idée de l'endroit où ils sont allés ni de la durée de leur absence.

— Ça craint, dit Caite avec un froncement de sourcils. Je ne vais pas te mentir. Mais je dois croire qu'ils savent ce qu'ils font. Ils revoient toujours les missions avant de partir. Blake m'a dit qu'ils avaient plusieurs plans de secours au cas où quelque chose tournerait mal.

— Decker a mentionné ça aussi, admit Sidney.

— Je dois juste croire qu'il rentrera sain et sauf. Mais même s'il est blessé, je ne le quitterai jamais, affirma Caite avec fermeté. J'ai entendu tant d'histoires de femmes quittant leurs hommes alors qu'ils sont sur leur lit d'hôpital.

— Elles font ça ? réagit Sidney, choquée.

Caite hocha la tête.

— Oui. Mais je me fiche de ce qui peut se passer, je ne quitterai jamais Blake. Jamais. Il est coincé avec moi.

Sidney n'osait même pas penser à ce qui pourrait arriver à Decker. Ça lui faisait mal au cœur.

Ce fut à ce moment qu'elle sut exactement à quel point elle était tombée amoureuse du Navy SEAL.

— Ça aide d'en parler avec quelqu'un, dit Caite. Blake m'a présenté un groupe de SEAL avec qui il a travaillé, et leurs femmes, et je dois dire que j'étais super jalouse de leur proximité.

— Comment se fait-il que tu n'aies pas appelé l'une d'entre elles ce soir ? demanda Sidney, sincèrement curieuse.

Caite haussa les épaules.

— Elles sont toutes très gentilles, et je sais que Blake veut que je les appelle si jamais j'ai besoin de quelque chose, mais je ne sais pas... Elles sont toutes si... établies. Elles sont avec leurs hommes depuis des années, ont des enfants et sont très proches les unes des autres. Je me sens un peu comme une étrangère. Pas à cause de ce qu'elles ont dit ou fait, mais simplement parce que Blake ne fait pas partie de l'équipe dans laquelle leurs hommes évoluent. Ça fait sens, ce que je dis là ? demanda-t-elle.

— Étonnamment, oui, la rassura Sidney.

Elle brandit son verre.

— Aux nouvelles amies !

— Aux nouvelles amies ! répéta Caite en levant son verre.

— Tu peux m'appeler n'importe quand.

— Et tu peux m'appeler n'importe quand, répondit Caite.
Elles se sourirent.

La pièce tournait, et Sidney savait qu'elle avait certainement assez bu. Elle se pencha en avant, ignorant Hannah qui se plaignait d'être bousculée, et posa son verre sur la table basse. Elle prit une couverture au fond du canapé et s'installa confortablement.

— Tu penses que Decker va être furieux que j'aie dévalisé son placard à vêtements ? demanda-t-elle à Caite.

— Qu'aurais-tu pu mettre d'autre ? répondit Caite en haussant les épaules. S'il était là, je parie qu'il te dévorerait du regard. Les mecs aiment quand leurs femmes portent leurs vêtements.

— Qu'est-ce que c'est que cette passion qu'ils ont ? fit Sidney. C'est bizarre.

Caite haussa à nouveau les épaules.

— Aucune idée. Mais je dois admettre que j'adore porter

les tee-shirts de Blake. Surtout quand il est parti. Ils ont son odeur et j'ai l'impression d'être moins seule.

En une fraction de seconde, les larmes revinrent dans les yeux de Sidney.

— Oui, admit-elle.

— Tu restes pour la nuit, hein ? lança Caite.

— Euh. Euh... si c'est d'accord.

— Bien sûr que ça l'est. De toute façon, je ne te laisserai pas conduire. Il faudra probablement que je retourne à mon appartement demain et que je te confie Hannah jusqu'au retour des gars.

— Pas question. C'est à toi que Decker a demandé.

— Mais j'ai blessé Hannah, répondit Caite d'un air triste.

— Non, pas du tout. C'est une chienne curieuse. C'est une bonne chose. Ça montre qu'elle devient plus courageuse, et après ce qui lui est arrivé avec ce con, c'est très bien.

— Elle a de la chance que tu l'aies trouvée.

Un peu plus tôt, Sidney avait expliqué les circonstances dans lesquelles Decker avait obtenu Hannah.

— Il y a tellement d'autres chiens comme elle dehors, avait expliqué Sidney en reniflant. En fait, l'ordure qui l'a blessée a probablement d'autres chiens en ce moment.

— Vraiment ?

— Oui. J'ai regardé sur Internet et j'ai vu qu'il a posté de nouveaux messages sur les réseaux sociaux, demandant si des gens ont des chiens dont ils ne veulent plus.

— Quel connard !

— Oui. Mais j'ai promis à Decker que je ne l'affronterais pas pendant qu'il est en mission.

— Ça craint.

— Oui.

— Sidney ?

— Oui ?

— Si demain j'ai oublié quelque chose dont on a parlé ce soir, tu me le rappelleras, n'est-ce pas ?

Sidney partit d'un petit rire.

— Oui, Caite. Je te le rappellerai.

— Tu ne feras pas semblant de ne pas me connaître ? fit-elle en souriant.

— Non. On a nettoyé une scène de crime ensemble. Comme tu l'as dit, ça veut dire qu'on est meilleures amies pour toujours maintenant, plaisanta Sidney.

— Bien. Je vais dormir un peu.

— Bonne nuit, Caite. Merci de m'avoir appelée.

— Bonne nuit. Merci d'être venue.

Sidney ferma les yeux, se sentant plus à l'aise qu'elle ne l'avait été depuis longtemps. Avec une chienne lourde et affectueuse sur ses genoux, l'alcool qui coulait dans son sang, une nouvelle conscience de ses sentiments pour Decker, et une nouvelle meilleure amie, comment pouvait-il en être autrement ?

CHAPITRE TREIZE

Gumby introduisit la clé dans la serrure de sa porte et la maintint ouverte pour Rocco. Il ne savait pas pourquoi Sidney était chez lui, mais il était plus que ravi que ce fut le cas. Lorsqu'il avait descendu sa rue, il avait été surpris et un peu inquiet de voir sa voiture dans son allée.

Il était une heure du matin, et il avait voyagé et participé à des réunions de synthèse pendant près de vingt heures. Il était épuisé, et avait prévu de dormir quelques heures, puis d'envoyer un SMS à Sidney pour lui faire savoir qu'il était rentré.

Mais soudain, son épuisement sembla disparaître comme par magie. Il était impatient de voir Sidney. De la tenir dans ses bras.

La mission s'était déroulée sans accroc. Ils avaient rencontré une équipe d'agents de la Delta Force stationnée au Texas et avaient traqué l'un des terroristes les plus recherchés en Afghanistan. Les informations sur l'endroit où il se cachait étaient correctes et, après plusieurs jours de surveillance, les deux équipes avaient fait leur possible pour l'éliminer.

Un seul mort, encore un de trop, se dit Gumby en fermant la porte derrière Rocco et lui. La lumière allumée dans la cuisine était assez forte pour éclairer le petit salon de la maison.

Rocco se tenait au bout du canapé, silencieux, et ne bougeait pas. Gumby s'approcha de lui et cligna des yeux, troublé par ce qu'il voyait.

Sidney était par terre, la tête posée sur le lit d'Hannah. Elle était recroquevillée en une petite boule et avait un bras autour de son chien, comme si elle la serrait contre elle. La queue d'Hannah bougeait furieusement, mais elle ne se leva pas pour venir le saluer, probablement parce que Sidney était enroulée autour d'elle.

Caite dormait sur le canapé. Elle était sur le dos, un bras jeté par-dessus sa tête, la bouche ouverte et respirait très profondément. Sur la table basse, il y avait une bouteille de rhum presque vide et deux verres vides avec un fond rouge. Un rouleau d'essuie-tout et un gant de toilette agrémentaient cette scène étrange.

— Mais qu'est-ce que c'est que ça ? questionna doucement Gumby tandis que Rocco s'asseyait à côté de sa petite amie.

Gumby se tenait au-dessus de Sidney, ne sachant pas trop comment la déplacer. Il détestait l'idée de la réveiller, mais il allait devoir le faire. Il était impossible qu'il puisse relâcher sa prise sur sa chienne sans la déranger.

— Oh, mon Dieu ! s'exclama Caite après que Rocco l'eut réveillée. Tu es de retour !

— Je suis de retour, répéta-t-il.

Gumby ignora les retrouvailles des amoureux et se tourna à nouveau vers Sidney. Il s'accroupit et posa une main sur son épaule, donnant à Hannah une caresse avec l'autre.

— Sidney ? murmura-t-il.

Comme elle ne bougeait pas, il la bouscula un peu plus fort.

— Réveille-toi, Sid. Je suis à la maison.

Ses yeux s'ouvrirent comme si elle était restée éveillée tout le temps et se remplirent immédiatement de larmes.

Inquiet, il posa sa main sur son visage.

— Sid ?

— Tu es revenu, chuchota-t-elle.

— Bien sûr que je suis revenu. Je suis heureux de te voir et content que tu sois là, mais pourquoi es-tu par terre ?

Au lieu de répondre, Sidney s'assit et jeta ses bras autour de son cou, comme si elle s'accrochait à la vie. Les yeux de Gumby croisèrent ceux de Rocco, et ils partagèrent un regard aussi perplexe qu'amusé. Il prit Sidney et la porta sur le grand fauteuil à côté du canapé. Il prit place sur le bord et attendit qu'elle s'installe.

Hannah se mit debout, s'étira, puis se dirigea en boitant vers eux. En fronçant les sourcils, Gumby inclina la tête et essaya de jauger la chienne.

— Tu vas bien ? demanda Rocco à Caite.

— Oui. Je vais bien, dit-elle plus éveillée.

— Pourquoi Sidney dormait-elle par terre ? demanda Rocco.

— Je l'ai appelée. Hannah était blessée, et elle est venue aider. On a bu quelques verres, nettoyé la scène de crime, fouillé les tiroirs de Gumby, et maintenant on est les meilleures amies.

— Elle est dans les vapes, affirma Rocco en souriant à Gumby.

— Scène de crime ? interrogea-t-il.

Mais Caite avait enfoui son visage dans la poitrine de Rocco, et ce dernier se contenta de hausser les épaules, aussi ignorant que Gumby concernant ce que les femmes avaient fait.

— Sid ? demanda-t-il en se penchant pour regarder son visage.

Elle lui offrit un sourire larmoyant.

— Tout va bien ici ?

— Euh...

Il voulait en savoir plus.

—Tu es venue parce qu'Hannah était blessée ? lui demanda-t-il.

Sidney hocha la tête et la posa sur son épaule. Elle se blottit contre lui comme s'il était le meilleur oreiller du monde. Il ne pouvait pas nier que cela lui donnait l'impression d'être un géant, mais il avait encore besoin de réponses.

— Elle s'est coupé le coussinet. Decker ?

— Oui ?

— J'espère que tu ne feras jamais venir les experts de la police scientifique pour inspecter l'endroit.

Le commentaire était tellement hors contexte que Gumby ne put s'empêcher de demander :

— Pourquoi ?

— Parce que s'ils utilisent ce truc, le luminol, cet endroit va s'illuminer comme un arbre de Noël.

— Quoi ?

— Il y avait du sang partout. Je veux dire, partout. Hannah a réussi à couvrir presque chaque centimètre du sol avec son sang, et il y en avait aussi sur les armoires et d'autres trucs. J'ai pris des photos parce que je savais que tu ne croirais pas. De toute façon, si jamais on enquête sur toi, ils te déclareront coupable parce que ça ressemblera à un massacre. Crois-moi... Je sais comment ça marche. Comme Caite et moi avons nettoyé, ça ressemblera à un tas de taches et de trucs quand ils le regarderont sous la lumière spéciale.

Cela expliquait le commentaire de Caite sur la scène du crime. Mais c'était beaucoup d'informations, et Gumby n'aimait pas ce que Sidney insinuait. Non pas qu'il ferait l'objet d'une enquête, mais qu'elle savait à quoi ressemblait le sang sous les produits chimiques du luminol.

Il regarda autour de la pièce et vit ce qu'il avait manqué plus tôt, parce qu'il n'avait d'yeux que pour Sidney. Il y avait des empreintes de pattes sur son canapé, et il décela quelques autres petites taches sur le sol carrelé, qu'il supposa être du sang. Il y avait un balai à franges dans le coin de la cuisine et un seau posé sur le comptoir près de l'évier.

Il ne pouvait qu'imaginer comment étaient les lieux avant que les femmes n'aient fait le ménage.

— La terrasse ? marmonna Sidney.

— Oui ?

— Tu es bien plus confortable que le canapé. Je m'y suis endormie, mais Hannah s'est énervée, alors on s'est mises par terre. Je suis contente que tu sois rentré.

— Moi aussi, ma chérie. Moi aussi.

— À quel point es-tu ivre ?

Gumby entendit la question de Rocco à Caite.

Elle s'esclaffa.

— Sur une échelle d'un à dix, je dirais environ sept et demi.

— Tu veux rester ? proposa Gumby à son ami.

Rocco semblait l'envisager, puis il secoua finalement la tête.

— Nan, je vais ramener Caite à la maison. Elle pourrait être malade demain, et je sais qu'elle préférera être dans son propre lit.

Gumby hocha la tête. Il ne le blâmait pas. Il en était même secrètement soulagé. Il aimait Rocco et adorait Caite, mais avoir Sidney pour lui tout seul le matin lui plaisait beaucoup.

— Je vais sortir et déplacer la voiture de Sidney pour que tu puisses ramener Caite.

— C'est sympa, répondit Rocco. Je reviendrai demain après-midi pour prendre ses affaires, si tu peux les laisser dans la chambre d'amis pour la nuit.

— Bien sûr, confirma Gumby.

Puis il se leva, gardant ses bras autour de Sidney jusqu'à ce qu'il soit sûr qu'elle puisse se tenir debout toute seule.

— Pourquoi tu ne montes pas te coucher ?

— Dans ton lit ? demanda-t-elle.

Son estomac se serra avec la justesse de ces mots qui résonnaient sur ses lèvres.

— Oui.

Sidney fit un signe de tête, mais au lieu de monter les escaliers, elle se dirigea vers Caite. Les hommes restèrent debout, stupéfaits, regardant les deux femmes s'embrasser.

— Merci d'être venue quand j'ai appelé, dit Caite.

— J'aurais été furieuse si tu avais appelé quelqu'un d'autre, répondit Sidney.

— Tu me diras comment va Hannah ?

— Bien sûr. On devrait aller déjeuner un jour.

Sidney recula et regarda Caite dans les yeux, gardant ses bras autour de sa taille.

— J'aimerais bien. Je veux en savoir plus sur les animaux que tu as sauvés.

— Et je veux en savoir plus sur le Bahreïn et le NCIS.

— Je veux aussi te présenter aux autres épouses de SEAL, reprit Caite.

— Celles avec lesquelles tu as dit que tu ne te sentais pas à ta place ? questionna Sidney.

— Eh bien, oui. Mais elles sont quand même géniales. Super sympa. Je ne m'intègre pas parce qu'elles ont déjà une famille. Mais maintenant, on va faire notre propre famille. Pour qu'on puisse traîner avec elles.

Gumby fronça les sourcils en regardant Rocco. Il haussa les épaules, mais sourit en retour.

— C'est vrai. Nous nous avons, nous. Je t'inviterais bien, mais je n'ai qu'une caravane, dit Sidney à sa nouvelle meilleure amie.

— Je ne vois pas où est le problème avec une caravane, affirma Caite. Un foyer est un foyer.

— Vrai. C'est douillet. Je l'aime bien. Oh ! Et je dois te présenter à Nora. Elle est accro au sexe, donc ses conversations sont un peu décalées, mais elle est sympa.

— Et je veux te présenter à Brenae. C'est la femme du contre-amiral. Tu te souviens ? Je t'ai raconté comment cette folle nous a pris en otage dans le service courrier de notre immeuble.

— Un contre-amiral, ce n'est pas un truc de fou ? Est-ce que j'aurais le droit de lui parler ? demanda Sidney.

— Bien sûr que tu l'auras ! s'exclama Caite. Un contre-amiral est assez haut placé, mais on ne le devine jamais en lui parlant. Elle est tellement normale.

— OK, vous deux, interrompit Gumby. Il est temps de partir. Vous pourrez vous parler plus tard.

— Tu vas me manquer, avoua Sidney, en s'agitant légèrement et en serrant Caite dans ses bras une fois de plus.

Gumby ne pouvait que rester là, surpris. Il n'avait jamais vu Sidney aussi tactile avec quelqu'un auparavant. Elle avait définitivement baissé sa garde. Ce qui était arrivé à Hannah – et l'alcool – avait évidemment permis à Caite et à Sidney de se rapprocher. Il ne pouvait pas dire qu'il n'était pas content. Il espérait juste qu'elles ressentiraient toutes les deux la même chose demain, quand le rhum ne coulerait plus dans leurs veines.

— Monte, Sid, ordonna Gumby, et il la regarda se diriger lentement vers les escaliers, en titubant et en trébuchant.

En souriant, il se tourna vers Rocco pour voir le même sourire indulgent sur le visage de son ami qui disait à sa compagne :

— Allez, Caite. Il est temps de rentrer à la maison.

— J'aime cette maison, dit Caite. Tu savais que la plage est juste là ?

Elle fit un grand geste de la main, indiquant l'arrière de la maison.

— Oui, je le savais, bébé, lui dit-il.

— Blake ?

— Oui ?

— Je t'aime. Je suis si contente que tu sois à la maison.

— Je t'aime aussi. Et je suis content d'être rentré.

Cinq minutes plus tard, Gumby avait verrouillé la porte d'entrée et s'était rendu auprès d'Hannah, était allongée devant le canapé. Il passa un peu de temps à la regarder et à lui accorder l'attention qu'il ne lui avait pas accordée plus tôt. Il vit la coupure sur sa patte et fut reconnaissant à Caite d'avoir eu l'idée d'appeler Sidney.

Il n'était pas surpris que Sidney soit venue l'aider. Il n'était pas dans sa nature d'ignorer un animal blessé, et encore moins Hannah, car il savait qu'elle en était venue à l'aimer autant que lui.

— Merci d'avoir pris soin de notre fille, dit Gumby en regardant la chienne.

Il ne savait toujours pas comment elle avait été blessée, mais il le découvrirait tôt ou tard.

Donnant une dernière tape sur la tête d'Hannah, il monta les escaliers. Il retint son souffle en se dirigeant vers le couloir, espérant que Sidney soit entrée dans sa chambre et non dans la deuxième. Si elle n'était pas à l'aise pour dormir avec lui, il la laisserait seule.

Mais il poussa un soupir de soulagement lorsqu'il vit la forme au milieu de son grand lit.

Il s'était douché à la base après leur arrivée, alors il ne perdit pas de temps pour enlever sa chemise et son pantalon et grimper dans son lit à côté de Sidney.

Elle se blottit immédiatement contre lui. Gumby jurerait qu'il sentit la tension s'échapper de lui à la seconde où sa tête atterrissait sur son épaule et où son bras serpentait autour de son ventre. Ses jambes s'emmêlèrent avec les siennes et il dut prendre une grande respiration, car elles étaient aussi nues que les siennes. Elle portait toujours un de ses tee-shirts, mais elle avait manifestement enlevé son jean.

Elle soupira, et son souffle chaud s'écoula sur sa poitrine, faisant frissonner ses tétons... ainsi que sa verge. Le fait de savoir que rien n'allait se passer n'aidait pas à calmer son corps. Gumby n'allait pas faire un geste sur Sidney quand elle était ivre. Du moins, pas la première fois. Il espérait qu'un jour il pourrait lui faire l'amour quand elle aurait bu, mais pour l'instant, il se contentait de la tenir dans ses bras.

— Qu'est-il arrivé à Hannah, Sidney ?

— Elle s'est coupé la patte. Rocco a envoyé des fleurs à Caite et elles étaient dans un vase à côté du canapé. Hannah a dû être curieuse et les a renversées, cassant le vase. Elle avait un morceau de verre coincé dans sa patte, et les extrémités saignent beaucoup.

Gumby détestait penser à la pauvre Hannah blessée et perdant son sang, mais il était plus soulagé qu'il ne pouvait le dire que Sidney se soit occupée d'elle.

— Merci de l'avoir soignée.

Il prit une pause.

— Comment sais-tu à quoi ressemblent les taches de sang sous le luminol ?

Comme il s'en doutait, elle était trop détendue et ivre pour réfléchir à sa réponse.

— J'ai vu les photos de l'appartement de mon frère. Et le hangar.

Son esprit s'emballa. Il avait tant de questions, mais ne savait pas combien il pouvait en poser maintenant.

— Veux-tu me parler de Brian ? proposa-t-il au bout d'un moment.

La tête de Sidney s'enfonça plus fortement dans son épaule, et il resserra son emprise sur elle, essayant de lui donner un sentiment de sécurité.

— Tu peux aller sur Google, dit Sidney au bout d'une minute. Je suis sûre que les transcriptions du procès sont en ligne.

— Je veux l'entendre de ta bouche. Tout ce que tu voudras bien me dire, je suis là pour t'écouter, fit-il doucement.

— C'était horrible, chuchota Sidney. Tout ça.

— Tout quoi, ma chérie ?

— Ma vie, fut sa réponse déchirante.

— Dis-moi, insista Gumby.

— J'ai trois ans de plus que Brian. Et les choses allaient

plutôt bien quand nous étions petits. J'avais environ huit ans quand j'ai réalisé que j'avais en fait peur de lui.

Elle souffla un peu.

— Il avait cinq ans. Cinq ans. Et je détestais être laissée seule avec lui.

— Qu'est-ce qu'il a fait ?

Elle haussa maladroitement les épaules contre lui.

— Il était juste... bizarre. Il avait ce pistolet, un jouet qu'il avait reçu pour Noël, et il aimait se faufiler près de moi, le tenir contre ma tête et appuyer sur la détente. Il se moquait de ma peur. Il se cachait n'importe où dans la maison et me sautait dessus, trouvant hilarant que j'aie peur.

« Quand j'avais douze ans, il est venu dans ma chambre au milieu de la nuit et s'est assis sur mon lit. Il avait un des couteaux de la cuisine, et il le tenait contre ma gorge. Je l'ai poussé et j'ai hurlé pour que mes parents viennent. Quand ils sont entrés, il s'est mis à pleurer, en leur disant que je lui avais fait du mal.

— Qu'a-t-il fait avec le couteau ? demanda Gumby, faisant de son mieux pour rester calme.

À chaque mot qu'elle prononçait, il était de plus en plus énervé, mais être furieux ne l'aiderait pas pour l'instant. Elle avait besoin de tout lui dire, et il avait besoin de l'entendre.

— Je suppose qu'il l'a caché sous mon lit. J'ai eu des problèmes parce que mes parents ne me croyaient pas quand je leur disais ce qu'il avait fait. Le lendemain, il m'a dit pour la première fois qu'il allait me tuer. Il a trouvé ça drôle que je sois punie et pas lui, mais il était aussi furieux que j'essaie de lui attirer des ennuis.

Elle s'arrêta alors de parler, et Gumby passa une main derrière sa tête pour l'apaiser.

— Quoi d'autre ?

— Beaucoup d'autres choses. Il me terrorisait tous les jours. J'ai participé à toutes les activités extrascolaires possibles, juste pour ne pas être à la maison. Les week-ends étaient les pires. Et la remise.

Sidney se mit à trembler.

Comme elle ne continuait pas son récit, Gumby reprit :

— Que s'est-il passé dans la remise, Sidney ?

Si Brian lui avait fait du mal, Gumby trouverait un moyen de gâcher la vie de cet homme derrière les barreaux.

— La remise était son « espace de travail » quand nous étions enfants. C'est là qu'il a appris la meilleure façon de découper les gens. Comment les blesser sans les tuer. C'est là qu'il s'est perfectionné avec un couteau, chuchotait Sidney, comme si l'homme était dans l'autre pièce et pouvait entendre.

— Il a tué des gens quand il était enfant ? Quand tu étais jeune ? demanda Gumby, horrifié.

Elle secoua la tête contre lui.

— Non. Des animaux. Il a tué des animaux.

— Oh, merde.

Il était soudain très clair d'où venait la compassion de Sidney pour les chiens.

— Tu sais que je ne te dirais pas ça si je n'étais pas saoule, hein ? répondit Sidney.

— Oui. Et j'en profite. Nous le savons tous les deux. Mais tu dois te débarrasser de ça.

— J'ai tout dit au procès. Tout le monde est déjà au courant, protesta-t-elle.

— Pas moi, objecta Gumby.

— Promets-moi que tu ne me détesteras pas demain si je te dis ce que mon frère a fait ?

Gumby se releva un peu, soulevant le menton de Sidney pour qu'elle le regarde. Ses yeux étaient larmoyants et ses joues rouges à cause de l'alcool encore présent dans son organisme. L'excitation qu'il avait ressentie en montant dans le lit s'était dissipée. Tout ce qu'il voulait faire maintenant, c'était réconforter sa femme. La rassurer en lui disant que, juste parce qu'elle partageait un peu d'ADN avec son frère, elle n'était pas comme lui. Pas du tout, sous quelque forme que ce soit.

— Promis, jura-t-il.

Elle hocha la tête, et il la laissa baisser sa tête une fois de plus. Si c'était plus facile de parler sans le regarder, qu'il en soit ainsi. Gumby prit note des transcriptions auxquelles elle avait fait référence plus tôt. Il demanderait à Wolf, un ami du SEAL, de voir avec son contact expert en informatique pour qu'il lui fournisse ce dont il avait besoin. Sachant combien l'enfance de Sidney avait été horrible, Gumby ressentait le besoin de tout savoir, jusqu'au plus profond de son âme.

L'homme était peut-être déjà dans le couloir de la mort, mais les paroles de Sidney laissèrent à Gumby un étrange pressentiment. Après avoir lu des informations sur l'homme, il espérait trouver un moyen de rendre la vie de Brian encore plus misérable qu'elle ne l'était déjà. Être dans le couloir de la mort en Floride n'était pas une sinécure, mais il y avait toujours des moyens de rendre la situation encore plus inconfortable.

— Le chat d'un de nos voisins a disparu un jour. La petite fille – elle avait environ sept ans – était dévastée. Elle a fait des tracts et les a affichés partout. Une récompense a même été offerte. Brian était gentil avec moi depuis un certain temps, alors quand il m'a dit qu'il voulait me montrer quelque chose dans la remise, je n'y ai pas trop pensé. Je l'ai suivi dehors, et une fois à l'intérieur, il a bloqué la porte et ne m'a pas laissée sortir.

« Il avait soit trouvé, soit volé le chat du voisin... Scruffy... et il l'avait blessé. Très sérieusement. Je ne peux pas parler de... ce qu'il a fait. Je ne peux pas revivre ça. Mais crois-moi quand je dis qu'il a fait à ce pauvre chaton des choses qu'aucune personne saine d'esprit ne pourrait même penser à faire. Puis, après avoir torturé le pauvre petit, Brian m'a fait regarder comment il a tranché son cou.

« Il a ri, Decker. Il a ri. Il m'a dit à quel point c'était amusant de voir le chat se débattre.

— Mon Dieu, Sid. Je suis vraiment désolé.

— Mais ce n'était même pas le pire. Pas du tout. Il a capturé et torturé tant d'animaux. Mais les chiens… Si j'avais pensé que ce qu'il avait fait à ce pauvre chaton était mal, les choses qu'il a faites aux chiots étaient encore pires. Et il collectionnait les pots et les bocaux de sang, me disant combien il aimait le sentir sur ses mains. Une fois, il a coupé la tête d'un chiot et l'a enveloppée dans une boîte. Il me l'a donnée comme cadeau quand mes parents n'étaient pas là, et je l'ai bêtement ouverte. Je n'oublierai jamais les yeux de ce pauvre chiot qui me regardait quand j'ai ouvert le couvercle.

— Et tes parents n'ont rien fait ? demanda Gumby, sous le choc. Comment est-ce possible ? Ils devaient savoir ce qui se passait dans cette remise.

Sidney haussa les épaules.

— Je leur ai dit, et ils ont rétorqué que je devais arrêter de faire la commère et de m'occuper de mes affaires.

— Mais ça n'a pas de sens, reprit Gumby, incapable de concevoir que le cerveau d'un adulte puisse ignorer les abus qui se passent dans son jardin. Ne savaient-ils pas que beaucoup de tueurs en série abusent des animaux quand ils sont enfants ? Au moins, ils auraient dû savoir que ce n'était pas un comportement normal et essayer de lui trouver de l'aide.

Sidney secoua la tête.

— Je n'ai aucune idée de ce qu'ils pensaient. Ils avaient toujours voulu un fils, et c'était comme si, à la seconde où ils en avaient eu un, ils avaient tout oublié de leur autre enfant. Je pense parfois qu'ils doivent aussi avoir une sorte de problème mental, parce que c'est fou qu'ils aient pu ignorer tout ce qu'il a fait en grandissant. Sans parler du fait qu'ils l'ont soutenu après que la vérité a été révélée au sujet des femmes qu'il avait tuées.

« Dès que j'ai eu mon diplôme de fin d'études secondaires, je suis sortie de là. Je ne voulais plus rien avoir à faire avec mon frère. Je ne suis même pas rentrée à la maison pour les vacances. Après le procès, j'ai déménagé ici, aussi loin d'eux que je le pouvais. Je voulais m'éloigner le plus possible de ce qu'il avait fait.

Gumby savait ce que Brian James Hale avait fait. Il avait tué sa première victime alors qu'il n'avait que seize ans. Mon Dieu, c'était seulement un an après que Sidney fut partie. Il était allé dans le centre de Miami, avait trouvé une prostituée et l'avait tuée en la poignardant en plein cœur.

Il avait assassiné une autre prostituée quelques mois plus tard, se sentant probablement plus en sécurité parce qu'il n'avait pas été arrêté pour le premier meurtre. À partir de là, les choses avaient dégénéré. Avant d'avoir terminé le lycée, il avait tué cinq femmes au total. Puis il s'était installé dans un petit appartement – payé par ses parents – et avait continué sa série de meurtres, devenant plus audacieux et moins prudent.

Au moment où il avait été arrêté, il avait admis avoir tué vingt-cinq femmes. Il pouvait aussi décrire comment il les avait toutes tuées. Jusqu'à leurs derniers mots. Ses méthodes étaient devenues de plus en plus sadiques au fil du temps, gardant les deux dernières femmes en vie dans son appartement pendant plus d'une semaine alors qu'il les torturait avec ses couteaux. Il ne les avait pas agressées sexuellement, ce n'était pas son truc. Il se contentait de profiter de leur terreur et de les regarder saigner.

Oui, Brian James Hale était un sacré malade et Gumby détestait que Sidney soit de sa famille. Il détestait le fait qu'elle ait dû grandir en étant témoin de sa cruauté. Mais plus soulagé qu'il ne pouvait le dire qu'elle se soit échappée.

— Comment as-tu été impliquée dans son procès ? demanda Gumby après une minute ou deux.

— Mes parents m'ont demandé de venir témoigner en sa faveur. Je ne pouvais pas croire qu'ils me demandent ça ! Il avait assassiné plus de vingt personnes ! Et je pense vraiment que le chiffre est bien plus élevé que cela, il ne l'admet tout simplement pas. Il était hors de question que j'aille dans un tribunal pour essayer de convaincre les gens qu'il n'était pas si mauvais que ça, comme s'il était simplement incompris ou quelque chose comme ça.

« J'ai appelé le procureur juste après avoir raccroché avec mes parents et je me suis assurée qu'il savait que Brian était aussi sain d'esprit que moi. Qu'il avait eu une bonne enfance. Il n'y a pas eu d'abus ni rien de ce genre. Je voulais qu'il sache que j'étais normale et que notre éducation n'était pas en cause. Il m'a demandé de dire aux jurés et au juge en personne ce que je lui avais dit. Et j'ai répondu oui.

« J'ai assisté à tout le procès. J'ai vu toutes les photos que les enquêteurs ont prises de son appartement ensanglanté. Ils étaient même allés chez mes parents et avaient pris des photos de la remise après que j'ai dit au procureur ce que Brian y avait fait. C'est comme ça que j'ai su pour le truc du luminol.

— Je suis si fier de toi, Sid. Tu n'as pas idée, murmura Gumby.

Elle renifla contre lui.

Il détestait qu'elle pleure, mais il n'essaya pas de l'arrêter. Sidney avait peut-être le vin triste. Ou peut-être que c'était juste la conversation. Dans tous les cas, il devait s'y pencher. Il aimait ce côté plus doux d'elle, mais n'aimait pas qu'elle puisse sérieusement souffrir.

— Je me sens tellement coupable de ne pas avoir fait plus quand j'étais adolescente.

— Qu'aurais-tu pu faire différemment ? Je pense que tu savais aussi bien que moi que ton frère est né comme cela. Rien de ce que tu aurais pu faire ne l'aurait arrangé.

— Pas à propos de Brian. À propos des animaux, dit doucement Sidney.

Puis elle le regarda.

— J'aurais pu faire plus pour aider ces pauvres animaux qu'il torturait.

Le cœur de Gumby se brisa, et tout cela avait maintenant un sens. Pourquoi elle tenait tant à confronter les agresseurs.

Pourquoi elle se mettait en danger pour sauver des chiens. Pourquoi elle faisait passer leur bien-être avant le sien.

La culpabilité était une chose puissante, et elle la poussait à se mettre en danger. Elle avait évidemment besoin d'une aide professionnelle pour l'aider à surmonter quelque chose dont elle n'était pas responsable au départ. Pour apaiser la culpabilité qu'elle ressentait. Ce n'était pas le moment d'en parler ni d'essayer de la convaincre. Mais maintenant qu'il savait ce qui la motivait, il pouvait faire de son mieux pour l'aider.

— Oh, Sidney. Il aurait trouvé un moyen de mettre la main sur les animaux, quoi que tu fasses.

Elle secoua la tête.

Sachant qu'il ne pouvait rien dire pour la faire changer d'avis, Gumby se contenta de serrer ses bras autour d'elle et d'embrasser son front.

Dix minutes plus tard, Gumby murmura :

— Sid ?

— Hmmm ?

— Je vérifie juste si tu dormais.

Elle leva la tête.

— Je suis réveillée. La pièce tourne assez vite, donc c'est difficile de s'endormir. Comment s'est passée ta mission ? Vous avez gagné ? Est-ce que quelqu'un a été blessé ? Je n'ai même pas demandé.

Il sourit.

— C'était bien. Personne n'a été blessé.

— Bien. Je suis contente.

— Moi aussi. Et pour information, j'allais dormir quelques heures, puis t'appeler à la première heure demain matin. Tu imagines ma surprise quand je suis entré chez moi et que tu étais là, blottie contre ma chienne, comme un rêve devenu réalité.

Elle rit.

— Oh, oui, avec moi qui ronfle, ta chienne qui saigne, et

moi qui me blottis après avoir trop bu pour arriver à nettoyer tout ce sang.

— Ouais, Sid. Toi dans mes vêtements, blottie avec ma chienne, saine et sauve dans ma maison. C'était la fin parfaite d'une très longue mission.

— C'est la durée normale de ton absence ? demanda-t-elle.

Gumby ne répondit pas, et elle continua.

— Parce que je peux gérer ça. Je peux le gérer si tu pars plus longtemps aussi, mais savoir que ton « temps d'absence » normal n'est que d'une semaine ou deux, c'est différent que de penser que tu seras parti pendant des mois.

Il comprit. Il était parti sans pouvoir lui donner de délai pour son retour.

— Qu'aurais-tu fait si j'étais parti pendant des mois ? demanda-t-il, sincèrement intéressé par sa réponse.

— J'aurais pleuré. Probablement beaucoup. J'aurais été triste que nous n'ayons pas pris de photos ensemble. J'aurais continué ma vie.

— Signification ?

Gumby n'aimait pas cette dernière partie. Voulait-elle dire qu'elle trouverait quelqu'un d'autre à fréquenter ? Décider que leur couple était terminé ?

— J'aurais appelé Max pour voir s'il était sérieux à propos de m'engager. Commencé à économiser de l'argent. Loué un appartement. J'aurais essayé de ne pas penser à combien Hannah me manquait. Des choses comme ça.

Gumby se détendit.

— Je ne peux pas dire avec certitude qu'il n'y aura pas de moments où je ne serai pas parti pendant un mois ou plus, mais généralement on nous envoie pour des périodes plus courtes. Une fois que toutes les informations sont rassemblées, nous faisons le sale boulot.

Il ne pouvait pas vraiment en dire plus, mais il espérait que cela suffirait.

— Bien, soupira-t-elle. Parce que tu m'as manqué. Je n'aimais pas ne pas pouvoir t'envoyer de SMS. Ou t'appeler quand je voulais te dire quelque chose. Je n'ai jamais vécu ça avant, tu sais.

Ce qu'il entendait lui plaisait beaucoup.

— Moi non plus, fit-il. Il y avait tellement de choses qui me faisaient penser à toi pendant mon absence.

— Comme quoi ?

Il réfléchit à ce qu'il pouvait lui dire en toute sécurité, et se contenta d'une scène réconfortante à laquelle ils avaient assisté à la périphérie de la ville dans laquelle ils s'infiltraient en Afghanistan.

— Un jour, nous étions sur le toit d'un bâtiment en train de faire de la reconnaissance et quelque chose a attiré mon regard en dessous de nous. Un petit garçon promenait un chiot. Il avait un bout de ficelle autour du cou du chiot, et il essayait de le faire suivre. Mais, étant un chiot, chaque petite chose qui attirait son attention lui donnait envie de jouer. Il a fallu environ cinq minutes pour qu'ils fassent ne serait-ce qu'un pâté de maisons. Mais chaque fois que le chiot était distrait, le petit garçon ne se mettait pas en colère ou ne s'impatientait pas. Il attendait simplement que le petit gars soit prêt à recommencer. Il m'a fait penser à toi, ou à ce que tu aurais pu être dans ton enfance.

— Tu es sérieux ? Tu n'as pas inventé ça juste pour que je me sente mieux ? répliqua Sidney.

— Je te jure que c'est vrai. Dans le passé, je n'aurais même pas remarqué cet enfant et ce chien. Je les aurais vus, bien sûr, mais je n'y aurais pas fait attention. T'avoir dans ma vie m'a fait ouvrir les yeux sur les petites choses. Cet enfant et ce chien n'ont même pas la moitié des choses qu'ont les enfants ici aux États-Unis, mais ils semblaient satisfaits.

— Decker ?

— Oui, Sid.

— Tu m'en veux que je porte tes vêtements ?

Il secoua la tête en voyant comment son cerveau, en état d'ébriété, passait d'un sujet à l'autre.

— Non. En fait, je pense que c'est plutôt sexy.

— Même si j'ai fouillé dans tes affaires ? J'ai dû ouvrir un tas de tiroirs pour trouver tes tee-shirts et même une fois que j'en ai trouvé un, je n'ai pas pu m'empêcher de fouiner.

— Tu as trouvé quelque chose d'intéressant ? demanda-t-il, plus amusé qu'autre chose.

Il n'avait rien à cacher, surtout pas à elle.

— Une pile de magazines cochons des années 90, du lubrifiant, un vieux Rubik's Cube, et un tiroir plein de chaussettes non assorties.

Gumby ricana.

— Ça semble correct.

— Deck ?

— Oui ?

— J'étais un peu énervée que tu ne m'aies pas demandé de garder Hannah, mais je comprends maintenant.

— Tu comprends ?

— Euh... Caite m'a dit que Rocco était inquiet qu'elle soit seule dans ce complexe d'appartements après ce qui s'est passé là-bas, et qu'il se sentait plus en sécurité de la savoir ici. Et je peux prendre soin de moi, alors je comprends.

— Tu crois que je n'étais pas inquiet pour toi ? demanda-t-il.

— Eh bien... On ne sort pas ensemble depuis si longtemps, et je ne suis pas le genre de personne dont les gens s'inquiètent.

— J'ai appelé Jude et je lui ai demandé de garder un œil sur toi. Il a dit qu'il le ferait. J'ai aussi appelé Faith et je lui ai dit que tu avais promis de ne pas t'occuper de chiens toute seule jusqu'à mon retour. Elle a aussi promis de garder un œil sur toi.

Elle fondit en entendant ses paroles.

— Tu as fait ça ?

— Oui, confirma-t-il. Tu as raison pour Rocco et Caite. Je voulais te demander, mais je savais que Rocco se sentirait mieux avec Caite ici. Et je savais que tu pouvais vraiment prendre soin de toi. Je m'inquiétais toujours pour toi, mais plus encore parce que je ne voulais pas que tu te mettes dans une situation dangereuse avec les animaux. Je détestais le fait que tu ne puisses pas voir Hannah pendant mon absence, et qu'elle ne puisse pas te voir. Je suis content que Caite t'ait appelée. Je lui ai dit un million de fois que si quelque chose se passait mal avec Hannah, elle devait te contacter car tu saurais comment l'aider.

— Oh.

— Et tu devrais savoir, maintenant que je sais que vous vous entendez bien avec Caite, si Rocco n'a pas trouvé un nouvel endroit pour lui et Caite d'ici à ce qu'on nous envoie sur une autre mission, je vais vous demander à toutes les deux de rester ici avec Hannah.

Il espérait pouvoir la convaincre d'emménager avec lui bien avant sa prochaine mission, donc Caite serait la seule invitée, mais il laissa cette partie de côté.

— J'aime bien Caite, dit Sidney, en s'appuyant sur sa poitrine.

Il hocha simplement la tête, satisfait qu'elle ait ignoré tout ce qu'il avait dit. Il était de bon augure qu'elle n'ait pas pris peur parce qu'il était allé parler à Jude et Faith dans son dos. Heureusement, elle avait compris qu'il l'avait fait par souci pour elle, et non parce qu'il essayait de la contrôler.

— Et il semble qu'elle t'aime aussi, la rassura Gumby.

Plusieurs minutes s'écoulèrent avant que Sidney ne dise :

— Je suis fatiguée.

— Moi aussi.

— On devrait dormir.

Gumby se mit à rire.

— D'accord.

Et en une fraction de seconde, Sidney s'endormit. Ses respirations contre sa poitrine nue lui faisaient du bien.

Fermant les yeux, Gumby resserra son emprise sur Sidney.

Il n'avait jamais eu un retour à la maison comme celui d'aujourd'hui. Dans le passé, il rentrait toujours chez lui avec une maison vide et la tête pleine de gens qu'il avait tués, tout cela au nom de l'accomplissement de son devoir envers son pays.

Mais ce soir, il était rentré non seulement pour sa chienne, mais aussi pour sa femme. Une Sidney endormie, ivre, bavarde et câline, qui lui avait fait savoir sans équivoque qu'il lui manquait. Qui lui avait fait part de son passé. Qui avait librement admis avoir fouillé dans ses affaires et ne s'en était pas excusée non plus.

Oui, la vie était belle et il était un putain de gars chanceux. Certainement le plus chanceux de tous les temps.

CHAPITRE QUATORZE

Sidney se réveilla et réalisa qu'elle était la femme la plus chanceuse de tous les temps. Elle fit le point sur son environnement et sur son corps. Elle se souvenait de tout ce qui s'était passé la veille. L'appel de Caite, son arrivée chez Decker, le choc à cause de l'état de la maison, le nettoyage, les verres avec Caite, Rocco et Decker arrivant à la maison à l'improviste, comment elle s'était blottie contre lui dans son lit et leurs conversations.

Sans l'alcool, elle n'aurait probablement pas partagé tout ce qu'elle avait dit sur son frère, mais au petit matin, elle était heureuse de lui avoir dit. C'était comme si un poids avait été enlevé de ses épaules. Parler de Brian n'était jamais amusant, mais Decker avait été le parfait mélange de compassion et d'indignation en sa faveur.

Elle n'avait pas la moindre gueule de bois. Elle n'avait jamais connu cette sensation, Dieu merci.

Et maintenant, elle était allongée dans l'un de ses tee-shirts surdimensionnés à côté d'un Decker presque nu. Les couvertures avaient été enlevées au milieu de la nuit, et il dormait encore, alors elle avait toute la liberté d'observer son corps sans craindre d'être prise.

Elle l'avait vu quand ils étaient allés nager, mais c'était

différent. Maintenant, elle pouvait regarder à sa guise sans devoir le faire en douce.

Decker n'avait pas une once de graisse sur le corps. Ses abdominaux étaient incroyables. Sidney ne pensait pas avoir déjà vu des tablettes de chocolat sur un homme dans la vie réelle, hormis sur lui. Elle déplaça sa main vers le bas et la posa doucement sur son ventre. Il bougea, mais ne se réveilla pas.

En souriant, les yeux de Sidney s'envolèrent vers la barbe bien taillée, les tatouages sur ses bras musclés, le renflement entre ses jambes. Il ne portait qu'un caleçon, qui s'accrochait à lui aux bons endroits.

Ses cuisses étaient également musclées, et elle les imaginait fléchir lorsqu'il serait à genoux entre ses jambes, en train de la pilonner. Rougissant, Sidney essaya de contrôler sa libido. Elle n'était pas comme Nora. Elle ne convoitait pas tous les beaux hommes qu'elle voyait. Mais il y avait quelque chose chez Decker qui la poussait à bout.

Il n'était pas seulement un beau spécimen de virilité, même s'il était sans aucun doute magnifique. Il y avait aussi le fait qu'elle connaissait le genre d'homme qu'il était à l'intérieur. Courageux. Réfléchi. Protecteur. Tout cela se mélangeait pour le rendre absolument irrésistible.

En frottant ses jambes l'une contre l'autre, Sidney réalisa qu'elle était mouillée. Elle aurait pu être gênée dans n'importe quelle autre situation, mais pas avec Decker.

— Tu aimes ce que tu vois ?

Sidney sursauta et son regard s'éleva jusqu'au visage de Decker. Ses yeux étaient ouverts et il lui souriait.

— Oh. Salut.

Elle essaya de jouer le jeu. Pas de chance.

Une de ses mains recouvrit celle qu'elle avait toujours sur son ventre, la maintenant immobile.

— Parce que je vais te dire que j'aime ce que je vois en ce moment.

Ses yeux allèrent de son visage à sa poitrine et jusqu'à ses jambes nues.

— Ce tee-shirt n'a jamais été aussi beau sur moi.

Sidney s'appuya sur un coude et se lécha les lèvres nerveusement.

— Tu n'es vraiment pas fâché que j'aie dévalisé tes tiroirs ?

— Si tu veux faire une descente dans mes tiroirs, vas-y.

Les sous-entendus sexuels de sa réponse étaient impossibles à ignorer. Sidney savait qu'elle rougissait, mais ne se détourna pas. Elle se contenta de le regarder fixement.

— Comment te sens-tu ? demanda-t-il.

— Bien.

— Pas de mal de tête ?

— Non.

— Tu n'as pas mal au ventre ?

— Non, je vais bien. Je ne sais pas pourquoi, mais je n'ai jamais la gueule de bois.

— Bien.

Puis, sans prévenir, Decker bondit.

Sidney se retrouva sur le dos avec Decker au-dessus d'elle avant même qu'elle ne puisse cligner des yeux. Elle saisit ses biceps et ouvrit ses jambes quand il s'installa. Son tee-shirt était légèrement remonté et son membre s'était immobilisé entre ses cuisses.

Elle déglutit et le dévisagea.

— Tu te souviens de la nuit dernière ? demanda-t-il.

Sidney hocha la tête.

— Tout ?

— Oui.

— Tu vas flipper ? Reculer ?

Elle secoua la tête.

— Bien. Parce qu'en ce qui me concerne, on a franchi une ligne hier soir. Tu t'es ouverte à moi et tu m'as raconté des trucs que tu n'as dits à personne d'autre. J'ai raison ?

— Oui.

— Je ne peux rien faire sans penser à toi. Je vois quelqu'un promener son chien et je me demande ce que tu fais. J'entends Rocco parler de Caite, et ça me rappelle que je ne t'ai pas envoyé de texto depuis un moment. Je regarde autour de cette chambre et je vois tout ce qu'il reste à faire pour qu'elle soit terminée, et je me dis que tu l'aurais probablement finie en un clin d'œil. D'une certaine manière, tu as fait ton chemin si profondément dans mon subconscient qu'il ne semble pas y avoir une minute qui passe sans que je pense à te parler ou à souhaiter que tu sois avec moi.

— Decker... protesta Sidney.

— Hier soir, j'étais déçu de devoir attendre cinq ou six heures de plus pour te voir, mais quand je suis arrivé chez moi et que j'ai vu ta voiture ici, tout en moi a poussé un soupir de soulagement. J'ai mieux dormi que je ne l'ai fait depuis des lustres parce que tu étais à mes côtés. Je me fiche que notre relation ait été rapide. Je me fiche de ce que les autres disent ou pensent. J'ai besoin de toi, Sid.

À chaque mot qui sortait de sa bouche, le cœur de Sidney fondait encore plus. Il pouvait dire ces choses pour qu'elle couche avec lui, mais elle savait qu'il ne s'agissait pas de ça. Elle ressentait exactement la même chose. Elle n'avait jamais vraiment remarqué les militaires auparavant. Elle savait qu'ils étaient là, mais elle n'y prêtait pas attention. Maintenant, chaque fois qu'elle voyait un autocollant de la marine sur le pare-chocs, elle pensait à Decker. Quand elle voyait un type dans un magasin avec son uniforme de la marine, elle pensait à Decker. Quand elle voyait un beau mec avec une barbe, elle pensait à Decker.

Il était toujours dans son esprit, autant qu'il prétendait qu'elle était dans le sien.

Et elle ne pouvait pas nier qu'elle se sentait plus en sécurité dans ses bras. Mais quand elle s'était réveillée et qu'elle l'avait vu à genoux à côté d'elle la nuit dernière, tout en elle s'était détendu. Il était à la maison. En sécurité et indemne. C'était comme si elle pouvait respirer à fond pour la première fois en huit jours.

— J'ai besoin de toi aussi, lui dit-elle en rencontrant son regard.

— Dieu merci, soupira-t-il avant de baisser la tête.

Sidney ne s'inquiétait pas de l'haleine du matin ou de quoi que ce soit d'autre. Tout ce à quoi elle pensait, c'était de faire entrer Decker en elle.

Sa tête s'inclina, et il prit sa bouche comme s'il ne pouvait plus se passer d'elle un instant de plus. Ils passèrent en quelques secondes d'une matinée paresseuse à un enfer ardent. Sidney leva une jambe et l'enroula autour de sa hanche pendant qu'il dévorait sa bouche. Sa queue durcissait contre son sexe, et elle se sentit encore plus humide.

Ses mains allèrent jusqu'à sa taille, et Sidney se cambra pour l'aider à enlever le tee-shirt qu'elle portait. Il se servit de sa bouche pour le retirer et déchira le tissu en le passant au-dessus de sa tête, puis il revint, posant ses lèvres sur les siennes et plongeant sa langue à l'intérieur.

Sidney ne pouvait que gémir en se laissant aller, chacun de ses mouvements augmentant son désir. Lorsque ses mains se refermèrent sur ses seins et que ses doigts se dirigèrent vers ses tétons, les pinçant légèrement, elle lui attrapa les fesses et les serra vivement.

Il leva la tête et la dévisagea. Ils avaient le souffle court et Sidney remarqua que ses pupilles étaient dilatées et ses joues rouges.

— Je ne suis pas sûr de pouvoir y aller lentement, lança-t-il en guise d'avertissement.

Tant mieux, parce que je ne veux pas y aller lentement, répondit-elle, se léchant les lèvres pour conserver son goût.

Decker se pencha alors sur elle, s'avançant le long de son corps.

Sidney essaya de le tirer vers le haut, mais il était implacable. Il s'arrêta un instant pour vénérer ses mamelons, et la sensation de ses lèvres, de sa langue et de ses dents sur ses tétons sensibles la poussa à cambrer le dos. Un grognement d'impatience s'échappa de ses lèvres. Sa barbe rêche sur sa peau rendait ce moment d'autant plus érotique.

Elle le sentit sourire contre elle, puis il s'installa entre ses jambes.

Pendant une seconde, Sidney fut gênée. Cela faisait très longtemps que personne ne s'était couché sur elle, et elle ne pouvait pas se rappeler quand elle avait fait l'amour pour la dernière fois. Mais lorsqu'il posa sa bouche sur elle, elle oublia tout le reste pour se concentrer sur la sensation de sa langue.

— Mon Dieu, Decker !

— Tu as un goût incroyable, murmura-t-il. J'en veux plus.

Puis il la prit.

Il n'y avait pas d'autre mot pour ça. Ses mains saisirent ses cuisses, les écartant le plus possible, et il enfouit son visage entre ses jambes. Il alterna entre lécher sa vulve et aspirer ses petites lèvres dans sa bouche. Sidney n'avait jamais rien vécu de tel, et elle savait qu'elle ne serait plus jamais la même après ce matin.

Il fit passer l'une de ses jambes par-dessus son épaule et pressa l'autre sur le matelas. Ainsi écartée, elle sentit sa moiteur s'échapper de son corps.

— Si belle, putain, murmura-t-il en la regardant.

Sidney pouvait voir les fluides de son excitation briller sur sa barbe. C'était à la fois charnel et obscène, mais elle ne pouvait pas détourner le regard. Il se lécha les lèvres et lui sourit.

— Attends, Sid.

Elle ouvrit la bouche pour répondre, mais n'en eut pas l'occasion, car il baissa la tête et se mit à suçoter son clitoris.

Soupirant d'extase, Sidney n'arrivait pas à réfléchir sous les assauts de sa langue sur son renflement sensible alors qu'un doigt se glissait dans ses replis détrempés. Les poils de sa barbe frôlaient son sexe et ses cuisses, éveillant une tout autre conscience de son corps. Sidney ne pouvait pas contrôler ses hanches, poussant vers le haut alors qu'il la pénétrait avec ses doigts.

Elle se demanda comment il pouvait garder sa bouche sur son clitoris avec tous les tortillements et les à-coups qu'elle donnait, mais il y parvenait avec brio. Sa langue était comme un moteur contre son clitoris, agité et frénétique, sans jamais s'arrêter, comme le lapin Duracell.

— Decker ! s'exclama-t-elle, alors qu'elle se sentait de plus en plus proche de l'orgasme.

Comme s'il le savait, il augmenta la vitesse de son doigt à l'intérieur, puis en ajouta un autre. Les cuisses de Sidney tremblèrent et les muscles de son ventre se contractèrent en prévision d'un orgasme.

Puis il inclina sa main, changeant l'angle de ses doigts, et son majeur effleura quelque chose qui figea Sidney.

— Oh, mon Dieu, soupira-t-elle alors qu'il recommençait.

C'était son point G ? Elle n'en avait aucune idée, mais rien dans sa vie n'avait jamais été aussi bon que ce qu'il lui faisait à ce moment-là. Il restait rivé à son clitoris et le suça en même temps qu'il caressait ce point spécial en elle. Enfin, Sidney explosa en mille morceaux.

Elle n'avait aucune idée de ce qu'elle avait dit ou fait à ce moment-là, tout ce qu'elle savait, c'était que l'orgasme qu'il lui avait arraché était presque douloureux dans son intensité. Elle respirait fort, comme après avoir couru un marathon, et avait du mal à faire obéir ses muscles aux messages que son cerveau leur envoyait.

L'instant d'après, Decker se tenait au-dessus d'elle, un préservatif déjà en place, et ses hanches dans ses mains alors qu'il se préparait à la pénétrer.

Son visage était plus intense que jamais. En général, Decker était un homme assez facile à vivre. Prompt à sourire, avec toujours une blague à raconter. Mais en cet instant, il était grave et elle l'imaginait comme ça au travail. Intense et concentré. Tous les muscles de son corps étaient tendus, et entre ses cuisses, elle sentait son gland frôler ses plis trempés.

— Sid ? fit-il entre ses dents serrées. Dis oui.

En le regardant, Sidney réalisa qu'il était sérieux. Que si elle le repoussait, ou s'il n'était pas sûr de lui, il reculerait et ne la prendrait pas.

C'était inacceptable. Après ce monstre d'orgasme, elle semblait avoir encore plus besoin de lui.

— Oui, soupira-t-elle.

Au moment où elle leva les hanches, il s'enfonça en elle.

Ils prirent une vive inspiration et Sidney fut incapable de détacher son regard du sien. Sans rompre le contact visuel, Decker se retira, puis revint à l'assaut. Avec force.

Il la prit ainsi, cognant frénétiquement en elle. Sidney en aima chaque seconde. Elle fut la première à détourner le regard, ses yeux parcourant son corps, s'émerveillant que cet homme étonnant et magnifique lui fasse l'amour.

Soudain, impatiente de le toucher, Sidney posa les mains sur son torse et caressa sa peau. Lorsqu'il étouffa un cri quand ses doigts effleurèrent ses tétons, elle le fit à nouveau. Puis elle les pinça légèrement tandis qu'il continuait à la pilonner.

— Putain, oui, murmura-t-il en la pénétrant sans relâche.

Sidney sourit. Elle n'avait jamais connu d'ébats aussi explosifs. Decker était presque désespéré et elle adorait ça. Elle contracta ses muscles internes quand il se retira la fois suivante et adora l'entendre gémir.

— Tellement serrée, murmura-t-il. Tellement mouillée.

C'était la pure vérité. Les bruits de sa verge qui allait et venait étaient un peu gênants, mais elle s'en fichait.

Lorsque l'une de ses mains se déplaça entre leurs corps et commença à lui frotter le clitoris, une fois de plus, elle se mit à trembler.

— Oh, oui... tu aimes ça, dit Decker avec un sourire dans les yeux.

— Humm, murmura-t-elle.

— Je vais jouir. Mais j'aimerais que tu jouisses autour de ma queue.

Elle en avait envie, elle aussi. Elle n'avait jamais été du genre à avoir des orgasmes multiples, mais Decker semblait savoir exactement ce dont elle avait besoin pour y arriver. Il recueillit un peu de son humidité avec son pouce et entreprit de frotter énergiquement son clitoris.

La tête en arrière, Sidney haleta sous le plaisir qui courait dans son corps. Il n'était pas doux. Il n'essayait pas d'obtenir patiemment une réponse de sa part. Il l'exigeait. Il la forçait. Elle n'avait jamais rien ressenti de tel et ne pouvait pas empêcher son corps de faire exactement ce que Decker voulait qu'il fasse.

Ses jambes se mirent à trembler et elle essaya de se dérober à son contact.

— Trop, réussit-elle à dire, mais Decker l'ignora.

Il appuya plus fort sur son clitoris, ses hanches claquant sur sa chair alors qu'il la pénétrait.

— Jouis, Sid. Je t'en prie, jouis !

Elle le fit.

Ses muscles internes vacillèrent et enserrèrent son membre alors qu'il allait et venait, lui provoquant des spasmes. Tout en gémissant, il s'enfonça aussi loin que possible et rejeta la tête en arrière.

Même en proie à l'extase, Sidney se délectait de la beauté de l'homme au-dessus d'elle alors qu'il explosait. Les muscles de son cou étaient saillants et il resta aussi immobile qu'une statue tandis qu'elle se perdait dans le plaisir.

Il demeura ainsi un instant, avant de laisser échapper un long gémissement. Puis il s'effondra, s'assurant de ne pas l'écraser, se posant sur le côté et l'attirant tout près de lui. Il se retourna jusqu'à ce qu'elle soit couchée sur son corps, toujours connectée. Ils avaient le souffle court et étaient trempés de sueur.

Ce corps-à-corps avec Decker avait été brouillon et intense.

Il avait fait ce qu'il avait dit, la prenant vite et fort. Et cela avait été grandiose.

Chaque muscle de son corps lui faisait mal, mais dans le bon sens.

Mon Dieu, s'il devait lui faire l'amour de cette façon à chaque fois, elle n'y survivrait pas.

Ni l'un ni l'autre ne dirent rien pendant un long moment, dans la béatitude de la proximité que leurs ébats amoureux avaient forgée.

— Je t'ai fait mal ? finit par chuchoter Decker.

— Tu m'as démontée morceau par morceau et tu m'as envoyée voler, oui. Me faire mal ? Non.

Elle ressentait plus qu'elle n'entendait son ricanement, la joue posée sur sa poitrine.

— C'était la plus belle expérience de ma vie, dit-il doucement. Merci.

— Je crois que c'est ma réplique, répondit Sidney en ricanant.

Elle le sentit l'étreindre, puis son sexe glissa hors de son corps. Ils gémirent tous les deux. Sidney leva la tête.

— Merci d'avoir mis un préservatif. J'étais trop dans les vapes pour demander.

Decker secoua la tête.

— Je ne te mettrais jamais en danger. Je sais que nous aurions dû avoir la conversation sur la contraception avant que les choses n'aillent aussi loin, mais honnêtement, à la seconde où je t'ai goûtée, j'étais fichu. Je suis clean, Sid. Cela fait longtemps que je n'ai pas été avec quelqu'un, et je me fais tester régulièrement pour mon travail.

Elle apprécia qu'il le lui fasse savoir, mais une partie d'elle, au fond d'elle-même, s'en doutait déjà.

— Je le suis aussi. Clean, je veux dire. Je n'ai pas fait de test, mais ça fait au moins un an que je n'ai pas été avec un mec. Mais je peux aller à la clinique gratuite et le faire pour m'en assurer.

Decker secoua la tête.

— Ce n'est pas nécessaire. Et la contraception ?

C'était son tour de secouer la tête.

— J'ai essayé les pilules pendant un moment, mais elles me rendaient vraiment malade.

Il hocha la tête.

— Alors, ce sera le préservatif. Si tu veux essayer une autre forme de contraception, on peut, mais je ne veux pas te laisser faire quoi que ce soit qui te fasse du mal.

Le cœur de Sidney fondit encore une fois.

— Les préservatifs ne sont pas infaillibles, se sentit-elle obligée de dire.

Decker haussa les épaules.

— Nous ferons attention.

Elle leva la tête, posa son menton sur sa poitrine et le regarda.

— C'est tout ?

Il lui sourit.

— Oui. J'ai toujours voulu des enfants. Je n'avais pas prévu de les avoir bientôt, mais je ne t'avais pas encore rencontrée non plus.

Sidney n'était pas très enthousiaste à l'idée d'avoir des enfants. Point final. Elle avait vécu une expérience très personnelle avec la nature par opposition à l'éducation. Elle et Brian n'avaient pas été élevés différemment, mais il s'était révélé être un tueur en série. Avec sa chance et son ADN, elle aurait un enfant comme son frère.

— Arrête de t'inquiéter, gronda Decker. Je viens d'avoir l'orgasme le plus mémorable que j'ai jamais eu dans ma vie, je dois faire à manger à ma copine et je suis épuisé.

En secouant la tête, Sidney leva les yeux au ciel.

— Tu es vraiment un mec.

— Oui, acquiesça-t-il.

Puis, démentant ses affirmations d'épuisement, il s'assit, Sidney toujours dans ses bras.

Elle poussa un cri et le chevaucha. L'humidité entre ses cuisses était presque gênante, mais elle s'accrocha à lui et ne le lâcha pas, même lorsqu'il se leva et se dirigea vers la salle de bain.

— En attendant que la salle de bain soit rénovée, partager une douche ne sera pas très excitant, mais nous devons aller voir Hannah, la laisser sortir, préparer le petit-déjeuner et continuer notre journée.

Aimant la facilité avec laquelle il la transportait, Sidney lui demanda :

— Quels sont tes projets ?

— Passer du temps avec toi, dit-il immédiatement. Après notre retour de mission, nous avons généralement un jour ou deux d'arrêt.

Il la déposa sur le meuble à côté du lavabo dans la salle de bain. En posant ses mains de chaque côté de ses hanches, il la bloqua en lui demandant :

— Ça va ?

Sidney hocha immédiatement la tête. Elle leva ses mains sur les côtés et le regarda, profitant pour la première fois de l'image complète d'un Decker nu. Son sexe était à moitié dur et toujours enfermé dans le préservatif usagé. Alors qu'elle le regardait, il commença à grossir.

— Sérieusement ? lui demanda-t-elle.

En haussant les épaules, Decker sourit, puis se baissa et retira le préservatif. Il ouvrit l'armoire sous le lavabo et le jeta à la poubelle avant de reprendre sa position précédente.

— Je pense que je suis dur chaque fois que je suis avec toi.

— Comment est-ce arrivé ? demanda-t-elle, plus à elle-même qu'à Decker.

Mais il lui répondit quand même.

— Le destin, dit-il sans une once de gêne.

Elle ne pouvait pas vraiment le contester.

— Prête à prendre une douche ? proposa Decker.

— Avec toi ? Absolument.

Il l'aida à descendre du meuble et lui montra un tiroir.

— Il y a une brosse à dents neuve là-dedans. Je l'ai eue la dernière fois que je suis allé chez le dentiste et je n'ai jamais changé mon ancienne.

Puis il fit face à la baignoire et se pencha pour ouvrir l'eau.

Sidney ne pouvait pas quitter ses fesses des yeux. Il était plus blanc que le reste de son corps et la vue la faisait sourire.

— Arrête de me reluquer, femme, se plaignit Decker sans se retourner.

Toujours en souriant, Sidney ouvrit le tiroir et sortit l'objet, puis se mit au travail pour se brosser les dents. Decker s'approcha d'elle et fit de même. Ils partagèrent l'unique lavabo et quand ils eurent fini, il prit son visage dans ses mains et se pencha tout près.

Le baiser qu'ils se donnèrent était lent et doux. Mais c'était très différent, car ils étaient tous deux nus comme le jour de leur naissance.

Gémissant, Decker se retira.

— Hannah croise probablement les pattes pour essayer de se retenir. Nous n'avons pas le temps de faire l'amour à nouveau pour l'instant.

— Mais plus tard ? s'enquit Sidney.

— Absolument, plus tard, acquiesça Decker.

Puis il lui prit la main et la conduisit sous la douche.

Plus tard, alors qu'ils mangeaient le petit-déjeuner que Decker leur avait préparé, Sidney s'avoua plus heureuse qu'elle ne l'avait été depuis très longtemps. Et ce n'était pas tout, elle était comblée.

Et avec cette pensée, elle frissonnait. En général, quand les choses allaient bien dans sa vie, ce n'était qu'une question de temps avant que les problèmes n'arrivent. Elle espérait que cette fois-ci, les choses seraient différentes.

* * *

— Alors où est cette salope dont tu étais si sûr qu'elle allait se montrer ? demanda Miguel en s'appuyant contre la clôture derrière la maison de Victor.

— Ouais, ça fait deux semaines et elle n'a toujours pas montré son visage, ajouta Kyle.

Victor cracha sur le sol et défia les deux hommes du regard.

— Elle va passer, elle ne pourra pas résister.

— Tu vois, tu dis ça, mais même avec ces posts que tu as mis en ligne, elle n'est toujours pas là, déclara Miguel, sceptique.

Victor avait secrètement peur de s'être trompé sur cette stupide bonne femme.

Il avait fait courir le bruit parmi ses amis, et ils l'avaient dit à d'autres, et maintenant tout le monde dans leur cercle s'attendait à une grande fête avec elle quand elle viendrait enfin.

La nouvelle annonce qu'il avait mise en ligne la veille aurait dû la faire courir droit dans son piège... mais jusqu'à présent, elle n'avait pas mordu à l'hameçon.

— Elle va se montrer, insista-t-il.

— Elle a intérêt, répondit Kyle. Dallas a tellement aimé ton idée qu'il a fait passer le mot. Il y a pas mal de gens qui attendent le grand combat. Il y a beaucoup d'argent à se faire avec cette merde, donc si elle ne se montre pas bientôt, des têtes vont tomber.

— Ferme ta gueule, marmonna Victor en repoussant la clôture.

Il se dirigea vers les deux chiots qu'il venait d'acquérir et leur donna un coup de pied. Aucun des deux ne serait un bon combattant, ils n'avaient pas le tempérament, mais ils seraient de bons chiens d'appât quand ils seraient un peu plus grands.

Les deux chiots marron et blanc jappèrent et s'enfuirent la queue entre les jambes. Victor se sentit mieux, plus calme, après avoir vu les chiens courir effrayés.

Il n'en revenait pas de la naïveté de certaines personnes. Elles n'avaient aucun problème à donner des chiens à quiconque les demandait en ligne. Elles ne se donnaient pas la peine de vérifier qui était la personne qui les prenait, elles étaient juste heureuses de ne plus avoir à s'inquiéter pour les animaux. Elles préféraient croire qu'ils allaient dans des foyers agréables et heureux plutôt que de faire des efforts pour s'en assurer. Imbéciles.

— Elle va se montrer, dit-il, plus à lui-même qu'à ses amis. Et quand elle le fera, vous devez être prêts à faire passer le mot sur le combat.

— Elle sera toujours chez Dallas, n'est-ce pas ?

— Bien sûr, dit Victor en levant les yeux au ciel. Il a la configuration. Nous devons juste amener nos combattants et la salope là-bas, et nous allons gagner un max d'argent. On sera installés et on sera enfin respectés dans cette ville de merde.

Kyle et Miguel se tapèrent dans la main pendant que Victor coinçait les chiots effrayés. Il les prit par la peau du cou et les remit dans la caisse en plastique dans laquelle ils vivaient depuis qu'ils avaient été déposés. Il avait appris sa leçon sur le fait de laisser les chiens dehors. Les voisins fouineurs et l'incident avec la chienne qui lui avait été volée lui avaient appris qu'il valait mieux les garder tous en bas dans sa cave, et ne les laisser dehors que pour de courtes périodes.

Alors que les trois hommes rentraient dans la maison, Victor ne put s'empêcher de fantasmer sur leur prochain combat qui serait vraiment génial. Les gens prévoyaient de venir de tous les coins de la ville, et Dallas avait même dit qu'il avait un contact au Mexique qui parlait de traverser la frontière pour cet événement unique en son genre.

Il avait juste besoin que sa boxeuse vedette se présente.

CHAPITRE QUINZE

Cinq jours plus tard, Gumby buvait une tasse de café et regardait Sidney. Elle était à cran aujourd'hui, et il n'était pas sûr de savoir pourquoi.

Les choses entre eux allaient bien. Vraiment bien. C'était une personne facile à vivre. Ils avaient passé la plupart de leur temps chez lui, mais aussi une nuit dans sa caravane quand Jude avait appelé pour une réparation d'urgence tard un soir. Lorsqu'elle avait fini, ils étaient tous les deux trop fatigués pour retourner chez lui.

Elle avait semblé mal à l'aise de l'avoir dans sa caravane, et quand il l'avait poussée à le faire, elle avait admis qu'elle avait peur qu'il la juge à cause de l'endroit où elle vivait. Il lui avait dit qu'elle se trompait complètement, qu'il se fichait royalement de l'endroit où elle vivait tant qu'elle était en sécurité – puis il lui avait fait l'amour jusqu'à ce qu'elle oublie tout, sauf ce qu'elle ressentait quand il était en elle.

Gumby n'avait jamais ressenti pour qui que ce soit ce qu'il ressentait pour Sidney. Elle était parfaite pour lui, et il avait hâte de la voir tous les soirs après le travail.

Mais ce matin, quelque chose semblait la déranger. Et c'était très frustrant pour lui.

— Ça va ? demanda-t-il pour la troisième fois quand elle s'assit finalement à côté de lui avec son bagel grillé.

Sidney haussa les épaules.

— Parle-moi, supplia-t-il. Quelque chose ne va pas, et même si je ne peux rien y faire, au moins je peux être une oreille attentive. As-tu parlé à Jude ? A-t-il changé d'avis sur le fait que tu acceptes le poste avec Max ?

— Non. Il est d'accord avec ça, répondit Sidney. Le nouveau me suivra la semaine prochaine pour rencontrer les résidents et voir ce que je fais.

— C'est bien, non ?

— Je suppose.

— Tu as reparlé à Max ? demanda Gumby.

— Oui.

— Et ?

Sidney soupira.

— Tout va bien de ce côté-là. Dans deux semaines, j'irai à son bureau remplir des papiers et tout ça, pour respecter le planning.

Gumby fronça les sourcils.

— Tu n'as pas l'air très enthousiaste.

— Je le suis, insista-t-elle. C'est une opportunité incroyable, et je suis plus reconnaissante que je ne peux le dire que tu nous aies présentés.

Il se creusa la tête pour essayer de trouver ce qui pouvait la déranger à ce moment-là.

— Tu n'as pas eu de nouvelles de Brian ou de tes parents, n'est-ce pas ?

— Quoi ? Non ! s'exclama-t-elle. Même s'ils me mettraient certainement de mauvaise humeur, murmura-t-elle.

Au moins, elle admettait que quelque chose n'allait pas.

— Comment vont Nora et Faith ?

Si ce n'était pas son travail qui la dérangeait, peut-être qu'il y avait quelque chose avec une de ses amies.

— Elles vont bien. Je suis juste de mauvaise humeur. Je suis comme ça parfois. C'est un truc de fille.

Decker n'était pas si sûr de ça.

— J'ai fait quelque chose ? demanda-t-il sans détour. Parce que si c'est ça, tu dois me le dire. Ne fais pas semblant que tout va bien quand ce n'est pas le cas, Sid. C'est le moyen le plus rapide de foutre en l'air notre relation.

Elle se figea avec un morceau de bagel à mi-chemin de sa bouche.

— Tu es sérieux, là ?

Il haussa les épaules et leva les sourcils.

— Ce n'est pas toi. Si tu veux savoir, je suis juste nerveuse à l'idée de retourner chez Victor pour contrôler.

Gumby la regarda avec irritation.

— Je pense que c'est toi qui n'es pas sérieuse en ce moment.

Il savait qu'il était un peu bête, mais il avait fait de son mieux pour la raisonner sur ce sujet. Pour lui faire comprendre le danger qu'il y avait à confronter des personnes soupçonnées de maltraiter des animaux. Et après tout ce dont ils avaient parlé, elle voulait toujours aller chez Victor ? C'était fou.

— Ne commence pas avec ça, Decker. Je ne suis vraiment pas d'humeur.

— Je vois ça. J'essaie de comprendre pourquoi, mais tu ne veux pas me parler. Tu ne peux pas vraiment penser à retourner chez ce connard, n'est-ce pas ?

Elle s'assit plus droite sur sa chaise.

— Si. J'ai regardé sur Internet hier soir, et il a mis une autre annonce dans laquelle il disait vouloir un chien. C'est dégoûtant ! Cette fois, il dit que le chien qu'il a veut un frère ou une sœur. Je déteste penser à un pauvre chien déjà entre ses griffes, et maintenant il en veut un autre ? Cela fait presque deux semaines que je n'ai pas sauvé d'animaux maltraités, et j'ai l'impression de les laisser tomber. J'ai promis de ne rien faire pendant ton absence, mais tu es revenu maintenant, et j'ai été si occupée avec toi et Jude que je n'ai pas eu le temps de faire autre chose.

Gumby essaya de garder son calme et d'être raisonnable.

— Donc, tu dis que passer du temps avec moi, c'est t'empêcher de faire ce que tu veux quand il s'agit de mettre ta vie en danger pour un chien ?

Elle le regarda fixement.

— On dirait qu'un chien n'en vaut pas la peine, rétorqua-t-elle d'un air accusateur.

— Ce n'est pas ce que j'ai dit, et tu le sais.

Sidney prit une profonde inspiration.

— Je ne peux pas m'empêcher de me sentir comme ça, Decker. Tu sais ce qui s'est passé, et pourquoi je dois faire ça. J'ai juste l'impression de laisser tomber Faith et les chiens.

— Tu lui en as parlé ? demanda Gumby.

Sidney secoua la tête.

— Non, parce qu'elle dirait juste que je ne la laisse pas tomber, et qu'elle apprécie tout ce que je peux faire pour l'aider.

— Tu dis ça comme si tu pensais qu'elle mentirait en te disant ça.

— C'est le cas, affirma Sidney avec conviction. Elle est aussi investie que moi dans le sauvetage des animaux. Et je sais que le fait que je ne lui ai pas amené de chiens la préoccupe.

Gumby en doutait sérieusement. Il avait rencontré Faith, et il n'avait rien senti d'autre que de l'inquiétude pour Sidney lorsqu'ils avaient parlé de ses méthodes de sauvetage de chiens pour le groupe.

— En fait, non, tu n'as qu'à moitié raison. Faith est investie – mais d'une manière sûre et saine. Elle ne se promène pas chez les gens pour voler des chiens. Elle utilise ses relations et travaille avec les autorités pour essayer de mettre hors-jeu les connards qui maltraitent les animaux.

Il vit Sidney serrer les poings, mais elle ne répondit pas. Elle se contentait de le regarder.

Gumby fit de son mieux pour contenir sa colère, mais maintenant qu'ils avaient ouvert ces vannes, il ne pouvait plus s'arrêter. Faisant de son mieux pour adoucir son ton, tout en le gardant assez ferme pour faire passer son message, il reprit :

— Tu as vu des choses horribles quand tu étais enfant. Tu as vécu dans la terreur pendant de nombreuses années. Tu avais peur de ce que ton frère faisait aux animaux et de ce qu'il pourrait te faire regarder ensuite, ou du fait qu'il pourrait te faire du mal. Je m'inquiète pour toi, Sid. Je pense que tu as une sorte de culpabilité du survivant. Je l'ai vu chez certains de mes camarades SEAL quand les missions tournent mal, et ils reviennent vivants alors que leurs amis et coéquipiers ne sont pas rentrés. Je pense vraiment que tu as besoin de parler à quelqu'un de tout ce qui s'est passé, quelqu'un qui peut t'aider à essayer de faire face à la situation.

— J'ai parlé à quelqu'un. Je t'ai parlé, rétorqua fermement Sidney.

— Je sais que tu l'as fait, et cela signifie pour moi que tu t'es ouvert au monde. Mais je ne suis pas psychologue. Je n'ai pas les connaissances ou les outils pour t'aider comme le ferait une personne formée, répondit Gumby.

— Je ne suis pas prête, s'entêta Sidney.

Une fois de plus, Gumby se sentit frustré. Il savait que son besoin de sauver les animaux et sa volonté de se mettre en danger étaient le résultat direct de ce qui lui était arrivé dans son enfance.

— Je ne peux pas y aller avec toi aujourd'hui, alors tu vas devoir attendre un jour de plus pour te mettre en danger pour un chien.

— Alors maintenant, tu retires ton offre d'y aller avec moi ? Pour me protéger ? Ce sont tes mots, pas les miens.

Gumby fit un signe de tête.

— Oui, c'est ce que fais.

— Génial ! Alors tout ton discours sur le fait de ne pas

vouloir que je sois blessée, de comprendre que je dois aider les chiens, c'était juste de la merde ?

— Tu sais que ce n'est pas vrai, dit Gumby. J'ai juste beaucoup de choses à faire au travail aujourd'hui, et je ne peux pas tout laisser tomber quand on devient un peu trop actif sur Internet et qu'on décide de faire une croisade solitaire pour voler des chiens à Riverton.

— Ce n'est pas voler des chiens, insista Sidney dans un sifflement.

— Alors comment appelles-tu se faufiler dans une maison, escalader des clôtures et prendre les chiens des gens ?

— Gumby, Victor maltraite ces chiens ! se mit-elle pratiquement à crier.

— C'est vrai. Je le sais. Mais j'étais là, Sid. Je l'ai vu te frapper. Si je n'étais pas passé, il t'aurait fait bien plus de mal que ça.

— Merci pour le vote de confiance, dit-elle sarcastiquement.

— Ne fais pas ça, fit Gumby, énervé maintenant en plus de sa frustration. Tu sais aussi bien que moi que si on le pousse, il te fera vraiment mal. Il l'a fait deux fois ! Et tu ne penses pas à ça. Tu penses comme l'enfant de dix ans effrayée que tu étais. Flash info, Sidney, tu n'as pas dix ans. Victor n'est pas Brian, et je ne suis pas le genre d'homme qui va te regarder gâcher ta vie pour un chien.

À la seconde où les mots sortirent de sa bouche, il sut qu'il était allé trop loin.

— Je sais que je n'ai pas dix ans, Decker. Mais tu n'as pas le droit de me dire ce que je devrais ou ne devrais pas ressentir ! Tu n'as pas vu ce que Brian a fait à ces pauvres animaux ! Tu n'as pas eu à te tenir dans un tribunal et à te faire juger par des gens qui se demandaient si tu n'étais pas comme ton petit frère puisque tu as le même ADN ! Tu n'as pas à vivre ta vie en te demandant si tu aurais pu faire quelque chose pour aider un seul de ces animaux sans défense. Tu ne veux pas y aller avec moi ? C'est super ! Je n'ai pas besoin de toi. J'ai été très bien toute seule jusqu'à présent, et je continuerai à l'être. Ton attitude condescendante et sainte finit par être un peu vieillotte, de toute façon !

— Je ne veux pas que tu retournes chez lui, Sidney, répondit Gumby, beaucoup plus fort qu'il ne l'avait prévu.

Elle se redressa sur sa chaise et le dévisagea.

— Ce n'est pas parce que tu me baises que tu dois me dire ce que je peux et ne peux pas faire.

— Sérieusement ? demanda-t-il.

— Sérieusement !

En soupirant, Gumby se frotta le visage et essaya de contenir son tempérament.

— Sidney, tu ne peux pas être sérieuse. Ce type t'a fait du mal. Tu ne peux pas retourner là-bas toute seule !

— Si tu ne veux pas y aller avec moi, je vais devoir le faire, n'est-ce pas ? dit-elle en oubliant le bagel sur la table devant elle.

Réalisant que la conversation n'avançait pas, et que s'il continuait à la contrarier, Sidney quitterait sa maison pour se rendre directement chez Victor quelles qu'en soient les conséquences, Gumby ne répondit pas immédiatement. Il savait qu'elle n'avait pas les idées claires en ce moment. Elle était trop émotive sur le sujet et se sentait coupable de n'avoir rien fait récemment pour aider les animaux maltraités qu'elle se sentait obligée de secourir.

Il fit donc de son mieux pour aplanir les difficultés.

— Pourquoi pas un compromis ?

— Et si tu allais te faire foutre ? rétorqua Sidney, ne voulant manifestement pas être apaisée.

Elle remit sa chaise en place et partit dans la cuisine et y jeta le reste de son bagel.

Gumby la suivit, et quand elle se retourna, ils se retrouvèrent face à face. Il la prit dans ses bras jusqu'à ce qu'elle soit coincée par le comptoir et son corps.

— Écoute-moi, ordonna-t-il.

— Pourquoi le ferais-je ? demanda-t-elle en essayant de le repousser, mais il ne bougea pas.

— Parce que je m'inquiète pour toi ! dit Gumby. Parce que je sais d'où vient ton obsession, et je pense qu'il y a des moyens plus sains et plus sûrs de la gérer. Et parce que je t'aime !

Gumby n'avait pas l'intention de laisser échapper ces mots, mais une fois qu'ils furent sortis, il n'en fut pas désolé.

Les yeux de Sidney s'élargirent. Elle le regarda avec incrédulité, les mains qui le repoussaient reposant maintenant mollement sur sa poitrine.

— Oui, Sid. Je t'aime. Tu es tout pour moi. Je m'inquiète pour toi. Je veux que tu fasses ce que tu dois faire pour aider les animaux maltraités, mais pas si cela signifie que tu te mettes en danger. Tu ne comprends pas ? Si tu te fais tuer, tu ne pourras aider aucun animal. Les réseaux de combats de chiens n'en ont rien à faire. Les hommes et les femmes qui les dirigent et assistent aux combats n'ont aucune compassion. C'est évident, à voir leur propension à blesser et tuer les chiens qui leur rapportent de l'argent. Ils n'hésiteront pas à faucher tous ceux qui se mettent en travers de leur chemin.

— Alors, que suis-je censée faire ? demanda-t-elle d'une voix plus raisonnable que celle qu'elle avait utilisée plus tôt.

Gumby ne fut pas étonné qu'elle ignore sa déclaration d'amour. Cela ne le dérangeait pas... pour l'instant. Ils pourraient s'occuper de ça plus tard. Pour l'instant, il devait convaincre sa femme de ne pas courir tête baissée vers un danger qu'elle n'était pas en mesure de gérer. Et comme elle était très enthousiaste et très intelligente, elle était dépassée par la situation en ce qui concernait les combattants canins.

— Je ne dis pas que tu devrais arrêter de travailler avec et pour les animaux maltraités. Je suggère simplement que tu n'as peut-être plus besoin d'être en première ligne. Tu pourrais peut-être faire ce que tu fais depuis le début : travailler en coulisses, consulter les médias sociaux et donner des conseils aux flics. Ou tu pourrais faire ce que Faith entreprend et être coordinatrice d'accueil. Hannah t'a tout de suite adoptée. Elle s'est mise entre toi et Max quand il est venu la première fois, tu te souviens ? Les chiens ont besoin de quelqu'un avec ta gentillesse pour les aider quand ils sont amenés.

Sidney ne dit rien, elle se contenta de continuer à le regarder avec une expression illisible.

— Je ne veux pas que tu abandonnes complètement. Je sais que ton âme a besoin d'aider. Je te supplie juste de ne pas te mettre en danger direct. Je ne sais pas ce que je ferais si quelque chose t'arrivait.

— Il leur fait du mal, Decker, dit-elle, la voix brisée. Si je ne fais pas quelque chose, qui le fera ? Personne n'a aidé les pauvres animaux que mon frère torturait, et ils sont morts d'une façon horrible. Je ne peux pas rester sans rien faire !

— Ce n'est pas ce que je te demande, insista Gumby. On peut parler au contrôle des animaux et aux flics et s'assurer qu'ils sont au courant de ce type et de ce qu'il fait.

— Ça va prendre trop de temps ! Le temps qu'ils fassent quelque chose, combien d'autres Hannah aura-t-il blessées ?

En entendant son nom, Hannah se mit à pleurnicher. Elle était assise juste à l'extérieur de la cuisine et les regardait fixement.

Gumby soupira.

— Je dois vraiment aller travailler aujourd'hui. Je suis désolé d'avoir dit que je n'irais pas avec toi. J'étais frustré et inquiet. J'irai, Sid, mais il faudra que ce soit demain. On ira ensemble voir chez lui, d'accord ?

Il savait qu'elle voulait protester. Elle voulait faire valoir que demain serait trop tard. Mais finalement, elle soupira et hocha la tête.

Gumby mit sa main sur le côté de son visage et attendit qu'elle le regarde.

— Pense au moins à ce que j'ai dit, implora-t-il. J'aime voir ton visage et ton corps sans ecchymoses ni égratignures. Nous pouvons trouver un moyen pour que tu puisses aider les animaux comme tu le dois sans mettre ta vie en danger.

— Je pense que tu exagères. Je peux supporter quelques coupures et éraflures. Mais d'accord, j'y réfléchirai.

Gumby la prit dans ses bras et ferma les yeux. Il ne pouvait pas imaginer ne pas l'avoir près de lui. Elle était tout pour lui. Son monde. Intellectuellement, il comprenait son besoin de se mettre en danger pour aider les animaux maltraités. Elle avait l'impression d'expier quelque chose dont elle n'était même pas responsable au départ. Il voulait vraiment qu'elle accepte de parler à un thérapeute de tout ce qu'elle avait vécu, pour essayer de comprendre la part d'elle-même qui devait être là pour les animaux maltraités. Mais il savait qu'elle n'était pas tout à fait prête pour cela.

Il prit du recul et dit :

— Ça va ?

— Oui, Deck. Ça va.

— Quel est ton programme pour aujourd'hui ?

— Je vais au parc à caravanes pour travailler un peu. Ensuite, Caite et moi, on va déjeuner avec Caroline.

— Caroline Steel ? demanda Gumby, surpris.

— Oui.

Il était aussi content que possible. Caroline était mariée à Wolf, un camarade SEAL. Un homme qu'il respectait beaucoup.

— Ça a l'air génial.

Sidney haussa les épaules.

— Je suis plus impatiente de voir Caite. Je lui ai parlé plusieurs fois depuis la soirée qu'on a passé ensemble chez toi, mais on n'a pas pu se voir en personne.

— Cool.

— Oui. Je l'aime beaucoup.

— Je devrais partir vers quinze heures trente. Tu veux revenir ici ce soir ?

— Je crois que j'ai besoin de faire des trucs autour de ma caravane. Ça fait un moment que je n'y suis pas allée.

Gumby fronça les sourcils. Il n'aimait pas qu'elle essaie de s'éloigner de lui.

— J'apporterai le dîner alors.

Elle ne dit rien.

— Sid, nous nous sommes disputés. On en a parlé. Je sais que les choses n'ont pas été géniales ce matin, mais je t'aime. Je veux te voir. J'ai besoin de te voir. On peut même s'asseoir dans la même pièce et faire nos propres trucs si tu veux, mais ce n'est pas parce que je ne suis pas d'accord avec toi sur quelque chose que ça ne veut pas dire que je ne veux pas traîner avec toi.

— D'accord.

— OK ? Je peux venir chez toi ?

— Oui. Mais je ne peux pas le dire en retour. Pas encore.

Gumby savait exactement de quoi elle parlait.

— C'est bon, Sid. Prends ton temps. Je ne t'ai pas dit que je t'aimais pour te forcer à le dire en retour. J'avais juste besoin que tu saches combien tu comptes pour moi. Que tout ce que je fais, je le fais dans ton intérêt.

— Tu es trop parfait, chuchota-t-elle.

Gumby éclata de rire.

— Je ne suis pas parfait. Je fais tout le temps tout foirer. Je suis nul en cuisine, je déteste le ménage. Je suis égoïste, et je préfère traîner ici chez moi avec toi et mon chien plutôt que de faire quoi que ce soit avec mes amis. La plupart du temps, je n'ai aucune idée de ce que je fais avec Hannah, et je sais pertinemment que je vais continuer à t'énerver à l'avenir. Je ne suis pas parfait, Sidney, et je ne veux pas que tu penses que je le suis. Je ne peux pas supporter ce genre de pression.

Elle sourit.

— Je suis doué pour beaucoup de choses cependant. Faire du sport, nager, faire des omelettes, conduire, tirer et te faire jouir. Je peux travailler sur tout le reste.

Elle eut un petit rire.

— Merci, Decker.

— Tu te sens mieux ?

Elle hocha la tête.

— Oui.

— Bien. Appelle-moi après le déjeuner pour me dire comment ça s'est passé ? demanda-t-il.

— Tu es sûr ? Je ne veux pas te déranger.

— Je t'ai dit et répété que tu ne me déranges pas quand tu m'appelles. Si je suis au milieu de quelque chose et que je ne peux pas parler, je ne répondrai pas et je te rappellerai quand je pourrai. J'aime bien parler avec toi, Sid.

— OK.

— Tu veux que je prenne quelque chose de précis pour le dîner ?

— Du chinois ?

— Parfait. Réfléchis à ce que tu veux et tu me le diras quand tu appelleras après le déjeuner.

— Du poulet aux noix de cajou, lui dit-elle. Avec de la chair de crabe et des raviolis chinois pour l'apéritif.

Gumby ricana. Il appréciait que sa copine sache toujours ce qu'elle aimait.

— C'est noté.

Il se pencha en avant et lui embrassa le front.

— Je sais que tu t'inquiètes pour les chiens. Je te promets qu'on va trouver quelque chose pour arrêter ce type pour de bon. D'accord ?

Sidney fit un signe de tête.

— D'accord. Decker ?

— Oui, mon cœur ?

— Je suis désolée, je suis une emmerdeuse.

Il sourit.

— Je ne voudrais pas que tu sois autrement qu'exactement comme tu es. J'aime ton grand cœur. Si tu n'étais pas compatissante, tu ne m'aurais pas suivi chez le vétérinaire le jour où nous nous sommes rencontrés parce que tu étais inquiète pour Hannah. Nous ne serions pas là où nous sommes maintenant. Comment pourrais-je vouloir changer cette partie de toi ?

— Il faut que tu saches que nous allons probablement finir par avoir plus d'animaux de compagnie.

Le sourire de Gumby s'élargit. Le fait qu'elle pensait à un avenir aussi lointain et qu'elle l'incluait dans sa vision était très encourageant et excitant.

— Je m'en doutais bien, lui dit-il. Un jour, nous serons trop à l'étroit dans cette maison, mais je ne pense pas vouloir la vendre. Ce sera une maison parfaite pour s'évader le week-end.

Sidney cligna des yeux, surprise.

Ne voulant pas pousser trop fort, trop tôt – il l'avait déjà poussée plus loin que prévu – Gumby conclut :

— Il se fait tard. Je dois aller à la base, et je suis sûr que Jude attend impatiemment ton arrivée. Amuse-toi bien au déjeuner.

Puis il baissa la tête. Quand Sidney se hissa sur la pointe des pieds pour le rejoindre à mi-chemin, il se détendit complètement et l'embrassa.

Ce fut un long et lent baiser, et Gumby fit de son mieux pour montrer à Sidney combien il l'aimait sans paroles. Il savait qu'elle était probablement encore irritée par leur dispute et qu'elle s'inquiétait certainement des chiens que Victor pouvait maltraiter, mais il appréciait qu'elle se soit suffisamment calmée pour au moins lui parler.

Lorsqu'il se recula, Sidney amena lentement une main sur sa joue. Elle la fit courir le long de sa barbe et sourit.

— Je n'étais pas le genre de fille à barbe avant de te rencontrer.

À ses paroles, il ne put empêcher des pensées sexy de lui traverser l'esprit. Combien elle aimait la sensation des poils de son visage contre l'intérieur de ses cuisses lorsqu'il la mangeait. Comme elle se tortillait contre lui lorsqu'il l'embrassait sur le ventre parce que ses cheveux chatouillaient. On pouvait dire sans risque de se tromper qu'il n'allait probablement pas les raser de sitôt. Pas si sa femme aimait ça.

— Content de l'entendre, dit-il au bout d'un moment.

Sidney leva les yeux au ciel comme si elle savait qu'il pensait à quelque chose de sexuel.

— Tu es un véritable obsédé, dit-elle en souriant, avec une petite tape amusée sur sa poitrine.

Heureux qu'ils soient de nouveau sur la même longueur d'onde, Gumby reprit :

— Seulement quand il s'agit de toi, Sid.

— Bonne réponse, dit-elle en riant.

Puis elle se glissa sous son bras et se dirigea vers ses chaussures qui se trouvaient contre le mur.

Il la regarda attacher les lacets de ses Chucks et passa une minute ou deux à caresser et à féliciter Hannah d'être « la meilleure chienne du monde entier ». Puis elle se leva et prit son sac à main et son téléphone.

— Conduis prudemment, dit Gumby en se dirigeant vers la porte.

— Toi aussi. Je te parlerai plus tard, lui rappela-t-elle, puis elle disparut par la porte d'entrée.

Hannah se mit à gémir.

— Je ressens la même chose, ma fille, dit Gumby à sa chienne, puis il secoua la tête et se prépara à se mettre au travail.

Sidney fixait le téléphone dans sa main alors qu'elle était assise à l'extérieur du restaurant où elle retrouvait Caite et Caroline pour le déjeuner.

Victor avait posté un autre message... sur Facebook, cette fois. Il avait inclus une photo de deux chiots assis dans la terre à côté d'une clôture. Ils se recroquevillaient et avaient l'air effrayé. Son message était le suivant :

. . .

Je viens d'avoir ces deux chiots et je pense qu'ils ont besoin d'un chien plus âgé pour les mettre plus à l'aise. Ils pleurent vraiment beaucoup. Si vous avez un chien plus âgé dont vous devez vous débarrasser, je le prends et je lui offre une grande maison.

Sidney avait envie de crier. Il y avait déjà eu une tonne de réponses, demandant où il se trouvait. Une personne disait même qu'elle avait trouvé un chien errant et qu'elle ne pouvait pas le garder, et que si Victor le voulait, elle pourrait le rencontrer quelque part.

Furieuse contre Victor, et effrayée pour les chiots qu'il avait dans ses griffes, Sidney marqua le post comme offensant dans l'espoir que Facebook le fasse disparaître. En posant une main sur sa poitrine, elle se rendit compte que son cœur battait à tout rompre pour les chiots. Elle ferma les yeux et un souvenir de son passé lui traversa l'esprit comme si cela s'était passé hier.

Brian avait été gentil avec elle pendant presque un mois entier. Il n'avait rien fait qui l'ait rendue nerveuse ou méfiante, et Sidney avait un peu baissé sa garde. Malgré cela, lorsqu'il lui avait dit qu'il voulait lui montrer quelque chose à l'arrière, elle avait refusé. Elle se souvenait très bien de ce qu'elle avait vu la dernière fois qu'elle était entrée dans la remise avec lui.

Mais même s'il était plus jeune qu'elle, Brian était un grand enfant. Plus grand et plus fort. Il l'avait traînée, en donnant des coups de pied et en criant, jusqu'à l'arrière-cour et la redoutable cabane.

À la seconde où il avait ouvert la porte, elle avait été remplie de peur à l'idée de ce que Brian pourrait vouloir lui montrer. Il l'avait poussée à l'intérieur et se tenait devant la porte, ne la laissant pas s'échapper.

— Ils étaient errants, lui avait dit Brian, en montrant

quelque chose sur le sol dans le coin de la remise. Personne n'en voulait. Ils étaient probablement malades aussi.

Dans le coin, il y avait deux chiots… du moins, c'était ce qu'elle pouvait imaginer. Elle n'avait aucune idée de ce que Brian leur avait fait, car elle avait tourné la tête et fermé les yeux, mais pas avant que l'image du sang, des mouches et des pauvres corps mutilés ne soit gravée dans sa mémoire.

Elle savait que Brian avait passé plus de temps dans sa cabane des horreurs, mais elle était restée à l'intérieur de la maison, aussi loin de lui qu'elle pouvait l'être. Par peur.

Et alors qu'elle était restée assise à ne rien faire, ces pauvres chiots avaient connu une mort horrible.

Sidney avait vomi à ce moment-là.

Brian était furieux contre elle parce qu'elle avait « bousillé son poste de travail ». Il l'avait attrapée par les cheveux et l'avait traînée hors de la remise, la jetant à terre et lui donnant de gros coups de pied dans le ventre avant de retourner à l'intérieur et de claquer la porte.

Sidney ouvrit les yeux et fit de son mieux pour se débarrasser du flash-back. Brian était en prison, et il ne pouvait pas faire de mal à d'autres chiots ou chatons – ou femmes – à nouveau.

Mais Victor, lui, le pouvait.

Sidney avait sauvegardé la photo des chiots avant de signaler le post, et elle la fixait maintenant. Elle n'avait pas sauvé ces pauvres chiens des années plus tôt, mais il était hors de question qu'elle reste là à ne rien faire cette fois-ci.

Il fallait qu'elle les sauve.

Les plans tourbillonnaient dans sa tête. Elle déjeunerait avec Caite et Caroline, puis irait vérifier la situation. Peut-être que Victor n'avait pas de chiots. Peut-être qu'il avait pris la photo sur Internet ou quelque chose comme ça. Elle jetterait juste un coup d'œil dans son jardin et partirait s'ils n'étaient pas là. S'ils étaient là, alors peut-être qu'elle pouvait les faire sortir en douce. Si elle était prudente, si elle restait loin de

Victor, Decker ne le saurait pas. Elle entrerait et sortirait. Dix minutes, maximum.

Elle savait que Decker serait furieux contre elle s'il le découvrait. Et elle reconsidéra ses plans juste une seconde. Elle savait qu'elle était dans la merde. Elle connaissait son frère et tout ce qu'il avait fait lui avait embrouillé la tête. Elle ferait n'importe quoi pour ne pas se sentir coupable des actions de Brian. Peut-être qu'elle parlerait à Decker de voir un psychologue. Si cela pouvait diminuer le besoin intense et accablant de sauver des animaux, cela valait peut-être la peine.

Mais elle regarda à nouveau la photo que Victor avait publiée. Elle ne pourrait pas se regarder en face si elle ne faisait pas quelque chose pour aider ces chiens. Revoyant son plan dans sa tête, Sidney sortit de sa voiture. Elle avait hâte de déjeuner et de revoir Caite, mais elle espérait que cela ne durerait pas trop longtemps. Elle avait des chiots à sauver.

CHAPITRE SEIZE

— J'ai eu le pire mal de tête le lendemain matin, mais Sidney a dit qu'elle n'avait pas du tout la gueule de bois. Cela m'étonne, car on a bu beaucoup de rhum.

Caite souriait et riait en racontant à Caroline l'histoire de sa rencontre avec Sidney.

L'autre femme riait aussi et appuyait ses coudes sur la table.

— On dirait que vous vous êtes bien entendues.

Elle fit un signe de tête.

— Je sais que j'aurais pu t'appeler, mais Gumby a juré que Sidney était une experte en chiens, et je me suis dit qu'elle saurait quoi faire.

— Bien vu. J'aurais probablement flippé si j'étais entrée et que j'avais vu tout ce sang, dit Caroline.

Sidney en doutait. L'autre femme avait l'air aussi bien organisée et équilibrée que n'importe qui d'autre qu'elle avait rencontré.

Avant l'arrivée de Caroline, Caite avait un peu parlé d'elle à Sidney. Elle lui avait notamment expliqué la façon dont elle avait sauvé un avion entier rempli de passagers, et des terroristes dont elle avait été la cible, parvenant à déjouer leurs plans et à transmettre un message secret à son mari et à son équipe SEAL sur l'endroit où elle était détenue, afin qu'ils puissent l'atteindre et la sauver.

C'était presque incroyable, mais maintenant qu'elle avait rencontré Caroline, Sidney savait que Caite n'avait pas exagéré. Elle ne se sentait pas du tout à sa place entre les deux femmes. Elle n'était pas intimidée par beaucoup de gens, mais Caroline la faisait définitivement se sentir inadaptée. Non seulement elle était terre-à-terre et mariée à un Navy SEAL très respecté et décoré, mais elle était aussi chimiste. Une putain de chimiste, pour l'amour de Dieu.

Entre cela, le fait que Caite parle couramment le français et qu'elle aide la marine dans des affaires criminelles impliquant des méchants francophones, Sidney se sentait comme le mouton noir de la famille à côté de ces deux-là.

Ce ne fut que lorsque Caite commença à parler de la protection de Rocco que Sidney se mit à s'intéresser un peu plus à la conversation.

— Je jure qu'après tout ce qui m'est arrivé, Rocco est complètement paranoïaque. C'est pourquoi il voulait que je reste chez Gumby pendant la dernière mission de l'équipe. Il ne fait plus confiance à personne dans le complexe d'appartements, même s'il s'entendait parfaitement bien avec eux avant que cette situation avec la femme du contre-amiral n'arrive.

— Ils sont faits comme ça, commenta Caroline. Wolf est pareil, et nous sommes ensemble depuis des années. Ils ne peuvent pas supporter qu'il nous arrive quelque chose.

— Mais ça me rend folle, et je me sens mal, répondit Caite. Je suis une adulte. Je suis parfaitement capable de me conduire moi-même au déjeuner si je le veux. Mais il a insisté pour venir me chercher au NCIS et me conduire jusqu'ici. Il a dit qu'il viendrait me chercher quand nous aurions fini, mais je lui ai dit que Sidney pourrait me ramener au travail. C'est d'accord ?

Sidney essaya de cacher sa frustration. Elle voulait arriver à ces chiots le plus vite possible. Mais elle ne pouvait pas refuser un service à Caite. Elle fit un signe de tête.

— Bien sûr. J'aurais pu venir te chercher aussi.

— Je sais. Mais le fait est que j'ai l'impression de mettre constamment Rocco à contribution et maintenant mes amies. S'il m'avait laissé conduire moi-même, personne n'aurait eu besoin de faire un détour pour m'emmener au travail ou me ramener.

Caroline mit sa main sur celle de Caite.

— J'admets que leur protection peut être écrasante, mais il faut se rappeler qu'ils voient le pire de l'humanité. Ils sont envoyés dans des pays pauvres où les gens meurent littéralement de faim dans les rues. Ou dans des pays riches où les hommes et les femmes qui ont de l'argent asservissent parfois ceux qui n'ont pas les moyens d'acheter de la nourriture, alors ils s'engagent volontairement juste pour manger. Ils tuent, et sont constamment pris pour cible lorsqu'ils sont hors du pays. Il y a aussi des gens dans ce pays qui pensent que nos SEAL sont des drones sans cervelle, qui font tout ce qu'on leur dit sans se demander si c'est bien ou mal.

« Nos hommes veulent juste nous mettre en sécurité. Ils veulent nous protéger des maux du monde qu'ils voient régulièrement. Et vraiment, est-ce si mal ? Réfléchis à l'alternative. Que Rocco s'en fiche. Qu'il ne se soucie pas que tu travailles tard et que tu rentres chez toi la nuit. Qu'il reste assis sur ses fesses et te laisse répondre tard le soir quand quelqu'un sonne à la porte.

— Hmmm, fredonna Caite. C'est bien de savoir que lorsque je rentre tard après avoir rendu visite à ma mère, Rocco sera toujours là pour me retrouver à l'aéroport. Je n'ai pas à me soucier de traverser le grand parking toute seule pour arriver à ma voiture.

— Exactement, déclara Caroline. Et s'il ne peut pas être là, il s'assurera que quelqu'un d'autre qu'il connaît et en qui il a confiance y soit, n'est-ce pas ?

— Exactement.

— Mais qu'en est-il quand il vous ordonne de faire quelque

chose, ou d'arrêter de faire quelque chose que vous aimez faire ? demanda Sidney.

Les deux femmes se tournèrent vers elle.

Sidney avait l'air très bizarre, mais Caroline se contenta de hocher la tête comme si la question ne la surprenait pas le moins du monde.

— C'est vrai. Donc, je suppose que ce n'est pas exactement une question rhétorique, et sans connaître les détails, il est difficile d'y répondre. Mais je vais essayer. Ce que j'ai appris en étant mariée à un SEAL, c'est qu'ils ont tendance à être très brusques. Matthew n'est pas très doué pour être subtil ou pour essayer de s'y retrouver dans un sujet. Il se contente d'avancer à plein régime et d'exposer ses idées sans vraiment réfléchir à ma réaction. Ce n'est que lorsque je réagis d'une manière à laquelle il ne s'attend pas qu'il s'arrête pour réfléchir à ce qu'il vient de dire. En général, nous discutons et je me rends compte qu'il n'exige pas vraiment que j'arrête de faire quelque chose. Il s'inquiète juste de la façon dont mes actions vont m'affecter.

— Par exemple ? demanda Sidney.

Caroline réfléchit longuement avant de dire :

— Il y a eu cette fois où j'ai pensé que ce serait une bonne idée de retrouver la famille de la fille adoptive de notre ami Tex, en Irak. Je me suis aussi mise dans tous mes états. J'imaginais dans ma tête combien tout le monde en Irak serait heureux de voir Akilah, et combien elle serait ravie de revoir sa famille. J'en ai parlé à Matthew un soir, et il m'a dit que c'était une idée épouvantable. Je me suis énervée. Super énervée. Comment la rencontre avec ta famille pourrait-elle être mauvaise ?

« Après que je lui ai dit de partir, il est venu me trouver. Je ne voulais pas lui parler, mais il m'a forcée à l'écouter. Et il m'a expliqué que quand Akilah a été blessée, aucun de ses proches n'avait fait quoi que ce soit pour lui apporter l'aide dont elle avait besoin. C'était un soldat qui l'avait rencontrée, hurlant de douleur au milieu de sa maison bombardée. Apparemment, la

Croix-Rouge avait essayé de trouver les personnes responsables d'elle, mais personne ne prétendait la connaître. Aujourd'hui, elle s'est acclimatée à la vie ici aux États-Unis, elle est heureuse avec sa famille, avec une petite sœur. Je peux imaginer qu'elle n'a pas les meilleurs souvenirs de son séjour en Irak, et si quelqu'un lui avait dit qu'ils la ramenaient pour rencontrer la famille qui l'avait abandonnée, elle n'aurait probablement pas été heureuse.

« Matthew et moi en avons discuté pendant au moins une heure, du pour et du contre, et j'ai finalement décidé que mon idée n'était pas vraiment la meilleure. Il a convenu que je pourrais peut-être voir quelles informations je pourrais recueillir, et que si, plus tard dans sa vie, une fois adulte, elle voulait contacter sa famille, ce serait sa décision, et non quelque chose que je lui aurais imposé. Si Matthew avait abordé le sujet de manière calme et rationnelle lorsque je l'ai évoqué, je n'aurais probablement pas réagi aussi mal. Mais parce qu'il s'inquiétait pour moi, et que tout cela pouvait m'exploser au visage, il a d'abord mis son veto à mon idée. Cela m'a ennuyée, mais maintenant je comprends.

Sidney demeura silencieuse, réfléchissant à tout ce que Caroline avait dit.

— Rocco m'a interdit de me faire un tatouage, déclara Caite.

Sidney la regarda avec incrédulité.

— Tu voulais un tatouage ?

— Pourquoi es-tu si surprise ?

— Tu n'as pas l'air de ce genre, fit Sidney.

Et elle ne l'avait pas fait. Caite était trop prudente pour vouloir marquer sa peau avec quelque chose d'aussi permanent qu'un tatouage.

— Ouais, eh bien, je me suis énervée contre Rocco et je lui ai dit qu'il n'était pas mon patron et il n'avait pas son mot à dire.

— Je parie que ça s'est bien passé, taquina Caroline.

Étonnamment, Caite se mit à rougir.

— Il a refusé que je fasse la sourde oreille et m'a séduite. Puis, une fois que j'étais détendue et assagie, il m'a dit qu'il aimait mon corps tel qu'il était. Et même si, en fin de compte, c'était à moi de décider si je voulais me faire tatouer ou non, il voulait que j'y réfléchisse vraiment pendant un certain temps avant de faire quelque chose que je pourrais regretter.

— Et ? demanda Sidney.

— Il avait raison. Je ne me sentais pas en sécurité parce que j'avais remarqué de plus en plus de femmes de marines sexy et tatouées sur la base, des femmes que je pensais voir et avec lesquelles il interagissait régulièrement, et je ne voulais pas que Rocco regrette de m'avoir choisie alors qu'il pouvait avoir quelqu'un de plus cool et de plus branché.

Sidney ne voulait pas admettre que les deux femmes avaient raison. Decker avait été très direct. Mais elle aussi. Ce matin-là, ils avaient tous les deux dit des choses que, s'ils avaient pensé à eux en premier, ils n'auraient peut-être pas dites aussi franchement. Il avait dit ce qu'il pensait, mais quand elle se souvint de leur conversation, elle admit qu'il n'avait pas dit qu'il voulait qu'elle arrête de travailler avec des animaux maltraités, mais qu'il voulait juste qu'elle arrête de travailler en première ligne.

Mais ensuite, elle pensa à la photo que Victor avait publiée plus tôt et secoua mentalement la tête. Même si elle le signalait aux flics ou au contrôle des animaux, il leur faudrait une éternité pour enquêter, et Victor pourrait simplement déplacer les chiots ailleurs et continuer à les maltraiter.

— Tu veux nous dire à quoi tu penses si fort là-haut ? demanda Caite.

Sidney se força à faire attention.

— Ce n'est rien.

— Toi et Gumby, ça va ? s'enquit Caroline.

Sidney fit un signe de tête.

— Oui. On est bien. On a juste eu un petit désaccord ce matin. Mais tout va bien.

— Bien. Vous ne sortez pas ensemble depuis si longtemps, n'est-ce pas ? demanda Caroline.

— C'est vrai.

— Souviens-toi juste que quand ces gars tombent amoureux, c'est très fort. Et quand ils le font, ils font tout ce qu'il faut pour te rendre heureuse. Les militaires ne sont pas tous pareils. Certains couchent avec toutes celles qui écartent leurs jambes. Mais l'équipe de Matthew est différente, et je pense que l'équipe de Rocco est la même. Quand ils s'engagent, ils s'engagent. Ils ne tricheront pas. Ils n'abandonneront pas quand les choses deviendront difficiles. Ils ne communiquent pas toujours de la bonne ou de la meilleure façon, mais au fond d'eux, ils veulent bien faire et tueraient quiconque oserait vous faire du mal.

Caite agita la tête vigoureusement.

— J'ai vu ça de mes propres yeux. Rocco était furieux contre ce commandant qui voulait ma mort, et la seule raison pour laquelle il n'a pas sauté dans l'océan pour me sauver lui-même était qu'il voulait s'assurer que la menace qui pesait sur moi avait disparu.

Caroline regarda alors Sidney.

— Ne te méprends pas, si Gumby a décidé que tu es faite pour lui, tu pourrais le blesser profondément en te mettant dans une situation où il doit tuer pour te protéger. C'est un SEAL, mais ça ne veut pas dire qu'il ne peut pas aller en prison.

Sidney était un peu effrayée que Caroline semble sentir qu'elle pensait à faire quelque chose qu'elle ne devrait pas. Quelque chose qu'elle avait promis de ne pas faire.

— Je sais, et je ne ferais rien qui puisse lui faire du mal.

Pendant une seconde, elle crut que Caroline allait lui rappeler ce qu'elle venait de dire, mais elle finit par hocher la tête.

— Bien. Mais je vais te dire une chose, si Matthew était en danger, je ferais tout ce qu'il faut pour l'aider.

— Moi aussi, dit Caite.

Sidney était amusée.

— On le sait. Tu l'as déjà fait, et tu n'avais même pas encore eu de premier rendez-vous quand tu l'as fait.

Toutes les trois se mirent à rire.

— C'est vrai, dit Caite. Je suppose que je me suis jetée tête la première dans une situation à laquelle je n'avais pas pensé quand j'ai poursuivi Rocco, Gumby et Ace au Bahreïn, n'est-ce pas ?

— Mais tout s'est bien passé, apaisa Sidney.

Les trois femmes parlèrent un peu plus longtemps et même si elle aimait beaucoup Caroline, Sidney savait qu'elle était beaucoup plus proche de Caite. Elle était nouvelle dans sa relation avec un SEAL, tout comme Sidney, et elles étaient plus proches en âge. Et Caite était tout aussi drôle aujourd'hui que l'autre soir, quand elles étaient rondes comme des queues de pelle.

— Ce déjeuner est pour moi, dit Caroline quand les choses se calmèrent.

— Pas question, protesta Caite. Je t'ai invitée, c'est comme ça.

— Je peux payer moi-même, ajouta Sidney.

La serveuse s'avança alors et, au lieu de mettre une facture sur la table, annonça :

— C'est votre jour de chance, mesdames. Un Matthew Steel a appelé et a payé vos trois repas avec une carte de crédit... pourboire compris. Vous pouvez donc y aller quand vous voulez. Mais pas de précipitation, je voulais juste que vous sachiez.

Sidney regarda la serveuse avec incrédulité.

Après le départ de la femme, Caite souffla d'un air frustré.

— Eh bien, c'était sournois.

Caroline se contenta de sourire.

— Rocco et Gumby sont hors-jeu. Ils apprendront bien assez tôt.

Sidney dut admettre que c'était une bonne chose à faire. Si Decker avait fait cela pour elle, elle aurait été extrêmement flattée.

Mais quand elle y pensa, elle réalisa qu'il avait fait le même genre de chose pour elle à maintes reprises. Il était prévenant et attentif, et elle s'était imprégnée de chaque chose qu'il avait faite pour elle presque sans réfléchir. Ouvrir des portes, se lever et remplir son verre quand elle était à l'aise sur le canapé. Lui laisser la dernière part de pizza. Régler l'alarme de sa montre au lieu de son réveil pour ne pas la réveiller lorsqu'elle se déclenchait. Faire sa vaisselle. La liste était interminable.

Se sentant coupable de ce qu'elle avait l'intention de faire après le déjeuner, elle changea presque d'avis. Mais ensuite, elle se souvint des visages effrayés des chiots et elle ne pouvait pas ne rien faire.

Elle allait avoir un tête-à-tête avec Decker ce soir et lui expliquer pourquoi elle avait fait cela. Il comprendrait. Il le devait.

— Merci de m'avoir invitée, dit Caroline en se levant.

— Merci d'être venue, lui dit Caite avant de lui faire un rapide câlin.

Sidney ne s'attendait pas à ce que Caroline se tourne vers elle pour un câlin, alors elle se sentit bien quand elle fut incluse elle aussi.

Elles se dirigèrent toutes vers la porte, et Caroline fit signe de la main en se dirigeant vers sa voiture.

— Merci d'être venue aussi, dit Caite à Sidney alors qu'elles se dirigeaient vers son Accord. Je ne voulais pas l'admettre, mais Caroline m'intimide. C'est idiot, mais elle est une femme de militaire depuis tellement plus longtemps que moi que j'ai peur de dire quelque chose de stupide quand je suis près d'elle.

Sidney le comprenait, c'est sûr. Elle ressentait la même chose.

— Et elle a déjà un groupe d'amis. Donc je sais ce que tu veux dire.

Caite sourit.

— Je suppose qu'on crée notre propre groupe maintenant, n'est-ce pas ?

— Oui ! Alors, camarade, on prend la route ?

— Allons-y, dit Caite.

Une fois installée dans la voiture, Sidney sentit que la légère agitation qu'elle avait endurée pendant le déjeuner revenait de plein fouet. Cela ne la dérangeait pas d'aider Caite, mais chaque minute qu'elle passait à la conduire au travail, puis à revenir de ce côté de la ville chez Victor, pouvait être une minute de plus où les chiots étaient maltraités. Victor pourrait les tuer avant qu'elle n'ait pu les sauver, et ce serait comme si Brian et sa foutue cabane se retrouvaient à nouveau ensemble.

Sachant que ce qu'elle allait faire était merdique, et une trahison à Rocco pour avoir mis sa petite amie en danger possible, mais incapable de s'en empêcher, Sidney se tourna vers Caite et lui demanda :

— Ça te dérange si on fait un arrêt rapide avant que je te dépose ?

— Bien sûr que non. Qu'est-ce qu'il y a ?

L'estomac de Sidney se serra. Elle avait commencé, et elle devait continuer, maintenant.

— Pas grand-chose. Je dois juste m'arrêter et vérifier un truc. Nous sommes proches, et ça ne devrait prendre que quelques minutes.

— Pas de problème. J'ai encore 20 minutes avant de revenir. Mais c'est totalement fluide, donc si ça prend un peu plus de temps, c'est bon. J'ai un super patron, et il sait que je fais beaucoup d'heures supplémentaires que je ne réclame pas, alors il est assez indulgent sur mon heure de départ et sur le fait que je rentre tard si je prends un déjeuner à l'extérieur.

Sidney démarra le moteur, soulagée que son amie ne demande pas plus de détails – et se sentant en même temps coupable. Autant ajouter une pile de culpabilité de plus à celle qu'elle avait déjà.

Respirant profondément, elle fit de son mieux pour sourire à Caite et sortit du parking du restaurant. Elle avait des chiots à sauver – et quoi qu'en dise Decker, personne d'autre ne pouvait le faire, et ces précieux chiots n'avaient plus de temps à perdre. Elle les avait laissés là assez longtemps.

CHAPITRE DIX-SEPT

— Je ne suis pas sûre que ce soit une bonne idée, dit Caite dix minutes plus tard.

— Ça va aller. Je vais juste aller voir, tenta de la rassurer Sidney.

Ce n'était pas vraiment un mensonge. Elle allait regarder, et si elle voyait les chiots dans le jardin de Victor, elle se faufilerait et les attraperait.

— Tu restes ici.

— Peut-être que je devrais aller avec toi, dit Caite d'un air inquiet.

— Non !

Le mot sortit plus fort que Sidney ne l'avait prévu.

Elle se sentait mal d'avoir menti à Caite sur ce qui pouvait arriver. Mais elle avait eu assez d'altercations avec Victor pour savoir qu'il pouvait devenir violent, et la dernière chose qu'elle voulait, c'était que Caite soit blessée. Elle dut la convaincre de rester dans la voiture. Sidney pouvait supporter qu'elle soit malmenée, mais si quelque chose arrivait à Caite à cause d'elle, elle ne se le pardonnerait jamais. Rocco ne lui pardonnerait jamais, et Decker la larguerait probablement en un clin d'œil.

En prenant une grande respiration, elle réfléchit vite. Elle ne voulait pas effrayer Caite, mais elle devait s'assurer qu'elle ne bougeait pas.

— Ce n'est pas un problème. Je veux juste jeter un coup d'œil par-dessus la clôture et voir si les chiots que cette ordure a affichés sont là. Nous serons plus visibles si nous sommes deux à rôder dans le coin. Tu dois rester ici. Quoi qu'il arrive. Ne viens pas me chercher et ne me suis pas. D'accord ?

Caite l'observa un moment.

— D'accord... mais pour information, je n'aime pas ça.

— Ce n'est vraiment pas grave, dit Sidney, détestant se sentir de plus en plus mal à l'aise à chaque protestation de Caite. Je vais laisser les clés dans la voiture pour que tu puisses garder la climatisation allumée. Je vais prendre mon téléphone et si j'ai besoin de ton aide, je t'appellerai ou t'enverrai un SMS. D'accord ?

— D'accord. Mais pourquoi sommes-nous garées trois maisons plus bas si ce n'est pas grave ?

Caite posait toutes les bonnes questions, et elle avait clairement le sentiment que ce que Sidney s'apprêtait à faire n'était pas vraiment sûr. Elle décida de lui parler un peu de Victor. Assez pour qu'elle ne panique pas, mais pour qu'elle reste loin de sa maison.

— Bien. Le type qui a les chiots est un connard, et il ne serait pas content s'il me voyait. Mais crois-moi quand je dis que ça doit être fait maintenant.

Elle cliqua sur son téléphone et fit apparaître la photo qu'elle avait sauvegardée de l'annonce de Victor.

— Regarde. Ce sont les précieux chiots que j'essaie de sauver.

Elle se mordit la lèvre en regardant la photo.

— Ils sont vraiment mignons.

— Oui. Et ils sont morts de peur.

Sidney savait que Caite ne pouvait pas le nier. Ils avaient l'air terrifiés sur la photo.

— Bien. Mais je ne te donne que dix minutes. Si tu n'es pas là, je viens te chercher.

— Super, dit Sidney avec enthousiasme.

Elle n'avait pas besoin de dix minutes. Cinq maximum. Elle sourit à Caite.

— Je serai de retour avant que tu t'en rendes compte, dit-elle avec éclat en ouvrant sa porte et en sortant.

Elle mit son téléphone dans sa poche arrière, leva le pouce vers Caite et ferma sa porte.

Le sourire quitta son visage alors qu'elle se dirigeait vers la maison de Victor. Le quartier était calme à cette heure de la journée, car la plupart des voisins étaient probablement au travail. Décidant de se frayer un chemin jusqu'à la maison de Victor en passant par les arrière-cours voisines pour être moins visible, Sidney jeta un coup d'œil et, ne voyant personne, se faufila autour d'une maison située deux portes plus loin que celle de Victor.

Il y avait un espace d'environ un mètre entre les clôtures entourant chaque cour et celles qui s'y adossaient de ce côté de la rue, créant ainsi une allée étroite et mal entretenue. Heureuse de porter un jean, puisque les mauvaises herbes étaient par endroits à hauteur de genoux, Sidney s'approcha prudemment de la cour de Victor.

Elle entendit les chiots avant de les voir. Le brise-vue l'empêchait de voir à l'intérieur, tout comme elle empêchait les voisins fouineurs de faire de même.

En testant le bois de la clôture, Sidney fut ravie de découvrir qu'il était vieux et en train de pourrir. Il lui fallut environ une minute et toute sa force, mais elle réussit à casser une des planches du bas dans un des coins. Allongée sur l'herbe, Sidney jeta un coup d'œil dans la cour et vit que les chiots étaient bien là.

L'un d'eux dormait, mais l'autre tirait sur l'énorme chaîne qu'il avait autour du cou et hurlait pathétiquement. Ils étaient couverts de saleté et d'excréments, et la détermination de Sidney fut renforcée. Elle faisait ce qu'il fallait faire.

En tirant sur les planches, elle réussit à faire un trou assez grand pour qu'elle puisse se faufiler dans la cour. Une fois à l'intérieur, Sidney réalisa que toutes ses craintes étaient justifiées.

Il y avait une pile de caisses en métal contre la maison qui n'était pas là deux semaines plus tôt, et du sang avait éclaboussé sur une partie de la clôture. Il y avait également plusieurs pieux dans le sol avec des chaînes vides jetées à côté.

Le spectacle le plus bouleversant était la carcasse dans le coin de la cour. Elle était manifestement là depuis un certain temps, car Sidney pouvait voir des os parmi la fourrure.

En essayant de ne pas la regarder, elle se précipita vers les chiots, et le marron se réveilla quand elle le prit. Il se mit immédiatement à frissonner de peur, et le cœur de Sidney se brisa encore plus.

Alors qu'elle se concentrait sur la façon d'enlever la chaîne autour du cou des chiots et de les faire sortir de la cour, elle n'entendit Victor que trop tard.

À la seconde où il lui enroula quelque chose autour de sa gorge par derrière, elle lâcha le chiot et attrapa ce qui se trouvait autour de son cou. Elle se sentit mal lorsque le chiot émit un son douloureux, mais elle ne put s'inquiéter pour lui – elle se concentrait trop sur sa respiration.

— Je t'ai eu, salope, lui dit Victor à l'oreille. Tu crois que tu peux encore me voler mes chiens ? Faux. Mais si tu veux tellement t'occuper d'eux, je vais t'aider.

Sidney sut qu'elle était en danger quand Victor commença à marcher vers sa maison. Elle tenta de mettre ses doigts sous ce qu'il y avait autour de sa gorge, mais elle n'y arrivait pas. Son corps était plié en arrière, et elle ne savait même pas comment lui donner un coup de pied ou le blesser pour qu'il la laisse partir.

À la seconde où ils pénétrèrent à l'intérieur, ses espoirs s'effondrèrent encore plus quand elle vit qu'un autre homme était là.

— Elle s'est vraiment montrée ?

— Bien sûr qu'elle est venue. Je t'avais dit qu'elle le ferait, déclara Victor.

Sidney pouvait à peine respirer, mais elle était quand même soulagée qu'il ne l'étrangle pas à mort pour l'instant.

— Eh bien, merde ! Je vais appeler Dallas, ajouta l'autre homme.

— Fais ça. Dis-lui que le combat est lancé. Ce soir. Je ne perds pas de temps. On a assez attendu pour ça.

Sidney se mit à crier, mais Victor serra ce qui était autour de son cou, assez pour empêcher l'air d'entrer dans ses poumons. Elle essaya d'aspirer de l'oxygène, mais rien ne se passa. Bien qu'elle se soit battue de toutes ses forces, la tension autour de son cou ne se relâchait pas. Ses jambes lâchèrent, et Victor la fit descendre sur le sol.

— Ne la tue pas !

Sidney entendit l'autre homme crier.

— Je ne vais pas la tuer. Elle est notre principale source d'argent et de divertissement ce soir, répondit Victor.

Ce fut la dernière chose que Sidney se rappela avoir entendue avant de perdre connaissance.

* * *

Caite se rongeait les ongles en attendant que Sidney réapparaisse. Dix minutes s'étaient écoulées, et elle n'était toujours pas revenue à la voiture.

Alors qu'elle réfléchissait à ce qu'elle devait faire, Caite n'en crut pas ses yeux en voyant du mouvement dans la maison vers laquelle Sidney s'était dirigée.

Deux hommes en sortirent en transportant une grande cage en métal. Ils se dirigèrent vers le petit pick-up garé dans l'allée. La cage était couverte d'une bâche, et ils la posèrent au sol pendant que l'un des hommes abaissait le hayon.

Lorsqu'ils reprirent la cage, la bâche glissa et Caite fut choquée de voir le corps qui gisait à l'intérieur.

Sidney.

Il était facile de reconnaître les longs cheveux noirs qui pendaient à travers les trous du fond de la cage, sans parler du chemisier bleu clair qu'elle portait.

Instinctivement, Caite se baissa sur le siège passager de la voiture et observa avec des yeux horrifiés les hommes placer la cage à l'arrière du pick-up, avant de sauter dans la cabine et de sortir de l'allée.

Caite leva son téléphone et prit une photo du pick-up, puis elle plissa les yeux pour essayer de lire la plaque d'immatriculation. Elle la nota sur un morceau de papier brouillon dans la voiture de Sidney, désemparée, alors que le camion disparaissait en bas de la rue.

Elle cliqua rapidement sur le nom de Rocco dans ses contacts et retint son souffle en attendant qu'il réponde.

* * *

Gumby s'entraînait au tir avec ses coéquipiers, en attendant le retour de leur commandant après sa pause déjeuner, quand le téléphone de Rocco sonna.

Se demandant si Sidney avait déjà fini de déjeuner, Gumby ne prêta pas beaucoup attention à la conversation téléphonique de son ami. Il avait hâte de lui parler. Il avait l'impression qu'elle lui en voulait toujours, mais il savait que s'en prendre aux trafiquants de chiens de la ville finirait par lui nuire.

Il avait fait des recherches sur les combats de chiens, et ce qu'il avait lu ne l'avait pas vraiment surpris, mais cela le rendait plus déterminé que jamais à faire sortir Sidney des lignes de front. Les hommes qui y participaient étaient presque toujours des criminels violents, souvent membres de gangs, qui utilisaient les combats comme un forum pour le trafic de drogue et le jeu. Ils étaient également utilisés pour intimider les jeunes membres, et comme un moyen de gagner la suprématie et le respect dans le monde des combats de chiens et des gangs.

Le dernier endroit où il voulait que Sidney se rende était à proximité de cette merde.

— Gumby ! cria Rocco de l'autre côté de la pièce.

Gumby leva la tête et croisa le regard de son ami.

— Caite est en ligne, et elle dit que Sid a des ennuis.

Merde.

Gumby sut tout de suite que sa conversation avec Sidney ce matin-là n'avait pas abouti. Elle l'avait peut-être rendue plus déterminée à se mettre en danger. En quelques secondes, il était aux côtés de son ami.

Rocco mit le téléphone sur haut-parleur et les six SEAL tournèrent autour, écoutant Caite leur dire ce qu'elle savait.

— ... l'attendais ici dans la voiture. Elle a dit qu'elle allait seulement regarder. Trop de temps s'était écoulé, et j'essayais de décider quoi faire quand j'ai vu ces deux gars sortir de la maison. Ils portaient une cage, et quand la bâche est tombée, je l'ai vue à l'intérieur !

— Était-elle consciente ? demanda Gumby, paniqué.

— Non. Je ne pense pas. Elle était couchée dans le fond, elle ne bougeait pas.

— As-tu vu du sang ou autre chose ? demanda Ace.

Le cœur de Gumby s'arrêta presque de battre en attendant la réponse.

— Non, mais j'étais un peu loin. Sidney s'était garée trois maisons plus bas, dit Caite, la voix cassée.

— À quoi ressemblait le camion ? demanda Phantom.

— Je l'ai pris en photo. Je ne savais pas quoi faire d'autre, gémit-elle, l'inquiétude et le chagrin facilement perceptibles dans sa réponse. Les clés étaient sur le contact, mais je ne voulais pas qu'ils me voient.

— Envoie-moi la photo, dit doucement Rocco.

— D'accord. J'ai aussi noté le numéro de la plaque d'immatriculation.

— Bon travail, déclara Rocco. Envoie ça aussi.

Les mains de Gumby se serrèrent de colère et de peur. Victor avait pris Sidney. Dieu savait ce que ses amis et lui avaient prévu pour elle.

Il sentit une main sur son bras et regarda Ace.

— Du calme, mec. On va la retrouver.

Gumby n'était pas sûr de cela. Il savait qu'ils feraient tout ce qu'ils pourraient pour l'atteindre, mais dans quel état serait-elle quand ils la retrouveraient ?

Les choses que Victor et ses copains pouvaient faire à Sidney n'arrêtaient pas de lui trotter dans la tête comme un mauvais film.

— Quelle est l'adresse là-bas ? demanda Rocco à Caite.

Elle lui répondit avant d'ajouter :

— Oh, et elle avait son téléphone avec elle. Au moins, elle l'avait quand elle a quitté la voiture.

— C'est une bonne nouvelle. On va voir si on peut le tracer, annonça Rex.

— Reprends-toi, Gumby, aboya Bubba. On a besoin de toi sur ce coup.

Gumby cligna des yeux et se redressa. Son coéquipier avait raison. Il devait arrêter de penser à ce qui pouvait arriver à Sid et se concentrer sur sa recherche. Le plus tôt serait le mieux.

Alors que Rocco faisait de son mieux pour rassurer Caite et lui disait de ne pas bouger, qu'il serait là dès que possible, Gumby cliqua sur le numéro de Faith dans son téléphone. Il attendit avec impatience qu'elle décroche.

— Salut, Decker, dit-elle en guise de salutation.

— Sid a été enlevée. Elle est retournée chez Victor, ils l'ont assommée et sont partis avec elle. Nous devons la retrouver.

— Oh, mon Dieu ! s'exclama la vieille dame. Que puis-je faire pour vous aider ?

— J'ai besoin du nom et du numéro des contacts que vous avez dans la police de Riverton. Les détectives qui enquêtent sur les combats de chiens. Ils auront peut-être une idée d'où ces gars ont l'intention de l'amener.

— Bien sûr ! Je vous les envoie par SMS dans une seconde.

— Merci.

— Je lui ai dit de faire marche arrière, indiqua Faith. Je lui ai dit que ces gars étaient dangereux.

— Je le sais, répondit tristement Gumby. Je lui ai dit aussi.

— Elle était juste trop déterminée à faire tout ce qu'il fallait pour sauver les chiens.

— C'est vrai… Les noms et les numéros ? lui rappela Gumby.

Il savait que Faith était choquée par ce qu'il venait de lui dire, mais il n'avait pas le temps de parler de la raison pour laquelle Sidney avait fait ce qu'elle avait fait.

— Désolée. Je vais aussi appeler mes contacts dans les cercles de sauvetage. Peut-être qu'on pourra penser à un endroit où ils l'ont emmenée ou à quelque chose qui pourrait nous aider.

— J'apprécie. Je vous ferai savoir si on a des nouvelles.

— OK. J'envoie le texto tout de suite.

— Merci. Je vous parlerai plus tard.

— Je vais prier pour elle, dit Faith, puis elle raccrocha.

Quelques secondes plus tard, son téléphone vibra à la réception du SMS contenant les noms et numéros des officiers qui en savaient le plus sur le réseau de combats de chiens dans lequel Victor était impliqué.

Le commandant Storm North entra dans la salle de réunion à ce moment précis et tous les muscles de son corps se contractèrent instantanément.

— Que se passe-t-il ? demanda-t-il, en sentant évidemment la tension dans la salle.

Bubba alla lui expliquer la situation, tandis que Gumby mettait son téléphone à l'oreille. Il devait mettre les flics sur le coup immédiatement. Chaque seconde que Sidney passait dans les griffes des voyous était une seconde de trop.

* * *

Sidney se réveilla lentement. Au début, elle eut du mal à identifier l'endroit où elle se trouvait et à remettre ce qui s'était passé, mais elle comprit vite qu'elle était dans une situation désespérée.

Tout d'abord, elle était allongée presque nue dans une cage pour chien. Elle portait un soutien-gorge et une culotte, mais c'était tout. Ils lui avaient même enlevé sa montre et son collier. Le loquet était fermé par un cadenas et même si elle essayait de toutes ses forces, elle ne parviendrait pas à plier les barres de métal autour d'elle. Elle ne pouvait même pas s'asseoir droite, elle ne pouvait que se presser en restant assise sur ses fesses – ou se mettre à quatre pattes, ce qu'elle refusait de faire. Ils l'avaient peut-être mise en cage, mais elle n'était pas un animal.

Elle avait mal au cou, et elle réalisa la chance qu'elle avait eue. Victor aurait pu facilement l'étrangler. Il l'avait étranglée. Mais il avait évidemment voulu la faire s'évanouir, pas la tuer. Dieu merci.

Ses pensées se tournèrent vers Caite. Où était-elle ? S'était-elle impatientée et était-elle venue la voir ? S'était-elle laissé prendre en cherchant à savoir ce qui se passait ? Sidney ne se le pardonnerait jamais si cela arrivait.

En regardant autour d'elle, elle n'eut aucune idée de l'endroit où elle se trouvait. Elle ne voyait pas grand-chose, car une bâche recouvrait la majeure partie de la caisse, mais il y avait un petit coin à l'avant qui avait été dégagé, et elle pouvait apercevoir un haut plafond au-dessus de sa tête. Au moins trois mètres de haut. Elle n'avait pas l'air d'être encore chez Victor, l'endroit était trop grand pour être une maison ou un garage.

Frissonnante, même si l'air était en fait un peu chaud, Sidney n'avait jamais eu aussi peur de sa vie, jusqu'à ce qu'elle entende quelques hommes commencer à parler à proximité.

— Je n'arrive toujours pas à croire qu'elle soit venue.

— Je t'avais dit qu'elle viendrait.

Ce dernier était Victor. Sidney reconnut sa voix, mais pas celle de l'autre homme à qui il parlait. Elle ne pouvait qu'écouter avec horreur leur discussion sur les activités de la soirée.

— Alors, on est prêts pour le combat de ce soir ?

— Oui. Dallas a dit qu'on commencerait à vingt heures précises. Les paris commencent à dix-neuf heures.

— Combien de personnes attendons-nous ?

— C'est plein.

— Putain, ouais ! Ça va être épique ! Ces connards vont devoir nous respecter pour ce truc.

— C'est l'heure. Allez, aide-moi à monter cette clôture. On ne peut pas laisser notre salope s'échapper de la fête, n'est-ce pas ?

Sidney essaya de ne pas pleurer. Elle n'était pas stupide. Elle savait que ce qu'ils lui réservaient n'était pas bon, surtout s'il s'agissait de paris et de clôtures.

Puis la honte menaça de noyer sa peur. Elle avait fait exactement ce que Caroline lui avait dit de ne pas faire. Elle mettait Decker dans une position où il pourrait avoir des ennuis. Il pourrait avoir à blesser gravement ou, Dieu l'en garde, à tuer quelqu'un pour la sauver.

Elle avait merdé. Royalement. Elle n'avait pas seulement mis Caite en grand danger, mais ses propres problèmes psychologiques l'avaient finalement mise dans une situation dont elle ne savait pas comment se sortir.

Même en sachant tout cela, même si elle savait qu'elle mettait Decker en danger extrême, elle murmura :

— S'il te plaît, trouve-moi, Decker.

Elle s'allongea et se recroquevilla en une petite boule au

fond de la cage, et murmura ces mêmes mots encore et encore, espérant que plus elle les prononçait, plus vite elle serait secourue.

* * *

Officiellement, le département de police de Riverton était en charge de l'affaire. Officieusement, Gumby savait qu'ils comptaient sur la force et l'expérience de l'équipe pour les aider.

Le téléphone de Sidney avait été tracé jusqu'à la maison de Victor. Cela n'avait donc pas aidé. Avec la déclaration de Caite sur ce qu'elle avait vu, les flics avaient toutes les raisons de fouiller la maison de Victor pour essayer de trouver Sidney.

Ils avaient trouvé beaucoup de preuves de combats de chiens, mais pas de Sidney. Son jean avait été laissé au milieu du sol de la cuisine, avec son téléphone toujours dans la poche arrière, mais elle était introuvable.

La cave était un spectacle d'horreur, cependant – et Gumby comprit pourquoi Sidney tenait tant à sauver les animaux après l'avoir vue.

Il n'y avait que deux chiens dans la cave, mais ils étaient en mauvais état. Ils avaient des cicatrices sur la tête et la poitrine, et étaient enchaînés avec de lourdes chaînes autour du cou. Ils étaient séparés par un léger rideau, mais les inspecteurs, experts en combats de chiens, expliquèrent que cela suffisait. Les animaux étaient quelque peu loyaux envers les humains, mais ils avaient été entraînés à devenir fous lorsqu'ils étaient en compagnie d'un autre chien.

Les officiers étaient une mine d'informations sur les combats de chiens en général, et sur l'utilisation de tout ce qu'ils avaient trouvé dans la sombre pièce.

Il y avait des traces de sang partout, ce qui indiquait que des combats y avaient eu lieu par le passé. Des planches de bois ensanglantées étaient empilées dans un coin, ayant manifestement servi de barrières pour le ring où les chiens se battaient.

À l'opposé, il y avait un tapis roulant, utilisé pour faire courir les chiens afin d'améliorer leur condition cardiovasculaire et leur endurance. De lourdes chaînes étaient disposées en tas sur le côté, et les flics expliquèrent que les plus lourdes aidaient à renforcer le cou et le haut du corps des chiens, car ils portaient constamment cet énorme poids.

Des poids étaient attachés à certaines chaînes. Apparemment, les propriétaires faisaient parfois courir leurs chiens avec les chaînes et les poids attachés à leurs colliers, pour les aider à se muscler également.

Mais la preuve la plus accablante dans le sous-sol était la grande quantité de médicaments, de vitamines et de compléments. Il y avait des anti-inflammatoires, de l'épinéphrine, du speed, des analgésiques, des antibiotiques, des hormones de testostérone, de la vitamine K pour favoriser la coagulation sanguine, des vitamines de globules rouges canins et une tonne de fournitures de premiers secours, dont de la super glue.

Tout cela était accablant et horrifiant pour l'équipe, mais encore plus pour Gumby.

C'était ce qu'ils avaient prévu pour Hannah. L'idée que sa chienne douce et docile vive dans cette maison des horreurs était presque trop pour lui.

Pas étonnant que Sidney ait ressenti un tel appel pour aider des animaux comme Hannah. Après avoir vu ce qu'elle avait vu en grandissant, et sachant que c'était ce que des gens comme Victor faisaient aux chiens sans défense, il la comprenait beaucoup mieux maintenant. Il ne voulait toujours pas qu'elle soit en première ligne de cette folie, mais au moins il comprenait pourquoi elle était si déterminée à faire quelque chose.

Cela ne changeait en rien qu'il n'était pas heureux qu'elle ait impliqué Caite dans son obsession. Oui, elle avait dit à Caite de rester dans la voiture. Non, elle n'avait pas dit à Caite tout ce qu'elle avait prévu de faire, mais le fait était qu'il y avait eu un risque que la femme de Rocco soit blessée.

Et elle lui avait menti.

Gumby détestait ça. Il lui avait dit qu'il irait avec elle le lendemain pour contrôler la maison de Victor, et elle avait accepté alors qu'elle savait probablement depuis le début qu'elle allait partir sans lui. Et les choses s'étaient mal passées.

Mais pour l'instant, il devait se concentrer sur sa recherche. Pour la récupérer. Il s'occuperait du reste plus tard.

— Ça n'aide pas, dit Gumby, frustré. Oui, ça montre que Victor est impliqué dans des combats de chiens, mais ça ne nous dit pas où ils ont emmené Sidney.

— C'est vrai. Mais maintenant que nous savons qu'il est dans la merde jusqu'au cou, cela nous donne une bonne raison de rechercher des lieux de combats de chiens connus, déclara l'inspecteur Francisco Garnham.

Gumby comprenait pourquoi le détective s'assurait de suivre toutes les procédures à la lettre, mais c'était frustrant. Il fallait toujours du temps pour suivre la voie légale. Et si Victor avait su que les flics enquêtaient sur lui, il aurait déplacé les chiens et caché les preuves de sa participation aux combats. Une chose que Sidney avait soulignée.

Mais ce n'était pas parce qu'il fallait du temps pour passer par les voies légales – ce que les chiens n'avaient peut-être pas – qu'il pouvait accepter qu'elle vole les animaux sous le nez des combattants canins et se mette en danger.

Pourtant, Gumby commençait à se rendre compte qu'il n'y avait pas de solution facile.

— Je vais ramener Caite à la maison, dit Rocco. Elle est extrêmement bouleversée et se sent coupable de n'avoir rien fait.

— Ce n'était pas sa faute, dit Gumby à son ami.

— Je le sais, et je suis très content que tu le prennes comme ça.

— Pensais-tu que je la blâmerais ? demanda-t-il, bouleversé.

— Non.

Gumby se sentit mieux à la réponse immédiate de son ami, mais il fronça les sourcils quand il continua.

— Mais je te connais, Gumby, parce que nous sommes faits du même bois. Je sais que tu as déjà passé en revue ce qui s'est passé une centaine de fois dans ta tête et que tu as imaginé une centaine de choses différentes qui auraient pu se passer différemment pour empêcher que ta femme ne soit enlevée.

Rocco n'avait pas tort.

— Ça ne veut pas dire que je blâme Caite pour tout ça, précisa Gumby. Je l'aime comme une sœur, et presque tous les scénarios auxquels j'ai pensé se terminent par le fait que Caite soit blessée ou emmenée avec Sidney.

— La faute incombe à Victor, fit Ace. Et on va trouver ce connard et ses potes et arrêter cette merde une fois pour toutes.

— Si seulement c'était aussi simple, déclara l'inspecteur Garnham.

Les six SEAL se retournèrent pour le regarder.

— Que voulez-vous dire ? demanda Bubba.

— Les combats de chiens existent depuis très longtemps ; depuis l'époque romaine, quand ils se battaient les uns contre les autres dans le Colisée. Au début des années 1800, l'American Kennel Club a établi des règles et a sanctionné des arbitres parce que ce « sport » était très populaire aux États-Unis. Il a été interdit par tous les États en 1976, mais il continue de prospérer, en partie parce que le système juridique est quelque peu apathique à l'égard de cette pratique.

« Les combats de rue sont incontrôlables, et lorsqu'un meneur est mis à terre, deux autres surgissent pour prendre sa place. Presque tous les enfants qui vivent dans un environnement urbain sont exposés aux combats de chiens dans leur quartier, et beaucoup de parents exposent volontairement leurs enfants à ces combats pour les « endurcir » face aux réalités de la vie. Comme les crimes violents, ils continuent à se répandre dans tout le pays, et même dans le monde entier.

— Eh bien, c'est gai, murmura Phantom.

Gumby était d'accord. Mais ce n'était ni le moment ni l'endroit pour discuter des problèmes sociaux qui avaient donné lieu aux combats de chiens. Ils devaient se concentrer sur la recherche de Victor et de ses copains et s'assurer que Sidney était en sécurité.

— Je comprends que votre travail soit presque impossible, mais pour le moment, tout ce qui m'intéresse, c'est ma femme, et je veux m'assurer qu'elle ne finisse pas dans les statistiques. Quelle est la prochaine étape ?

L'inspecteur hocha la tête.

— Vous avez raison. Mes gars vont continuer à emballer les choses ici, y compris la confiscation des chiens et de tout le matériel que nous avons trouvé. Il y a un informateur dont je suis assez proche, je vais voir si je peux le trouver. Il m'a été très utile par le passé pour me faire savoir quand et où des combats clandestins auraient lieu. Mais il peut être difficile à trouver.

— Puis-je venir avec vous pour le chercher ? demanda Gumby.

Francisco le regarda pendant un long moment. Puis il demanda :

— Vous saurez vous contrôler si je le trouve et qu'il me dit quelque chose que vous n'aimez pas ?

Gumby fit un signe de tête.

— Oui.

— Je viens aussi. Je peux m'assurer que Gumby se comporte bien, dit Ace.

Gumby voulait argumenter, mais il savait qu'il se sentirait mieux avec un des membres de son équipe derrière lui. La vérité, c'était que même s'il disait qu'il se contrôlerait, il n'était pas du tout sûr de pouvoir le faire.

— Bien. Allons-y alors. Nous n'avons pas de temps à perdre.

Ces combats sont annoncés très peu de temps avant, pour essayer de nous déstabiliser, déclara le détective.

L'estomac de Gumby se serra en entendant cela. D'un côté, c'était bien. S'ils pouvaient découvrir où le combat avait lieu, ils pourraient y entrer et sauver Sidney beaucoup plus tôt. Mais d'un autre côté, s'ils ne pouvaient pas trouver cet informateur, le combat pourrait commencer et se terminer sans qu'ils ne sachent jamais où il avait lieu. Et Gumby ne voulait pas penser à ce que Victor et tous les autres connards assoiffés de sang avaient en tête pour Sidney.

Ils allaient la forcer à regarder, c'était certain. Et voir des chiens se déchiqueter entre eux allait la briser. Surtout s'ils avaient une sorte d'animal appât, comme un chiot ou un chat, qu'ils utilisaient pour exciter les combattants.

Mais il savait que c'était plus que ça. Ce n'étaient pas des hommes bons, et on ne savait pas ce qu'ils feraient à Sidney après – ou pendant – le combat. Il fallait qu'il la trouve. Pour s'assurer qu'elle était en sécurité. Son instinct lui criait qu'il allait se retrouver dans la merde, et son instinct ne s'était jamais trompé.

— Tenez-moi au courant, ordonna Rocco alors que Gumby sortait de la cave avec Ace et l'inspecteur Garnham.

— Je le ferai, promit Ace.

Rocco arrêta Gumby d'une main sur son épaule.

— Ne fais pas ça tout seul. Elle est importante pour nous tous.

Gumby hocha la tête. Il savait qu'il n'y avait aucune chance qu'il puisse récupérer Sidney tout seul. Les flics étaient impliqués, et ce n'était pas comme s'ils allaient simplement rester en arrière et laisser une équipe de SEAL se précipiter dans un combat actif et botter des fesses. Lui et ses amis formaient une unité. Ils étaient aussi bons que leur membre le plus faible, et Gumby savait que dans ce cas, il serait le maillon faible. Tout ce à quoi il pensait, c'était à Sidney. Pas les méchants. Pas aux chiens qui pourraient être libérés. Il avait besoin de son équipe, et il n'avait pas la moindre honte à ce sujet.

— Si nous trouvons quelque chose d'utile ici, nous appellerons ! cria Rex du bas de l'escalier.

Gumby hocha la tête une fois de plus. Il savait que les autres flics encore sur les lieux contacteraient également Francisco. Il était impossible que les informations ne circulent pas dans les deux sens, mais en fin de compte, rien de tout cela n'aida à ce qu'il se sente mieux pour le moment. Pendant qu'ils couraient partout pour la retrouver, Sidney pouvait déjà être blessée. Ou en train de mourir. Et c'était ce qui le hantait le plus.

— Allez, fit Francisco. Il est presque quinze heures trente, et mon informateur est probablement en train de redescendre d'un trip et va chercher de quoi se shooter. Je sais où se trouvent ses repères habituels, et je veux voir si je peux le trouver avant qu'il ne soit trop perché pour nous être utiles.

Alors qu'ils se dirigeaient vers la voiture banalisée de l'inspecteur, Ace demanda :

— Pourquoi le garder comme informateur s'il est constamment défoncé ?

— Parce qu'il balance, fut la réponse immédiate de Francisco. Écoutez, ces gars ne sont pas tous mauvais. Ce type est accro à la drogue et a fait des choses assez tordues pour avoir une dose. Mais j'ai appris à le connaître au cours de l'année dernière, et il a eu une sacrée vie. Il a une femme et une petite fille qui vivent à Los Angeles, mais il est parti. Il vendait tout ce qui lui tombait sous la main, et il savait que cela faisait du mal à sa famille. Alors il les a quittées. Il est venu ici pour les garder hors de sa portée.

— C'est la merde, commenta Ace. Pourquoi il ne part pas en désintox ?

— Il a essayé. Plusieurs fois. Et il a échoué à chaque fois. L'addiction est trop forte. Il sait qu'il va mourir dans la rue et ne veut pas que sa petite fille se souvienne de lui comme du connard qui lui a vendu son tout nouvel iPad pour se procurer de la drogue. Croyez-le ou non, il est parti pour les protéger.

— Et vous pensez qu'il nous aidera à trouver Sidney ? demanda Gumby en grimpant sur le siège passager.

— S'il sait quelque chose, il nous aidera, confirma Francisco.

Alors qu'ils s'éloignaient de la maison de Victor, Gumby n'avait jamais prié si fort de sa vie pour qu'ils puissent trouver cet informateur rapidement. Vu son désespoir actuel, il lui achèterait même 100 dollars de sa drogue préférée s'il leur disait quelque chose d'utile.

Sidney ne montra pas qu'elle était consciente. La dernière chose qu'elle voulait, c'était de donner aux connards qui l'avaient kidnappée une chance de faire autre chose. Mais au fur et à mesure que le temps passait, et que Decker et ses coéquipiers ne franchissaient pas les portes pour la sauver, elle s'inquiétait de plus en plus.

L'activité autour de l'entrepôt ne cessait d'augmenter. Le plus terrifiant se produisit lorsque plusieurs caisses contenant des chiens hargneux et énervés furent placées autour d'elle. Elle garda les yeux fermés pendant que les hommes qui les avaient amenés parlaient du combat à venir.

— Je parie sur Thor ce soir.

— Pas question, Kujo va lui botter les fesses.

— Dallas dit que les paris sont à six contre un pour la fille.

— Il n'y a pas moyen qu'elle batte Thor et Kujo.

— Peut-être, peut-être pas. Mais ce combat est le dernier sur la liste. Ils seront fatigués quand ils arriveront au dernier combat.

— Hmmm, c'est vrai.

— Et il va faire un malheur en vendant la merde qu'il a

reçue de son contact mexicain ce soir, de toute façon. Le combat n'est qu'un bonus.

— Allez. Ces connards ont du mal avec la clôture. Ils ne seraient pas capables d'assembler une boîte en carton.

Quand les voix se turent, Sidney trembla de terreur.

Les avait-elle bien entendues ? Ils avaient prévu de la confronter à deux chiens nommés Thor et Kujo ?

Elle était vraiment dans la merde. Ce n'était pas comme ça que la nuit devait se passer. Elle était censée traîner avec Decker et finir par faire l'amour. Pas allongée dans une cage fermée à clé et effrayée.

Plus le temps passait, plus les gens arrivaient, et plus Sidney était déprimée. Decker n'allait pas la retrouver à temps. Mais elle ne lui en voulait pas. Ses actions l'avaient mise dans cette position. Il avait eu raison tout le temps. Elle aurait dû laisser les enquêtes d'amateur aux experts. À cause de son imprudence et de son obsession pour le sauvetage des chiots, elle les avait probablement fait tuer, et elle aussi, à la place.

En envoyant une prière pour que Decker lui pardonne et continue sa vie, elle enroula ses bras autour de ses genoux autant qu'elle le put tout en restant sur le côté, et finit par pleurer.

* * *

Gumby se tenait derrière l'inspecteur Garnham pendant qu'il interrogeait l'informateur, Martin Bierman. L'homme avait probablement été assez beau, mais c'était maintenant un squelette ambulant. Son corps était si frêle et maigre qu'il semblait pouvoir être emporté par un souffle de vent.

Il sentait aussi très mauvais. Un mélange d'odeurs corporelles, d'urine et d'ordures en décomposition. Il portait un jean déchiré, des baskets trouées aux extrémités et plusieurs couches de chemises. Ses cheveux bruns étaient gras et pendaient devant ses yeux, et ses dents étaient jaunes et pourries.

C'était un homme au bout du rouleau, et toute personne saine d'esprit se tenait à l'écart de lui si elle le croisait dans la rue.

Mais l'inspecteur Garnham ne montra pas une seule fois qu'il avait un problème avec cet homme. Pendant quelques minutes, ils discutèrent comme s'ils étaient de vieux copains qui ne s'étaient pas vus depuis plusieurs mois.

Il avait fallu des heures pour retrouver le type. Gumby était sur le point de sortir de ses gonds quand Francisco se rendit enfin compte de la raison de leur présence.

— Tu as entendu parler de combats de chiens qui vont bientôt avoir lieu ?

Martin haussa les épaules.

— Il y a toujours des combats de chiens qui ont lieu, répondit-il.

Gumby serra les dents et sentit Ace mettre une main sur son bras. Il était évident que son ami pouvait lire dans ses pensées et savait qu'il était à deux doigts de mettre en pratique certaines des techniques d'interrogatoire qu'ils avaient apprises.

— Celui-ci serait nouveau, il vient de sortir ce soir. Il y a probablement beaucoup de bruit autour de lui. D'excitation.

— Ouais.

Martin fit un signe de tête.

— J'ai entendu des bruits.

Ses yeux semblèrent s'éclairer.

— J'ai entendu dire qu'il y aura beaucoup de bonnes choses là-bas.

— À quelle heure ?

— Vingt heures.

— Où ? demanda Francisco.

Gumby était impressionné. Au lieu de sembler trop avide d'informations, le détective restait nonchalant. Comme s'il ne se souciait pas que Martin lui dise ou non. Gumby savait qu'il n'aurait pas pu rester aussi calme si c'était lui qui avait posé les questions. Pas quand la sécurité de Sidney dépendait des réponses.

— Je ne me souviens pas.

C'était un mensonge, et ils le savaient tous mais il semblait que tout cela faisait partie d'un jeu auquel l'inspecteur Garnham avait joué avec lui plus d'une fois.

— Je me suis arrêté à ce fast-food que tu aimes tant, je n'ai pas pu finir mon dîner, lui dit Francisco. Je peux te laisser mes restes si tu veux.

C'étaient aussi des mensonges. L'officier s'était arrêté pour prendre un repas sur le pouce peu de temps après qu'ils eurent quitté la maison de Victor. Il était probablement froid maintenant, mais personne n'ignorait que Martin s'en ficherait.

— Je pourrais manger, dit le sans-abri.

— Je vais le chercher, se porta volontaire Ace, et il se dirigea vers la voiture qu'ils avaient laissée garée en bas de la route pendant qu'ils cherchaient Martin.

— Qu'as-tu entendu d'autre sur le combat ? demanda Francisco.

Martin haussa les épaules.

— J'ai entendu dire qu'il allait y avoir de l'excitation, une nouvelle salope qui se battrait. Apparemment, c'est ce grand truc entre Dallas et un autre gars qui veut monter en grade.

— Victor ?

— Je ne sais pas. Je m'en fous. Tu sais ce dont je me soucie.

Francisco fit un signe de tête.

— Je le sais. Mais tu sais ce qui m'importe, Martin ?

Sans attendre la réponse de l'autre homme, le détective continua.

— Je me soucie qu'une femme se soit trouvée mauvais endroit au mauvais moment. Tu sais ce qu'elle voulait faire ? Sauver deux chiots innocents du monde des combats de chiens.

— Et ça devrait m'intéresser parce que ? demanda Martin.

Gumby faillit perdre la tête, mais Francisco tendit un bras comme s'il savait que Gumby était sur le point de plaquer Martin. Il continua sur le même ton calme.

— Parce que si j'ai raison, la « nouvelle salope » qu'ils vont combattre ce soir est cette femme innocente. Parce que Sidney Hale pourrait être ta fille. Tu m'as dit combien elle aime les chiots et les chatons. Et si c'était elle, et qu'elle voulait sauver ces chiens ? Et si c'était elle que Dallas et son ami avaient entre leurs mains ? Est-ce que ça t'intéresserait, alors ?

Gumby vit Martin tressaillir avant qu'il ne regarde le sol.

— Je sais combien tu aimes ta famille. Je sais, Martin. Regarde l'homme derrière moi. Il aime sa femme tout autant, et elle a disparu. Nous sommes presque sûrs que le combat de ce soir va l'impliquer d'une manière ou d'une autre. Si c'était ta femme ou ta fille, ne voudrais-tu pas qu'on t'aide à les retrouver ?

Gumby retint son souffle. Il ne savait pas si Francisco avait tellement énervé Martin qu'il refuserait de leur dire autre chose, ou s'il avait réussi à faire pencher la balance en leur faveur.

Après quelques secondes, Martin marmonna :

— Washington Avenue. Ce grand entrepôt au bout de la rue.

Gumby expira bruyamment. Il ne savait pas où se trouvait Washington Avenue, mais manifestement l'inspecteur le savait.

— Merci, dit-il doucement.

Martin ne faisait pas attention à la présence de Gumby, il se bornait à regarder Francisco et finit par lui demander avec agressivité :

— Qu'est-ce que j'y gagne ?

Le détective commença à sortir son portefeuille, mais Gumby l'arrêta. Il sortit cinq billets de vingt dollars de son propre portefeuille et les remit à Martin sans un mot. L'homme les arracha de sa main et les cacha sur lui si rapidement qu'il n'aurait pas cru cela possible s'il ne l'avait pas vu de ses propres yeux.

Ace revint avec le sac de hamburgers du fast-food et le remit à Martin. Francisco fit un signe de tête au sans-abri et se retourna.

Gumby et Ace le suivirent, et Ace murmura :

— Qu'est-ce que j'ai manqué ?

— On sait où et quand le combat aura lieu.

— Merci mon Dieu, dit Ace.

Dieu merci, en effet. En regardant sa montre, Gumby vit qu'il était déjà dix-neuf heures. Ils n'avaient pas beaucoup de temps pour rassembler l'équipe et pour que Francisco prévienne le SWAT. Chaque minute qui passait était une minute où Sidney pouvait être blessée ou tuée.

Il sortit son téléphone et envoya un message à Rocco et Phantom en même temps que l'inspecteur Garnham commençait à parler dans son propre téléphone. Les troupes étaient mobilisées, mais Gumby ne savait pas si elles arriveraient à temps ou non.

CHAPITRE DIX-HUIT

Sidney luttait aussi férocement qu'elle le pouvait contre les mains qui la tenaient, en vain. Tout ce qu'elle obtint, ce fut une bande d'hommes qui la regardaient alors que ses seins bougeaient dans son soutien-gorge. Elle n'arrivait pas à croire qu'elle se tenait devant au moins une centaine d'hommes, uniquement vêtue de ses sous-vêtements. Mais, honnêtement, c'était le dernier de ses soucis pour le moment.

Ce qui l'inquiétait le plus, c'était le ring de combat de chiens devant elle.

Elle avait écouté pendant qu'il avait été monté et que la salle se remplissait lentement de spectateurs avides du combat de la soirée. Elle avait entendu ce qui ressemblait à plusieurs rounds de combat féroce, et les coups de feu qui avaient tué les chiens perdants de chaque combat. Les grognements et les aboiements lui faisaient peur.

C'était plus terrifiant que tout ce qu'elle avait entendu dans sa vie. Ce n'étaient pas des chiens qui protégeaient leurs biens. Ils n'étaient pas comme Hannah, qui avait aboyé et grogné sur Max quand il était arrivé chez Decker. Non, c'était le bruit de chiens qui se battaient jusqu'à la mort. Prêts à faire tout ce qu'il faut pour abattre leurs adversaires.

Et en se tenant là, en regardant la clôture qui avait été érigée autour du ring de combat, ses pires craintes se confirmèrent. Victor et ses copains allaient la mettre sur le ring avec deux des plus gros et des plus méchants chiens qu'elle ait jamais vus. Thor et Kujo. Ils avaient été victorieux dans les deux combats auxquels ils avaient chacun participé ce soir, et pour la finale de la soirée, ils se battraient entre eux... et contre Sidney.

— S'il vous plaît, non, supplia-t-elle alors que les deux hommes qui la tenaient s'avançaient, la traînant vers le ring.

— Tais-toi, salope, ou on te met une muselière.

Les autres hommes autour d'eux rirent comme si c'était la chose la meilleure blague qui fut.

Victor ouvrit le ring, et elle fut brutalement poussée à travers la porte ouverte.

Sidney tomba à genoux et la foule autour d'elle se mit à l'acclamer, à crier et à rire à ses dépens.

Étourdie, Sidney se leva et se mit à courir vers la porte par laquelle on venait de la projeter. Mais il était trop tard. Trois hommes la tenaient fermée, et ils lui ricanaient au visage alors qu'elle s'agrippait à la clôture et tirait dessus.

Horrifiée par sa situation, Sidney regarda autour d'elle. La clôture temporaire mesurait environ trois mètres de haut et comportait également une couverture en maillons de chaîne sur le dessus. Elle ne pouvait pas grimper par-dessus la clôture de l'autre côté du ring et s'échapper. Sans compter que des hommes, mur à mur, étaient rassemblés autour de la zone et observaient l'action.

Des trafics de drogue se déroulaient à la vue de tous, l'argent changeant de mains pour des petits sacs. La fumée dans la pièce était épaisse et donnait la nausée à Sidney.

Elle ne vit pas un seul visage amical.

Clignant des yeux, Sidney regarda à nouveau – et ne pouvait pas croire ce qu'elle voyait. Il y avait aussi des enfants. Ils ne pouvaient pas avoir plus de neuf ou dix ans. Ils riaient et tenaient des piles d'argent avec les adultes autour d'eux.

Choquée, Sidney ne put s'éloigner de la porte. Le sol sous ses pieds nus était couvert de sang, et elle glissa une fois alors qu'elle essayait de trouver ce qu'elle pouvait faire pour se sortir de cette situation. D'un côté du cercle se trouvait la carcasse du perdant d'un match précédent. Le pauvre chien saignait de partout, mais il était facile de voir que son adversaire lui avait arraché la gorge, ce qui était probablement la cause de sa mort.

Sidney ne pouvait pas respirer. C'était un cauchemar, et elle ne pouvait pas croire qu'elle était en plein dedans.

Victor se mit debout sur une cage et essaya de s'adresser à la foule. Il fallut un certain temps pour que tout le monde se calme suffisamment pour qu'il puisse être entendu, mais finalement elle put entendre ce qu'il disait.

— Et pour le dernier match de ce soir, Thor et Kujo vont enfin se rencontrer ! Il y a trois issues possibles à ce combat. Kujo tue Thor...

La moitié des hommes présents dans la salle poussèrent un grand cri de joie qui fit grimacer Sidney.

— ... Thor tue Kujo...

Une fois de plus, la salle explosa sous les acclamations et les railleries des hommes.

— ... ou les deux chiens se retournent contre la chienne et la tuent.

Les murs vibrèrent des acclamations après la déclaration de Victor.

Sidney pleurait maintenant. Il ne semblait pas y avoir de raison de garder ses larmes enfermées à l'intérieur. Était-ce ainsi que les victimes se sentaient à l'époque romaine quand elles étaient au Colisée ? Impuissantes et terrifiées à mort ?

Elle s'éloigna de la zone où se tenait Victor, mais lorsqu'elle s'approcha trop près de la clôture, les hommes de l'autre côté sortirent des couteaux, ainsi que des bâtons qu'ils avaient probablement ramassés à l'extérieur, et les passèrent à travers les maillons, la forçant à s'éloigner du bord du ring.

À travers ses larmes et le bourdonnement de ses oreilles, elle entendit Victor poursuivre son discours incendiaire devant les spectateurs.

— Comme vous le savez tous, Thor est invaincu et a prouvé à maintes reprises qu'il est le meilleur combattant ici.

Sur ce, parmi les huées de la foule, un autre homme poussa Victor hors de la cage sur laquelle il se tenait et se mit debout.

— Tu as tort, connard ! Kujo va démolir ton boxeur et faire tomber cette salope aussi !

Sidney entendit des gens crier des choses comme : « Dis-lui, Dallas ! » et « Putain ouais ! ». Mais tout ce à quoi elle pensait, c'était que dans quelques minutes, elle allait se retrouver au milieu du ring avec deux chiens enragés.

Victor avait l'air irrité que le type du nom de Dallas lui ait volé la vedette. Il le poussa hors de la cage et récupéra son trône, pour ainsi dire. Il se leva et se mit à crier une fois de plus :

— Ce combat a été long à venir, mais je sais que beaucoup d'entre vous se demandent pourquoi cette chienne est ici !

Après quelques murmures d'approbation de la foule, Victor continua.

— Elle se prend pour une bienfaitrice. Elle sauve les animaux de la vie de champions de combats de chiens.

D'autres huées et des cris de chat retentirent dans la salle.

— Elle ne comprend pas que ces chiens sont nés pour se battre. Qu'ils aiment ça ! Mais après ce soir, elle comprendra enfin, n'est-ce pas ?

Quand la salle explosa sous les acclamations, Victor sortit de la boîte et lui fit un doigt d'honneur. Sidney ne voulait pas s'approcher de l'animal sans cœur qui la maltraitait, mais s'il y avait une chance qu'il la laisse sortir du ring, elle devait la saisir. Elle se traîna vers l'avant, ne s'approchant pas assez de lui pour qu'il puisse la blesser, mais assez près pour que s'il ouvrait la porte, elle puisse s'enfuir.

— Tu m'entends ? demanda Victor quand elle s'approchait.

Sidney fit un signe de tête.

Il sourit. C'était un sourire diabolique qui fit se dresser les cheveux de sa nuque.

— Tu vas mourir sur ce ring ce soir, dit-il sans émotion dans la voix. Tu n'aurais pas dû voler mes chiens, salope.

Et sur ces paroles, il lui tourna le dos et fit signe à quelqu'un d'autre.

Sidney entendit les grognements avant de voir les chiens. La foule derrière Victor et Dallas se sépara alors que quatre hommes portaient deux cages vers le ring. Le volume sonore dans l'entrepôt passa d'assourdissant à tellement silencieux que le seul bruit qu'on entendait était celui des griffes des chiens au fond de leurs cages.

En regardant autour d'elle, Sidney eut confirmation que la seule entrée du ring était la porte par laquelle elle avait été poussée. D'après ses recherches sur les combats de chiens, les propriétaires se tenaient normalement de part et d'autre du ring, tenant leurs chiens jusqu'à ce qu'il soit temps pour eux de se battre. Il y avait des règles compliquées pour savoir quand les chiens pouvaient être récupérés et ramenés sur le côté du ring, jusqu'à la reprise du combat.

Mais il était clair que ces combats ne se déroulaient pas de la même manière que ceux qu'elle avait étudiés. Non, les chiens étaient libérés de leurs cages et le combat commençait. Il n'y avait pas de règles. Pas de temps mort. Seulement un combat à mort.

Et elle allait être en plein milieu.

Déglutissant avec difficulté, elle regarda Victor et Dallas installer les cages, l'une sur l'autre, devant la porte. Il était évident qu'ils allaient les ouvrir, laisser sortir leurs chiens, puis claquer la porte de la clôture, les enfermant à l'intérieur.

En levant les yeux, elle envisagea d'escalader la clôture une fois de plus, mais un seul coup d'œil sur les hommes qui se tenaient devant avec leurs bâtons et leurs couteaux lui fit comprendre qu'il n'y avait aucune chance qu'elle arrive au sommet sans être gravement blessée.

Puis elle se retourna vers Kujo et Thor.

Elle allait être gravement blessée d'une manière ou d'une autre, et elle devait décider si ce serait par les hommes qui la regardaient et bavaient pratiquement pour la voir en morceaux, ou par les animaux mêmes qu'elle avait passé sa vie à essayer de protéger et de sauver.

Elle eut une brève pensée pour Decker. Elle regrettait de ne pas avoir plus de temps avec lui. De ne pas lui avoir dit qu'elle l'aimait. Parce qu'elle l'aimait. Plus que tout. Mais elle n'avait pas le temps de penser à autre chose qu'à rester en vie.

— Un, deux, trois !

Victor cria fort, les portes des cages s'ouvrirent et les deux chiens hargneux et énervés sautèrent sur le ring et se tournèrent aussitôt l'un vers l'autre pour se battre.

* * *

Gumby savait qu'il devait être reconnaissant de la rapidité avec laquelle les douzaines de membres des forces de l'ordre s'étaient rassemblés et installés autour de l'entrepôt sur Washington Avenue... mais ce n'était pas assez rapide pour sa tranquillité d'esprit. Cela faisait un moment qu'ils entendaient des acclamations et des cris venant de l'intérieur de l'entrepôt, et la pensée que Sidney était à l'intérieur, au milieu du chaos, était inacceptable.

Si cela ne tenait qu'à lui, son équipe et lui seraient déjà à l'intérieur. Ils auraient interrompu le rassemblement et sauvé Sidney à l'heure qu'il est. Mais ce n'était pas leur mission. Ils devaient suivre les règles des flics – et ça le rongeait.

— Doucement, mec, dit Ace en mettant sa main sur l'épaule de Gumby. On va la sortir de là.

Gumby le savait. Mais ce qu'il ne savait pas, c'était l'état dans lequel serait Sidney quand ils l'auraient trouvée. Il n'exprima pas cette pensée. Il n'avait pas à le faire. Il savait sans aucun doute que chacun de ses amis pensait la même chose.

Rocco avait l'air malade. Il était le seul de l'équipe qui pouvait vraiment comprendre comment Gumby se sentait. Lorsque la vie de Caite avait été en danger, Gumby s'était senti mal, mais il n'avait pas vraiment compris les émotions que Rocco avait ressenties. Il les comprenait maintenant.

Les officiers autour de lui portaient tous des gilets pare-balles et avaient leur équipement anti-émeute à portée de main. Ils savaient tous qu'à la seconde où ils feraient irruption dans l'entrepôt, le chaos s'ensuivrait. Les occupants allaient essayer de s'échapper par n'importe quelle porte possible, et au bruit qu'ils entendaient, il y avait une foule de gens entassés à l'intérieur. Les policiers ne pouvaient pas tous les contenir, mais ils voulaient en attraper le plus possible.

Mais tout ce qui intéressait Gumby, c'était Sidney. Elle était son seul objectif. Il devait l'atteindre avant que Victor ne fasse quelque chose de stupide, comme essayer de la faire sortir parce qu'il était énervé.

— Tu tiens le coup ? demanda Phantom

Gumby fit un signe de tête. Il ne pouvait pas parler, ses dents étaient serrées et il se retenait de crier sa frustration parce que le périmètre était horriblement long à mettre en place.

— C'est presque l'heure, annonça Rex à voix basse.

— Elle sera dans tes bras dans quelques minutes, lui assura Bubba.

Gumby savait que ses amis essayaient de l'aider, mais tout ce qu'ils faisaient le rendait plus nerveux. En regardant sur le côté, il vit quelques ambulances qui se tenaient à proximité, attendant que le danger soit maîtrisé avant d'intervenir pour aider ceux qui en avaient besoin.

Gumby espérait que ce serait le cas. L'inspecteur Garnham se dirigea vers leur groupe.

— Quatre minutes et on y va, indiqua Francisco. Comme nous en avons discuté, vous six allez prendre l'arrière. Je sais qu'on en a déjà parlé, mais je veux juste être sûr. Aucun d'entre vous n'est armé, n'est-ce pas ?

Les six hommes répondirent par la négative. Gumby se moquait qu'ils ne soient pas autorisés à porter des armes dans la mêlée. Ils n'en avaient pas besoin. Chacun d'eux connaissait plusieurs façons de tuer à mains nues. Et si Victor avait fait du mal à Sidney, c'était un homme mort.

Rocco et lui en avaient discuté. Ils savaient tous les deux que ce serait la panique dans l'entrepôt quand les flics feraient irruption. La confusion allait donner à Gumby la couverture dont il avait besoin pour s'assurer que Victor ne serait plus jamais une menace pour Sidney. Il n'aimait pas tuer, mais s'il s'agissait de Sidney ou de Victor, ce n'était même pas une question. Il n'éprouverait pas de remords à l'idée de mettre fin à la vie de cet homme, pas si cela signifiait que Sidney pouvait vivre la sienne en paix.

— Faites attention, déclara Francisco. Lors de raids comme celui-ci, les propriétaires sont connus pour laisser leurs chiens en liberté, pour leur donner le temps de s'échapper.

Les SEAL murmurèrent leur accord. Ils étaient prêts à faire n'importe quoi.

L'inspecteur les regarda tous une dernière fois, puis hocha la tête, se retourna et s'éloigna.

Gumby prit une profonde respiration.

— Prêts ? demanda Rocco.

En pressant ses lèvres l'une contre l'autre, Gumby hocha la tête. Comme le reste de son équipe. Ils étaient plus concentrés et prêts que jamais. Ce n'était pas une mission de sauvetage pour une cible inconnue. C'était une des leurs. Aucun d'eux ne partirait sans Sidney. Un SEAL ne laissait pas un autre SEAL derrière lui. Jamais. Et Sidney Hale n'était peut-être pas un

Navy SEAL, mais elle faisait quand même partie de leur équipe.

Gumby et les autres se déplacèrent derrière les officiers du SWAT. Tous les sens de Gumby étaient en éveil pour le travail à accomplir. Tout le reste disparut.

La seconde précédente, ils étaient là, les muscles tendus, et l'instant d'après, ils se mirent en mouvement. La porte de l'entrepôt fut ouverte et les officiers entrèrent en courant, criant des ordres, hurlant à tout le monde de se figer.

Comme prévu, les occupants de l'entrepôt se dispersèrent immédiatement. Ils se dirigèrent vers les deux autres sorties aussi vite qu'ils le pouvaient, ignorant les ordres des officiers.

Alors que la foule se dispersait, Gumby cherchait désespérément une petite femme familière aux cheveux de corbeau. Le bruit était si fort qu'il ne pouvait pas parler à son équipe, mais sans avoir besoin de se prévenir, ils se déployèrent en éventail, à la recherche de Sidney.

Puis il l'entendit. Des cris et des grognements venant du centre de la salle.

En levant les yeux, Gumby vit une zone clôturée au milieu de l'entrepôt. Et quand d'autres personnes devant lui prirent la fuite, il réalisa exactement ce qu'il voyait.

Un ring de quatre mètres cinquante de diamètre, entouré d'une haute clôture à maillons de chaîne. Et à l'intérieur, la raison de sa présence : Sidney.

Un grand pit-bull puissant et énervé faisait de son mieux pour l'atteindre.

Gumby poussa deux hommes et un enfant hors de son chemin alors qu'il se dirigeait vers la cage, les yeux sur Sidney.

— Tiens bon, Sid, murmura-t-il. Pour l'amour de Dieu, accroche-toi.

* * *

Lorsque Kujo et Thor furent laissés sur le ring, Sidney se figea de terreur pendant un moment, les chiens se retournant immédiatement l'un contre l'autre. La rencontre de leurs dents fut si puissante qu'elles se brisèrent. Elle s'éloigna autant que possible, tout en restant hors de portée des spectateurs et de leurs couteaux.

Pendant un instant, les deux chiens préférèrent s'entre-déchirer plutôt que de se retourner contre elle. Le sang gicla dans toutes les directions lorsque l'une des bêtes secoua la tête en aspergeant Sidney, mais elle ignora sa peau ainsi trempée, les yeux rivés sur le combat devant elle.

Mais bien trop tôt, Kujo réussit à mettre ses mâchoires autour de la gorge de Thor. C'était vicieux et brutal, et comme chacun des spectateurs, Sidney ne put détourner son regard de cette vision. Les larmes remplirent ses yeux une fois de plus alors que la résistance de Thor devenait de plus en plus faible.

Lorsqu'il devint évident que Thor n'allait pas gagner le combat, la foule devint complètement folle. Elle se mit à huer et crier, et Sidney vit une tonne d'argent changer de mains alors que ceux qui pariaient sur Thor devaient remettre ce qu'ils avaient durement gagné à ceux qui pariaient sur Kujo.

Elle entendit vaguement Victor crier :

— Le combat n'est pas terminé ! Il est temps de prendre des mesures d'encouragement !

Sursautant quand quelque chose toucha sa jambe, Sidney tourna la tête pour voir un homme tenant un pistolet, pointé droit sur elle. Ses yeux s'écarquillèrent, puis quelque chose la piqua dans le dos.

En tournant, elle vit quelqu'un d'autre tenir une arme. Soudain, il semblait y avoir des armes dans les mains de tout le monde autour d'elle. Est-ce qu'ils lui tiraient dessus ?

Puis elle entendit Kujo glapir. Ses yeux revinrent vers lui, et elle réalisa que les spectateurs ne leur tiraient pas dessus avec des balles réelles, mais avec des balles à air comprimé ou quelque chose de similaire.

Lorsqu'un autre projectile frappa Kujo, il se tourna vers elle et grogna.

— Oh, merde, dit-elle tout bas, avant de laisser échapper un cri lorsque le pit-bull se mit à la suivre. Non ! Kujo, assis ! dit-elle désespérément, mais le chien grogna et poursuivit ses pas lents et mesurés vers elle.

Avant qu'elle ne soit prête, Kujo lui sauta dessus.

Instinctivement, elle se tourna sur le côté et attrapa le chien par l'arrière. Il dévia de sa trajectoire, mais ne fut pas dissuadé d'attaquer. Il se jeta à nouveau sur elle, cette fois-ci en attrapant son mollet avec ses dents.

En hurlant de douleur, Sidney ne pensait qu'à s'enfuir.

Elle frappa la tête du chien avec ses poings, essayant de le faire lâcher prise. La douleur dans sa jambe était si intense qu'elle sentait la noirceur menacer de l'emporter. Sachant que si elle tombait, Kujo lui arracherait la gorge, elle se battit pour rester debout.

Puis la foule recommença à bombarder Kujo avec ses poings. Le chien secoua la tête et cria, lâchant sa jambe au passage.

Libéré des mâchoires de l'animal, Sidney courut vers la clôture. Les couteaux et les bâtons ne semblaient plus si mauvais. Elle ne pensait qu'à s'éloigner des dents de Kujo, et comme les chiens ne pouvaient pas grimper, la seule chance qu'elle avait était d'atteindre le sommet de l'enclos.

Les propriétaires du chien avaient créé une sorte de plafond en maillons de chaîne, probablement en pensant que cela l'empêcherait de s'échapper, mais cela lui permettait aussi d'éviter à la fois le chien et les hommes qui entouraient la cage. Si elle atteignait le sommet, elle pourrait s'y accrocher comme un enfant pouvait se pendre aux barreaux des singes dans une aire de jeu.

Alors qu'elle essayait désespérément de grimper, une jambe saignant et palpitant à cause de la morsure de Kujo, les hommes de l'autre côté lui ricanaient au visage. Ils lui crachaient dessus. Et ils firent de leur mieux pour la faire lâcher prise et retomber dans le ring, en secouant la clôture et en essayant de la taillader avec leurs couteaux.

Ignorant les spectateurs, Sidney grimpa pour sauver sa vie. Si seulement elle pouvait atteindre le sommet, elle irait bien.

Bien, ce n'était probablement pas vrai. Ce ne serait qu'une question de temps avant que Victor et les autres ne trouvent un moyen de la faire lâcher prise et de la faire affronter à nouveau Kujo, mais tout ce qu'elle pouvait faire pour ne plus sentir les dents du chien autour de sa chair, elle le ferait.

Tout à coup, le bruit et toute l'atmosphère dans la pièce changèrent. Au lieu d'entendre des applaudissements et des rires, il y eut des cris et des hurlements de panique.

Ignorant tout, sauf son besoin de s'éloigner de Kujo qui grognait alors qu'il sautait inlassablement contre la clôture pour l'atteindre, Sidney s'accrochait là où elle le pouvait. Les spectateurs avaient cessé de l'embêter, mais elle était trop préoccupée pour essayer de comprendre pourquoi.

Elle cessa de grimper lorsqu'elle atteignit le sommet de la clôture. Elle avait mal aux doigts à force de s'accrocher et sa jambe palpitait de façon insupportable. Du sang s'écoulait de la blessure, atterrissant sur Kujo – qui continuait à bondir sur elle – et couvrant le sol en dessous de lui.

En sanglotant, avec des crampes aux doigts, Sidney savait qu'elle ne pourrait pas tenir longtemps.

Elle allait mourir. Ici même. À l'instant même. Par la mâchoire d'un des animaux qu'elle avait passé sa vie d'adulte à essayer de sauver.

* * *

Gumby s'élança vers le ring. Il chercha un moyen d'entrer en courant et n'en trouva pas. Ses yeux atterrirent finalement sur un grand cadenas de l'autre côté de l'endroit où Sidney s'accrochait désespérément tout en haut de l'enceinte. Elle était pratiquement nue, mais ce n'était pas ce qui l'inquiétait pour le moment. C'était le chien couvert de sang qui essayait de l'atteindre qui lui faisait monter l'adrénaline.

Atteignant le portail en même temps qu'Ace, Gumby leva une jambe et donna un coup de pied à la clôture aussi fort qu'il put.

Sidney poussa un cri de l'autre côté alors que toute la clôture tremblait.

— Merde, murmura-t-il.

— Bouge. Je m'en occupe, dit Ace en brandissant une paire de coupe-boulons.

Gumby bougea, mais demanda :

— Putain, où tu les as eus ?

Ace plaça les mâchoires des coupe-boulons autour de la serrure en tenant la porte fermée et dit :

— Garnham. Il me les a donnés juste avant qu'on entre dans la pièce. Il a dit qu'ils pourraient être utiles.

Gumby n'avait jamais été aussi soulagé de la perspicacité de l'homme qu'il l'était en ce moment. Il vit Rocco courir autour de l'enceinte en direction de Sidney qui s'accrochait encore en haut de l'enceinte. Son ami fit un bond en avant et escalada rapidement la clôture. Il réussit à grimper avec précaution au sommet de l'installation précaire, au-dessus de l'endroit où Sidney s'accrochait pour sauver sa vie. Les maillons étaient trop petits pour qu'il puisse les atteindre et s'accrocher à elle, mais Gumby savait qu'il lui parlerait, lui dirait de s'accrocher, que de l'aide était là.

Le chien hargneux était un plus gros problème. Pour atteindre Sidney, Gumby devait éliminer la menace que représentait le chien. Mais sans arme, il n'avait pas de moyen facile de le faire. À la seconde où la serrure fut tombée de la porte, Gumby se fraya un chemin à l'intérieur de l'enclos. Son cerveau enregistra le chien presque mort au milieu du plancher, mais il ne lui accorda pas un seul regard. Il n'avait d'yeux que pour celui qui se tenait en dessous de Sidney.

Gumby était prêt à tuer le chien à mains nues, mais Phantom le poussa sur le côté et, en quelques secondes, fit glisser une lame sur la gorge du chien.

Réalisant que son ami avait menti à l'inspecteur en disant qu'il n'était pas armé, et qu'il s'en foutait, Gumby se dirigea tout droit vers la clôture. Il glissa une fois dans le sang sur le sol en dessous de Sidney, et serait tombé si Ace n'avait pas attrapé son bras. Ne prenant pas le temps de le remercier, Gumby escalada la clôture en direction de sa femme, désespéré de l'atteindre.

La clôture se balançait sous son poids, mais cela ne le ralentit pas. En quelques secondes, il était à côté de Sidney, essayant de trouver un moyen de les faire descendre tous les deux en toute sécurité.

* * *

Les yeux de Sidney se fermèrent alors qu'elle mettait toute son énergie à s'accrocher à la clôture. Ses doigts étaient brûlants et sa jambe tremblait. Ses orteils étaient enfoncés dans les maillons de la clôture, et elle n'enregistrait presque rien autour d'elle à cause de la douleur. Elle entendit vaguement quelqu'un lui parler d'une voix basse et apaisante, mais elle ne put ouvrir les yeux pour voir qui c'était.

Lorsque quelque chose lui toucha le dos, elle tressaillit et cria de terreur.

— C'est moi, Sidney ! Je te tiens. Tu es en sécurité.

— Decker ? cria-t-elle, incrédule.

Elle devait avoir des hallucinations. Ce n'était pas possible que ce soit lui.

— Peux-tu te laisser aller et t'accrocher à moi ?

Ses yeux s'ouvrirent enfin et elle cligna des paupières en voyant Rocco accroupi au-dessus d'elle à l'extérieur de l'enceinte. Elle regarda autour d'elle et ne vit aucun des spectateurs. Personne ne la touchait plus.

En tournant la tête, elle vit alors Decker. Il était là !

— Decker ! hurla-t-elle.

— Shhhh. Peux-tu bouger ton bras et le mettre autour de mon cou ? Je ne te laisserai pas tomber. Accroche-toi à moi.

— Non ! Kujo !

— Qui ?

— Le chien ! Il nous aura !

— Il est mort, Sid. On doit te faire descendre et faire examiner cette jambe.

En regardant vers le bas, Sidney vit Phantom se tenir en dessous de Decker. Ace était aussi là. Elle ne vit pas Bubba ou Rex, mais elle savait qu'ils devaient être dans l'entrepôt quelque part.

De plus, le corps sanglant de Kujo était couché sur le côté sur le sol en béton, sans bouger.

Tout la frappa en même temps. Decker l'avait trouvée. Juste à temps.

Son corps bougea sans même qu'elle le lui demande consciemment. Elle lâcha la clôture d'une main et s'accrocha au cou de Decker. Elle se retourna immédiatement et enroula son autre bras autour de lui, et fit de son mieux pour accrocher sa bonne jambe autour de ses hanches. Elle n'avait aucun doute sur le fait qu'il serait capable de la tenir. Il ne l'aurait jamais laissée tomber.

Tout doucement, Decker commença à redescendre la clôture. Elle se demandait bien comment ses grands pieds rentraient dans les petits trous des maillons, mais pour le moment, elle s'en fichait. Elle sentit les mains lui toucher les côtés alors qu'elles s'approchaient du sol, et elle serra Decker plus fort. Ils se dirigèrent vers la porte du ring dès que ses pieds touchèrent le sol.

— Pose-la, Gumby, ordonna une voix.

— Pas ici, dit-il, sa voix raisonnant à travers elle alors qu'elle s'accrochait encore plus fort.

Un cri à sa droite poussa Sidney à relever la tête et regarder dans cette direction.

Victor se tenait devant Rocco, qui était descendu après que Decker l'eut atteinte – et pointait une arme sur la tête du SEAL.

Tout se déroula comme si elle regardait à travers un long et sombre tunnel. Elle ouvrit la bouche pour crier, pour dire quelque chose, mais elle n'avait pas à s'inquiéter.

L'instant précédent, Victor menaçait Rocco, et la suivante, il était étendu sur le sol, immobile.

Bubba était arrivé par derrière et l'avait rapidement désarmé, puis Phantom l'avait fait tourner en rond et l'avait frappé d'un coup puissant au visage.

Alors même que Decker la transportait hors du ring vers la porte de l'entrepôt, elle se retourna et vit Rocco se pencher, vérifiant le pouls de Victor.

— Merde, pas de battement de cœur, dit Rocco en s'age-nouillant et en commençant immédiatement à faire la réanimation.

Se sentant hors d'elle et étourdie, Sidney remarqua que les flics avaient aligné ou allongé sur le sol de nombreux specta-teurs, les mains derrière le dos. Ce qui était le plus frappant, c'était le nombre d'enfants qu'il y avait. Elle se souvenait les avoir vus de l'intérieur du ring. Ils n'étaient pas recroquevillés, effrayés d'être là. Ils les acclamaient et criaient aussi fort que les adultes.

— Accroche-toi, Sid. Tu vas bien, murmura Decker.

Elle ne se sentait pas bien. Elle avait mal au cœur et était déprimée. Sa jambe battait horriblement, et le fait de se souvenir qu'elle avait failli être mutilée par Kujo accéléra sa respiration et sa bouche se mit à trembler.

— Je vais vomir, annonça-t-elle à Decker, quelques secondes avant de le faire.

Malheureusement, il ne la lâcha pas et elle vomit tout le long de son épaule, de son dos et de son bras.

Lorsque la douleur et l'humiliation commencèrent à l'accabler, et que le vertige s'installa à nouveau, Sidney s'abandonna volontiers à la noirceur.

* * *

Gumby sentit la seconde où Sidney s'évanouit dans ses bras. Il en fut soulagé. Sa jambe avait l'air mal en point, mais heureusement, le chien n'avait pas pu la déchiqueter complètement. Il se dirigea rapidement vers l'une des ambulances et remercia les ambulanciers de ne pas avoir essayé de l'arrêter, puisqu'il porta simplement Sidney à l'intérieur, en la déposant sur le brancard. Il s'agenouilla près de sa tête et les regarda s'occuper d'elle.

Sa jambe avait beaucoup saigné, et une fois qu'ils eurent nettoyé un peu de sang, il sut qu'elle aurait besoin de quelques points de suture. Mais il était soulagé que la situation n'ait pas empiré.

Environ trois minutes plus tard, la tête d'Ace se montra dans l'ambulance et il fit signe à Gumby de sortir pour lui parler. Il ne voulait pas quitter Sidney, mais il savait que son ami ne demanderait pas à le voir seul si ce n'était pas important.

— Ne partez pas sans moi, grogna-t-il à l'adresse des ambulanciers. Je reviens tout de suite.

— Vous avez environ quatre minutes, dit l'un des hommes alors qu'il s'affairait à poser une perfusion dans son bras.

— Je reviens, répéta Gumby, puis il s'éloigna et sauta au sol.

À la seconde où il se tourna vers Ace, l'autre homme commença à parler.

— Victor est mort. Le coup de poing de Phantom a probablement rompu quelques veines de son cerveau et a conduit à une hémorragie interne.

Gumby était content que cette ordure soit morte. Il aurait aimé le faire souffrir davantage, mais pour le moment, il ne pouvait qu'être soulagé que Sidney n'ait plus jamais à se retrouver face à face avec l'homme.

— Phantom aura-t-il des ennuis à cause de cela ?

Ace secoua la tête.

— Il n'a pas utilisé le couteau qu'il avait visiblement sur lui, et Garnham a tout vu. Il a vu Victor pointer son arme sur Rocco. Il sait que c'était de la légitime défense.

Gumby hocha la tête.

— L'autre gars, Dallas, a été attrapé alors qu'il sortait en courant et a été identifié par plusieurs des autres hommes présents.

— D'autres chiens ont été trouvés ?

— Aucun de vivant, lui dit Ace.

— Et les enfants ?

Ace soupira.

— Les membres du gang et les combattants canins en formation. Ils n'étaient pas du tout traumatisés par ce qui s'est passé ici. Ils étaient plus soucieux de se débarrasser de la drogue qu'ils se passaient.

— Putain, soupira Gumby.

— C'est une honte. Je sais qu'élever des enfants n'est pas une promenade de santé, mais comment reviennent-ils de quelque chose comme ça ? Ils sont déjà désensibilisés à la souffrance des chiens, et ils ont presque été témoins de la mise en pièces d'une femme devant leurs yeux. S'ils ne se soucient pas de cela, je ne suis pas sûr qu'il y ait beaucoup d'espoir qu'ils deviennent des membres productifs de la société.

Gumby ne pouvait qu'être d'accord. Mais pour l'instant, il ne s'intéressait pas à eux non plus. Il se concentrait uniquement sur Sidney.

— Donc ce ring est fermé ? Avec Victor mort et Dallas en garde à vue, c'est une bonne chose, non ?

Ace haussa les épaules.

— Oui, mais le détective est sûr que quelqu'un d'autre va reprendre là où il s'est arrêté.

— Putain de combats de chiens, dit Gumby.

— Comment va Sidney ? demanda Ace.

—Ce n'est pas trop mal, mais ce n'est pas bon non plus, dit Gumby à son ami. Si elle n'avait pas réussi à escalader cette clôture, ce chien l'aurait mise en pièces.

— Merde...

— Ouais.

— Je vais aller te chercher des vêtements propres, dit Ace. Et je m'assurerai qu'on s'occupe d'Hannah. Tu as besoin d'autre chose ?

Gumby expira un soupir de soulagement. Honnêtement, il n'avait pensé à rien d'autre qu'à Sidney. Il se sentait coupable de ne pas avoir eu une pensée pour Hannah.

— Non, ça va. Il n'y a pas d'urgence, je peux trouver une paire de blouses à l'hôpital pour le court terme.

— Va te faire foutre, répondit Ace. Comme si on allait tous rentrer chez nous et faire une sieste alors que ta femme est blessée.

Gumby hocha la tête. C'était agréable d'avoir des amis.

— Je ne sais pas combien de temps il faudra pour avoir des nouvelles d'un médecin, dit-il à Ace.

— Ça n'a pas d'importance. On sera là.

— Monsieur ? Nous sommes prêts à partir, déclara l'un des secouristes à l'intérieur de l'ambulance.

— Allez-y, ordonna Ace. On vous rejoindra à l'hôpital.

Gumby hocha la tête et se retourna pour remonter à l'arrière de l'ambulance. Il s'assit cette fois-ci à côté de la tête de Sidney et fit de son mieux pour tenir le coup. Elle avait deux intraveineuses, une dans chaque bras, et un collier cervical placé autour du cou par précaution. Son soutien-gorge était posé sur le sol et une couverture avait été enroulée autour de son torse. Sa jambe était recouverte de gaze et elle était branchée à toutes sortes de machines qui bipaient en permanence.

Elle était encore inconsciente et Gumby s'en félicitait ; au moins, elle ne souffrait pas. Il lui prit doucement la main, faisant des grimaces devant les ecchymoses qu'il pouvait voir sur ses doigts et sa paume.

Ignorant l'homme assis à côté de lui, il se pencha et posa ses lèvres près de l'oreille de Sidney.

— Accroche-toi, Sid. Je t'aime.

À ces mots, il sentit ses doigts se resserrer pendant un moment avant de se détendre à nouveau.

C'était suffisant. Elle l'avait entendu, et Gumby savait qu'elle finirait par aller bien.

CHAPITRE DIX-NEUF

Sidney sourit à Decker. Les deux dernières semaines n'avaient pas été géniales, cela ne faisait aucun doute, mais le fait d'avoir Decker à ses côtés rendait chaque changement de pansement et chaque rechute plus faciles à gérer.

Et il n'y avait pas que Decker. Il y avait aussi eu tous ses amis. Pendant son séjour à l'hôpital, Ace lui avait rendu visite presque autant que Decker. Phantom, Bubba, Rex et Rocco avaient également fait des allées et venues pour la divertir et lui remonter le moral.

Elle avait dû avoir plus de cent points de suture dans la jambe pour fermer correctement la morsure. Puis elle s'était infectée presque immédiatement, et la plaie devant être nettoyée régulièrement était extrêmement difficile à supporter. Ce qui avait commencé comme un court séjour à l'hôpital s'était étendu sur deux semaines, les médecins se battant et surveillant de près l'infection. Sidney savait qu'elle avait de la chance. Elle savait que cela aurait pu être bien pire, mais il était difficile de rester positive alors qu'elle avait tant souffert.

Nora lui avait rendu visite, et Sidney n'avait jamais autant ri que lorsque son amie avait fini par rentrer chez elle avec une de ses infirmières. Apparemment, elles s'étaient bien entendues dans le couloir, et Nora avait fait ce que Nora faisait de mieux : la séduire.

Faith était également venue lui dire combien elle était désolée de tout ce qui s'était passé, mais les choses étaient un peu bizarres entre elles. Sidney se sentait mal pour son rôle dans tout ce gâchis, et parce qu'elle avait ignoré les avertissements de son amie. Elle lui avait répété plusieurs fois de ne pas s'impliquer trop personnellement dans le sauvetage des chiens...

Une autre équipe de SEAL de la base et leurs familles avaient également rendu visite à Sidney. Caroline avait commencé par passer avec son mari, Wolf, et chaque jour après, elle avait rencontré une autre famille de cette équipe. Abe et Alabama, Cookie et Fiona, Mozart et Summer, Benny et Jessyka, Dude et Cheyenne. Même leur commandant et sa femme, Julie, étaient passés.

Cela aurait dû être gênant, mais au lieu de cela, elle s'était sentie encore plus prise en charge.

Mais c'est Caite que Sidney était la plus impatiente de voir. Elle lui rendait visite tous les deux jours environ, la tenant au courant de ce qui se passait pour Dallas et les autres participants aux combats de chiens. Decker ne voulait pas trop en parler car il avait l'impression qu'il valait mieux qu'elle ne sache pas, et Sidney était donc reconnaissante envers Caite de lui donner ces détails.

Dallas était toujours en prison, mais les flics n'avaient pas pu faire en sorte que les charges soient retenues contre la plupart des autres hommes présents au combat. Il n'y avait aucun moyen de prouver à qui appartenait la drogue qui avait été trouvée jetée sur le sol de l'entrepôt. Alors que Sidney avait identifié les hommes qui l'avaient poussée sur le ring et qui l'avaient kidnappée au départ, les autres avaient été relâchés sans qu'aucune charge ne soit retenue contre eux.

Heureusement, Phantom n'avait pas été accusé de la mort de Victor, puisque l'inspecteur Garnham s'était porté garant du fait qu'il l'avait frappé en état de légitime défense. Sidney se souvenait à peine de ce qui s'était passé, trop traumatisée.

Mais la meilleure partie de ces dernières semaines fut Decker.

Vingt minutes plus tôt, il l'avait fait sortir de l'hôpital après une dernière évaluation de ses points de suture. Elle était revenue pour d'autres examens, mais elle avait été officiellement libérée. Le pick-up de Decker l'attendait à l'entrée de l'hôpital, et il l'avait gentiment prise et placée du côté passager. Maintenant, ils étaient presque arrivés à sa maison de plage.

— Tu vas bien ? demanda-t-il en la regardant.

— Oui.

Et c'était vrai. Sa jambe lui faisait toujours mal mais elle se sentait mieux chaque jour.

Sidney voulait lui dire quelque chose d'important, mais n'en avait pas eu l'occasion pendant sa convalescence. Soit quelqu'un lui rendait visite, soit le moment n'était pas propice. Mais plus elle y pensait, plus elle sentait que c'était le bon moment et le bon endroit. Ce n'était pas romantique, mais le fait qu'il ne se soit pas concentré sur elle pendant qu'elle parlait était une bonne chose.

— Je dois te dire quelque chose, dit doucement Sidney alors que Decker quittait le parking de l'hôpital.

— D'accord, dit-il. Ça peut attendre que je te ramène à la maison et que tu sois à l'aise ?

— Non.

Le mot sortit avec plus de force qu'elle ne l'avait prévu.

— Très bien. Vas-y.

C'était plus dur qu'elle ne l'avait imaginé.

— Quand j'étais dans cette cage, attendant de voir ce qu'ils me réservaient, je ne pouvais penser à rien d'autre qu'à la colère que tu allais ressentir envers moi.

— Sid, non, je...

— S'il te plaît, laisse-moi finir, supplia Sidney.

Decker fit un signe de tête.

— Je sais que j'ai merdé. Tu m'as suppliée de ne pas y aller seule, et je l'ai fait quand même. Bien sûr, je ne savais pas que Victor m'attendait, ni qu'il m'avait appâtée avec ces chiots, mais quand même. Alors que j'étais assise dans cette caisse, que je les écoutais construire le ring de combat, sachant qu'il y avait de fortes chances que je sois violée ou tuée, je ne pouvais penser qu'à une seule chose que je regrettais par-dessus tout. Quelque chose que je ne t'avais pas dit.

Decker se pencha et prit sa main, mais ne dit rien, ce dont elle était reconnaissante.

— Alors, quand j'ai eu le plus besoin de toi, tu étais là. C'était un miracle, et je n'arrive toujours pas à croire comment tout s'est mis en place pour que tu me retrouves si vite. J'étais persuadée que cela n'arriverait pas.

Elle prit une profonde inspiration et prononça les mots auxquels elle pensait depuis des semaines.

— Je t'aime, Decker. Je n'avais pas prévu de tomber amoureuse, mais avant que je m'en rende compte, tu étais devenu la chose la plus importante dans ma vie.

Il lui serra la main, fermement.

— Je suis désolée de l'avoir fait dans ton dos et d'être allée voir les chiots toute seule. Je suis désolée d'avoir failli entraîner Caite dans cette horrible merde. J'aurais aimé t'écouter... et j'ai eu tort.

Decker arrêta le pick-up sur le parking d'une grande surface. Il y avait des gens tout autour d'eux, mais d'une certaine manière, on aurait dit qu'ils étaient seuls au monde.

Il stationna et se retourna sur son siège. La console qui se trouvait entre eux l'empêchait de s'approcher trop près, mais il se pencha et prit son visage dans ses mains. Son regard était intense, et Sidney était nerveuse à l'idée de ce qu'il pourrait dire.

— Je crois que je t'ai aimée dès le premier instant où je t'ai vue. Et une des choses que j'aime le plus, c'est ta loyauté et ta ténacité. J'aime combien tu te soucies des animaux et comment tu ressens si profondément les choses. Je suis désolé que tu ne m'aies pas attendu aussi, mais cela ne diminue en rien mon amour ou mon respect pour toi. Je pense qu'il pourrait être utile que tu parles à quelqu'un de ce que tu as vécu dans ton enfance et de la façon dont tout cela s'est manifesté chez la personne que tu es aujourd'hui, mais peu importe ce que tu choisis, je serai toujours là pour toi.

Sidney poussa un soupir de soulagement. Elle n'était pas opposée à l'idée de parler à un psychologue. Peut-être que parler à quelqu'un qui ne la connaissait pas personnellement serait plus facile.

Decker fouilla dans sa poche pendant un moment avant de se tourner vers elle.

Il tenait dans sa main une bague en diamant solitaire de taille princesse.

Sidney était sous le choc.

— Je t'aime, Sid. Tu es plus importante pour moi que toute autre chose dans ma vie. Je ferais n'importe quoi pour te garder en sécurité. Je te donnerais tout ce que ton cœur désire. Être à tes côtés dans tout ce que tu veux faire. Veux-tu m'épouser ? Je sais qu'être la femme d'un Navy SEAL n'est pas le travail le plus facile au monde, mais je jure que je ferai tout ce qu'il faut pour alléger le fardeau. Je ne te tromperai jamais, et je ferai tout ce que je peux pour être sûr de revenir à la maison après chaque mission. Je ne peux pas te promettre mais...

— Oui, dit Sidney, le souffle coupé, l'interrompant.

— Oui ?

— Oui ! confirma-t-elle.

Le sourire qui traversa le visage de Decker était magnifique, et Sidney savait qu'elle ne l'oublierait jamais. Il lui prit la main et lui glissa la bague au doigt. Elle lui allait parfaitement, et elle n'en revenait pas de voir à quel point cela lui semblait juste.

— Putain, je t'aime, soupira Decker avant d'embrasser la bague, puis prit à nouveau son visage dans ses mains.

Il se pencha en avant pour l'embrasser, un long baiser passionné qui lui coupa le souffle.

Quand il se retira, ils respiraient tous les deux rapidement. Il l'avait embrassée plusieurs fois depuis qu'elle avait été blessée, mais cette fois-ci était différente. C'était une promesse. Un début.

— Je n'avais pas prévu de faire ça ici, marmonna Decker en ajustant son membre dans son pantalon et en s'installant sur son siège.

Sidney ricana. Elle admira sa bague. Elle ne pouvait pas la quitter des yeux. Elle faisait probablement autour d'un carat, et elle lui semblait énorme. Elle était parfaite.

— Je ne veux pas attendre si longtemps pour me marier, lui dit Decker en sortant du parking. Mais mon père et ma belle-mère vont vouloir être là. Tout comme mon frère. Je pense qu'on pourrait organiser une petite cérémonie sur notre plage avec l'équipe, ma famille et tous ceux que tu voudras inviter. Faith et Nora, c'est sûr. Peut-être Jude ?

Sidney sourit. Elle n'avait jamais vraiment pensé à se marier. Elle n'avait pas d'idée de la cérémonie qu'elle souhaitait. Mais un mariage sur la plage semblait parfait.

— Peut-être que Wolf et son équipe peuvent venir aussi ?

Decker sourit comme si elle venait de lui faire plaisir.

— Tout ce que tu veux, ma chérie.

— Je ne te mérite pas, lui dit-elle.

— Faux. Nous nous méritons l'un l'autre, dit-il en souriant.

Sidney lui prit la main et la tint fermement jusqu'à la fin du chemin du retour.

* * *

Gumby se sentait au sommet du monde. Les deux dernières semaines avaient été difficiles, mais le commandant North avait été très compréhensif, et il avait donné à Gumby beaucoup de temps libre pour être avec Sidney pendant qu'elle se rétablissait. Il s'était également assuré que l'équipe n'avait pas été affectée à des missions pendant sa convalescence. Gumby savait que le sursis se terminerait bientôt maintenant que Sidney était rentrée chez elle, et qu'il devrait la quitter le moment venu.

Ils n'avaient pas parlé de son emménagement dans la maison de la plage avec lui, mais comme elle avait accepté de l'épouser, c'était de toute façon un point discutable. Ils auraient tout le temps de réfléchir à leurs conditions de vie.

L'homme qui allait remplacer Sidney à l'entretien du parc de caravanes avait commencé plus tôt que prévu, puisqu'elle était à l'hôpital, et jusqu'à présent, il semblait s'en sortir.

Gumby avait obtenu de Max qu'il termine la rénovation du dernier étage de sa maison sur la plage, comme lui et Sidney en avaient discuté. Il voulait que la maison soit complètement terminée lorsque Sidney sortirait de l'hôpital, pour qu'elle soit aussi confortable que possible. Les travaux nécessitèrent une équipe complète travaillant jour et nuit, mais le chef d'équipe fit ce qu'elle avait imaginé, y compris la salle de bain, avec une énorme douche qui s'adapterait facilement à eux.

Max voulait toujours engager Sidney, et lui avait même apporté les documents à remplir pendant son séjour à l'hôpital. Dès qu'elle serait prête, elle pourrait commencer à suivre une des équipes de Max. Elle devait se reposer un moment, ne pas monter sur une échelle ou autre, mais le médecin les avait rassurés tous les deux : elle serait bientôt prête à travailler.

Gumby gara son pick-up dans l'allée et dit :

— Ne bouge pas jusqu'à ce que je revienne.

— Je peux marcher, Decker, rétorqua-t-elle.

— Remuer vers l'avant, oui. Marcher ? Pas vraiment.

— Peu importe, murmura-t-elle.

— Fais-moi plaisir, supplia Gumby.

Après qu'elle eut hoché la tête, il sortit du pick-up et vint à côté d'elle. Il sentit son cœur grandir dans sa poitrine en voyant la bague qu'il avait choisie à son doigt.

Il la souleva dans ses bras comme une mariée, et elle enveloppa ses bras autour de son cou. Il ferma la porte du pick-up avec sa hanche et se dirigea vers le porche. Une fois arrivé, il la fit descendre et s'assura qu'elle était bien stable sur ses pieds avant d'ouvrir la porte.

Pendant les semaines où Sidney était à l'hôpital, Hannah avait guéri presque miraculeusement. La blessure sur son dos était rose clair, et n'était plus douloureuse au toucher. Les coussinets sous ses pattes avaient également suffisamment cicatrisé pour que la vétérinaire dise qu'elle était autorisée à aller sur la plage. Elle adorait courir dans les vagues, courir après les vagues, courir sur le sable et aboyer joyeusement. C'était un chien complètement différent de l'animal battu et effrayé qu'il avait recueilli toutes ces semaines auparavant.

Gumby avait hâte que Sidney voie comment Hannah se portait, et qu'Hannah revoie l'un de ses humains préférés.

Il déverrouilla la porte et l'ouvrit pour que Sidney puisse le précéder à l'intérieur.

Hannah aboya avec enthousiasme et dansa sur place, tournant en rond dans son excitation.

Malheureusement, au lieu d'être ravie de voir le pit-bull en extase, Sidney eut clairement peur. Elle s'appuya contre lui, puis se plaça de manière à ce qu'il soit entre elle et Hannah.

Gumby se retourna immédiatement et attira Sidney contre lui. Il sentit ses jambes lâcher et il les fit se baisser toutes les deux sur le sol. Elle était sur ses genoux, le visage contre sa poitrine. Il la sentit trembler et fut confus pendant une seconde quant à ce qui se passait.

Lorsqu'il comprit finalement que c'était Hannah qui l'avait terrifiée, il eut le cœur brisé pour Sidney.

Bouleversée de ne pas savoir pourquoi les humains ne l'accueillaient pas, Hannah gémit et se coucha sur le ventre. Elle rampa vers eux, des sons pathétiques sortant de sa gorge. Elle donna un coup de museau à Gumby.

— Sid ? demanda-t-il doucement.

— Pendant une seconde, je... j'étais revenue, chuchota-telle. Sur le ring. J'ai vu Hannah et j'ai cru qu'elle allait me mordre.

— Elle ne le fera pas. Elle t'aime.

— Mais je l'ai vue, et la seule chose à laquelle j'ai pensé, c'est combien ça m'a fait mal quand ce chien m'a attrapé la jambe.

— Donne-moi ta main, ordonna doucement Gumby.

Elle posa immédiatement sa main dans la sienne, sa confiance le faisant se sentir beaucoup mieux. Se déplaçant lentement, il la plaça sur la tête d'Hannah. Comme si le pit-bull pouvait sentir que Sidney était effrayée, elle ne bougea pas.

Sidney tremblait encore sur ses genoux, mais elle le laissa caresser Hannah, sa main sous la sienne.

— Tu vois ? C'est juste Hannah. Elle ne va pas te mordre.

Quand Sidney prit une profonde inspiration, Gumby sut qu'elle allait s'en sortir.

Il n'avait jamais rencontré quelqu'un de plus courageux qu'elle. Il l'avait pensé la première fois qu'il l'avait vue, en s'attaquant à un homme deux fois plus grand qu'elle, mais il le savait encore plus maintenant. Elle se mit à caresser Hannah toute seule, alors il remit son bras autour de sa taille.

— Elle a l'air d'aller bien, dit Sidney au bout de quelques minutes.

Elle ne tremblait plus, mais elle était toujours prudente.

— Oui. La vétérinaire dit qu'elle guérit remarquablement bien.

Pendant qu'ils parlaient, la queue d'Hannah remuait, et elle s'approchait encore plus près d'eux.

Gumby ne put s'empêcher de rire lorsque le chien posa sa tête sur ses genoux et regarda Sidney comme si elle était le soleil de sa lune.

— Je ne peux pas revenir à ce que j'étais avant que cela n'arrive, déclara Sidney sans faire de bruit, les yeux fixés sur Hannah.

— Que veux-tu dire ? demanda Gumby.

— Tu avais raison. Poursuivre les agresseurs purs et durs par moi-même était stupide. De toute évidence. Je pensais que si je faisais attention, ça irait. Mais j'étais juste naïve. J'aurais pu blesser Caite, et toi et les autres. Mais c'est plus que ça, continua Sidney en le regardant. J'avais peur, Decker. J'étais morte de peur. Les chiens dans ce ring n'étaient pas récupérables. Ils étaient allés trop loin. Je n'aurais pas pu les sauver, quoi que je fasse.

— Je sais, répondit doucement Gumby, triste, mais soulagé qu'elle le comprenne.

— Je pensais que tu étais juste autoritaire. J'étais tellement en colère contre toi ce jour-là, et je pense que cela a alimenté ma stupidité. Tu as même dit que tu viendrais avec moi, et j'ai juste continué à avancer comme je l'ai toujours fait. Je suis vraiment désolée.

Gumby déposa un baiser sur sa tempe.

— Tu as fait une erreur. Tu n'as pas à t'excuser.

— Si, il le faut. J'aurais dû réaliser que tu voulais juste ce qui était le mieux pour moi.

— Excuses acceptées, dit Gumby, voulant passer à autre chose.

Elle se retourna vers Hannah.

— Je veux continuer à travailler avec des animaux maltraités, mais plus en première ligne. Je vais parler à Faith, voir si elle veut toujours que je l'aide. Je peux l'aider pour les adoptions ou autre chose.

— Je pense que c'est une bonne idée, affirma Gumby.

Toujours concentrée sur Hannah, elle demanda :

— Et si je ne pouvais même pas faire ça ? Et si j'avais peur de tous les chiens, maintenant ?

— Tu n'auras pas peur.

— Comment le sais-tu ? demanda Sidney en le dévisageant, ses grands yeux pleins de larmes. Regarde comment j'ai réagi avec Hannah. Et je la connais.

— Détends-toi un peu, chérie. Tu as été attaquée. Et c'est la même race. Ça va prendre du temps, mais je sais que tu vas surmonter ça. Tu ne seras plus jamais la même personne qu'avant, mais ce n'est pas si mal. Avoir un peu de prudence quand il s'agit de chiens maltraités, et d'animaux en général, est probablement une bonne chose. Mais je te connais. Tu vas rebondir. Promis.

— Qu'est-ce que j'ai fait pour te mériter ? demanda Sidney calmement après quelques instants.

Décidant de ne pas répondre, Gumby préféra annoncer :

— Viens, on va te mettre sur le canapé. Je vais te préparer un déjeuner et tu pourras faire une sieste.

— Je ne suis pas fatiguée, se plaignit-elle, mais un énorme bâillement démentit ses paroles.

Souriant, mais sachant qu'il ne fallait pas la contredire, Gumby se glissa sous elle et se remit debout. Puis il l'aida à se relever.

— Doucement, Hannah, gronda-t-il lorsque le pit-bull sauta à ses pieds en prévision de la récréation.

Il vit Sidney grimacer, mais elle tendit courageusement la main à la chienne et sourit quand Hannah se mit à la lécher.

Il garda un bras autour de Sidney pendant qu'il l'emmenait vers le canapé et l'installait, en posant ses pieds sur un coussin sur la table basse. Hannah sauta sur celui à côté d'elle, et il était sur le point de la faire descendre quand Sidney affirma :

— Elle est bien, là.

— Si elle commence à t'embêter, fais-le-moi savoir.

— Promis. Decker ?

— Oui ?

— Je t'aime.

Gumby soupira. Il ne se lasserait jamais d'entendre ces mots.

— Je t'aime aussi, Sid. Ferme tes yeux et détends-toi pendant que je nous apporte quelque chose à manger.

— Mon Dieu, je ne peux pas attendre. La nourriture de l'hôpital craint.

Gumby sourit. Elle avait raison, c'est vrai, mais il savait pertinemment que ses amis, et les siens, lui apportaient tous des repas régulièrement. Ce n'était pas comme si elle avait été affamée pendant son séjour.

Le temps qu'il finisse de préparer une omelette riche en protéines et qu'il l'apporte dans l'autre pièce, Sidney dormait. Sa tête était appuyée contre le dossier du canapé, et celle d'Hannah était posée sur sa cuisse. La main de Sidney était sur le dos du chien, et l'omelette était clairement en train de refroidir.

Il retourna à la cuisine et la mit au frigo. Il la réchaufferait plus tard. Puis il ne put pas s'en empêcher ; il revint au salon et s'assit de l'autre côté de Sidney. Elle ne remua que brièvement lorsqu'il mit son bras autour d'elle pour que sa tête repose sur son épaule plutôt que sur le canapé, puis elle s'installa à nouveau.

C'était le milieu de l'après-midi, et Gumby savait qu'il devait rentrer à la base, car le commandant l'avait averti qu'une mission se profilait à l'horizon, mais il ne pouvait pas bouger.

Tout allait bien dans son monde, et il n'avait jamais été aussi heureux.

* * *

Les six Navy SEAL étudièrent les cartes devant eux comme si c'était une question de vie ou de mort, ce qui était le cas. Ils les étudièrent, ainsi que la femme qu'ils partaient sauver au Timor-Oriental – autrement dit, au Timor-Leste.

Ace n'avait que vaguement entendu parler de ce pays d'Asie du Sud-Est avant cette mission. Il s'agissait d'une île située juste au nord de l'Australie, colonisée pour la dernière fois par l'Indonésie. Jusqu'en 1999, il y avait eu une grande agitation entre les forces de guérilla du petit pays et les forces indoné-siennes.

Elle faisait maintenant partie des Nations Unies et, malgré quelques tentatives d'assassinat de premiers ministres au fil des ans, les choses étaient plus ou moins pacifiques. Jusqu'à présent, la situation était relativement calme.

Des combats entre factions avaient à nouveau éclaté récem-ment, provoquant des troubles dans la région. Des renforts australiens avaient été envoyés dans le pays pour tenter de réta-blir l'ordre, mais il y avait encore des escarmouches qui forçaient des milliers de civils à fuir leurs maisons, surtout en dehors des grandes villes.

Rien de tout cela ne devrait normalement inquiéter le gouvernement américain ou inciter les Navy SEAL à s'impli-quer, mais il y avait plus de cinquante volontaires du Corps de la paix dans le pays lorsque les derniers combats avaient éclaté, et le gouvernement n'avait pu évacuer en toute sécurité qu'en-viron la moitié d'entre eux.

Cela n'aurait toujours pas suffi pour envoyer les SEAL, mais apparemment l'un des volontaires manquants était la fille d'un homme d'affaires local très influent, ayant des liens avec Washington. Et lorsqu'il n'avait pas pu contacter sa fille pendant sept jours, il avait fait appel à toutes les relations possibles... C'était pourquoi l'équipe se préparait à traverser le monde pour aller au Timor-Leste afin de voir si elle pouvait trouver la volontaire du Corps de la paix manquant.

Ils avaient localisé la maison dans laquelle elle avait vécu, l'école où elle avait enseigné l'anglais, et avaient conclu qu'il s'agissait d'une mission assez simple. L'endroit était situé dans une région montagneuse, qui était l'un des bastions des rebelles. Les SEALS n'allaient pas dans le pays pour engager un combat, bien qu'ils soient prêts à se défendre. Ils avaient reçu l'ordre strict de prendre Kalee Solberg et de se tirer d'ici.

— Il y a eu une complication, annonça le commandant Storm North à l'équipe, en fronçant les sourcils.

Ace soupira. Il semblait toujours y avoir des complications. C'était ennuyeux, mais pas tout à fait inattendu.

— Kalee a eu un visiteur qui est arrivé dans le pays juste avant que tout dégénère. Une de ses meilleures amies de l'université a décidé de venir lui rendre visite.

— Merde, marmonna Rocco.

Ace se fit l'écho de ce sentiment en privé, mais garda la bouche fermée. Sauver une personne était déjà assez difficile ; ajoutez-en une seconde et tout devient beaucoup plus compliqué.

— Piper Johnson a trente-deux ans, taille et poids moyens, cheveux blonds, yeux bleus. C'est une caricaturiste dont les bandes dessinées ont été publiées dans le *New York Times* et le *Wall Street Journal*, et qui a également fait parler d'elle sur les réseaux sociaux.

Le commandant distribua des fiches d'information à l'équipe et poursuivit.

Ace retourna le papier, reconnaissant immédiatement la bande dessinée en haut de la page. C'était politique et drôle sans être cruel. Ses yeux se dirigèrent vers la photo en bas de la page et il cligna des yeux.

Sur l'image, Piper Johnson, la tête penchée en arrière et les yeux fermés, riait.

La joie pure et le bonheur sur son visage étaient absolument magnifiques.

Ace eut une soudaine envie de savoir ce qui avait été si drôle, afin de pouvoir partager sa joie.

C'était une réaction folle à une photo, et il se sentit immédiatement mal à l'aise. C'était un professionnel. Un soldat. Et Piper était une mission. Il n'avait jamais eu une réaction aussi viscérale à un travail avant.

Il se concentra sur ce que disait leur commandant.

— ... et on n'a pas eu de nouvelles depuis plus d'une semaine. Votre mission principale est de trouver Kalee et de la faire sortir du pays, mais soyez également à l'affût de Piper

Johnson. Des questions ?

Alors que le reste de l'équipe interrogeait son commandant, Ace examinait la photo de la blonde. Il espérait vraiment qu'elle avait réussi à quitter le pays pour se mettre à l'abri. Être au milieu d'une possible guerre civile n'était un endroit pour personne, mais surtout pas pour quelqu'un qui avait autant de bonheur et de joie en elle que Piper Johnson.

* * *

Piper Johnson retint son souffle alors que les rebelles piétinaient sur la planche au-dessus de sa cachette. Elle était affamée, sale et effrayée. Mais elle n'osait pas faire un bruit. Si les rebelles savaient qu'elle était ici, elle ne doutait pas qu'ils n'hésiteraient pas à la tuer – tout comme ils avaient probablement tué Kalee.

Penser à son amie lui donnait envie de pleurer, mais elle se mordit la lèvre et repoussa les larmes. Elle avait de la chance d'être en vie, et elle le savait. Et c'était grâce à Kalee. Elle devait garder son calme.

Pas seulement pour elle, mais aussi pour les enfants.

Prenant une respiration silencieuse, Piper se retourna et vit trois paires d'yeux marron foncé qui la fixaient. Rani, quatre ans, semblait morte de peur, Sinta, sept ans, regardait Piper comme si elle allait tout arranger comme par magie, et Kemala, treize ans, semblait désespérément résignée.

Piper amena son doigt sur ses lèvres et rappela aux filles de se taire autant que possible. Toutes trois acquiescèrent solennellement.

Lorsque les rebelles au-dessus de leurs têtes se mirent à rire et à crier, elle ferma les yeux et essaya de comprendre comment elle en était arrivée là. C'était une femme célibataire d'une trentaine d'années qui faisait des dessins amusants pour gagner sa vie. Maintenant, elle était en plein milieu d'une sorte de guerre civile... et responsable de trois enfants orphelins.

Elle n'était pas un soldat, elle ne savait même pas comment tirer avec un fusil.

Elle ne connaissait pas le portugais et ne pouvait pas comprendre ce que disaient les soldats au-dessus d'elles.

Et elle n'avait pas l'étoffe d'une mère.

Elles étaient toutes foutues.

NOTE DE L'AUTEURE

Tout ce que j'écris n'est pas basé sur des faits réels. Je suis sûre que vous pouvez vous en rendre compte. Mais j'incorpore des choses que j'ai vues ou lues dans mes histoires ici et là. Hannah est l'un de ces exemples.

Hannah est réelle. Elle existe. Et les choses que j'ai décrites comme lui arrivant dans ce livre sont arrivées à la vraie Hannah. Elle a été retrouvée jetée comme un déchet sur le bord d'une route très fréquentée. Elle a été emmenée chez le vétérinaire, qui a déterminé que ses blessures étaient exactement comme je les ai décrites dans ce livre.

Et, tout comme la fiction, la vraie Hannah s'est magnifiquement rétablie et vit maintenant une vie merveilleuse, sûre et heureuse avec mon amie Amy et son nouveau « frère », un pitbull nommé George.

Les combats de chiens sont une chose horrible, terrible, qui existe dans presque tous les pays aujourd'hui. Des chiens comme Hannah, des chiens qui veulent juste être aimés, sont maltraités par milliers. Suis-je en train de dire que chaque pitbull est doux et docile ? Non. Je pense que je l'ai prouvé dans cette histoire. Mais ce ne sont pas non plus tous les tueurs qu'on a dépeints dans les médias.

Je voulais juste vous assurer que la vraie Hannah est bien vivante et prospère dans sa nouvelle maison, tout comme la Hannah fictive de cette histoire.

DU MÊME AUTEUR

<u>Autres livres de Susan Stoker</u>

<u>Forces Très Spéciales : L'Héritage</u>

Un Sanctuaire pour Caite

Un Sanctuaire pour Brenae

Un Sanctuaire pour Sidney

Un Sanctuaire pour Piper

Un Sanctuaire pour Zoey

Un Sanctuaire pour Avery

Un Sanctuaire pour Kalee

<u>Hawaï : Soldats d'élite</u>

Un paradis pour Élodie

Un paradis pour Lexie (10 Aug 2021)

Un paradis pour Kenna (Oct 2021)

Un paradis pour Monica

Un paradis pour Carly

Un paradis pour Ashlyn

Un paradis pour Jodelle

<u>Mercenaires Rebelles</u>

Un Défenseur pour Allye

Un Défenseur pour Chloé

Un Défenseur pour Morgan

Un Défenseur pour Harlow

Un Défenseur pour Everly

Un Défenseur pour Zara

Un Défenseur pour Raven

Ace Sécurité

Au Secours de Grace

Au Secours d'Alexis

Au Secours de Bailey

Au Secours de Felicity

Au secours de Sarah

Forces Très Spéciales Series

Un Protecteur Pour Caroline

Un Protecteur Pour Alabama

Un Protecteur Pour Fiona

Un Mari Pour Caroline

Un Protecteur Pour Summer

Un Protecteur Pour Cheyenne

Un Protecteur Pour Jessyka

Un Protecteur Pour Julie

Un Protecteur Pour Melody

Un Protecteur pour l'avenir

Un Protecteur Pour Les Enfants de Alabama

Un Protecteur Pour Kiera

Un Protecteur Pour Dakota

Delta Force Heroes Series

Un héros pour Rayne

Un héros pour Emily

Un héros pour Harley

Un mari pour Emily

Un héros pour Kassie

Un héros pour Bryn

Un héros pour Casey

Un héros pour Wendy

Un héros pour Mary

Un héros pour Macie

Un héros pour Sadie

Un héros pour Annie (Feb 2022)

* * *

En Anglai

Delta Force Heroes Series

Rescuing Rayne

Rescuing Emily

Rescuing Harley

Marrying Emily (novella)

Rescuing Kassie

Rescuing Bryn

Rescuing Casey

Rescuing Sadie (novella)

Rescuing Wendy

Rescuing Mary

Rescuing Macie (novella)

Rescuing Annie (Feb 2022)

Delta Team Two Series

Shielding Gillian

Shielding Kinley

Shielding Aspen

Shielding Jayme

Shielding Riley

Shielding Devyn

Shielding Ember (Sep 2021)

Shielding Sierra (Jan 2022)

SEAL of Protection: Legacy Series

Securing Caite

Securing Brenae (novella)

Securing Sidney

Securing Piper

Securing Zoey

Securing Avery

Securing Kalee

Securing Jane

SEAL Team Hawaii Series

Finding Elodie

Finding Lexie (Aug 2021)

Finding Kenna (Oct 2021)

Finding Monica (TBA)

Finding Carly (TBA)

Finding Ashlyn (TBA)

Finding Jodelle (TBA)

Ace Security Series

Claiming Grace

Claiming Alexis

Claiming Bailey

Claiming Felicity

Claiming Sarah

Mountain Mercenaries Series

Defending Allye

Defending Chloe

Defending Morgan

Defending Harlow

Defending Everly

Defending Zara

Defending Raven

Silverstone Series

Trusting Skylar

Trusting Taylor

Trusting Molly (July 2021)

Trusting Cassidy (Nov 2021)

SEAL of Protection Series

Protecting Caroline

Protecting Alabama

Protecting Fiona

Marrying Caroline (novella)

Protecting Summer

Protecting Cheyenne

Protecting Jessyka

Protecting Julie (novella)

Protecting Melody

Protecting the Future

Protecting Kiera (novella)

Protecting Alabama's Kids (novella)

Protecting Dakota

<u>Badge of Honor: Texas Heroes Series</u>

Justice for Mackenzie

Justice for Mickie

Justice for Corrie

Justice for Laine (novella)

Shelter for Elizabeth

Justice for Boone

Shelter for Adeline

Shelter for Sophie

Justice for Erin

Justice for Milena

Shelter for Blythe

Justice for Hope

Shelter for Quinn

Shelter for Koren

Shelter for Penelope

À PROPOS DE L'AUTEUR

Susan Stoker est une auteure de best-sellers aux classements du New York Times, de USA Today et du Wall Street Journal. Elle a notamment écrit les séries Badge of Honor: Texas Heroes, SEAL of Protection et Delta Force Heroes. Mariée à un sous-officier de l'armée américaine à la retraite, Susan a vécu dans tous les États-Unis, du Missouri jusqu'en Californie en passant par le Colorado, et elle habite actuellement sous le vaste ciel du Tennessee. Fervente adepte des fins heureuses, Susan aime écrire des romans où les sentiments laissent place au grand amour.

http://www.StokerAces.com

 facebook.com/authorsusanstoker

twitter.com/Susan_Stoker

 instagram.com/authorsusanstoker

 goodreads.com/SusanStoker

www.ingramcontent.com/pod-product-compliance
Lightning Source LLC
Chambersburg PA
CBHW060230100726
47907CB00003B/574